Sassy BOY BOY BOY

ARIANNE MARTÍN

YOUNG KIWI

YOUNG KIWI, 2023
Publicado por Ediciones Kiwi S.L.

Primera edición, septiembre 2023
IMPRESO EN LA UE
ISBN: 978-84-19939-13-5
Depósito Legal: CS 665-2023
© del texto, Arianne Martín
© de la cubierta, Borja Puig
© de la ilustración de cubierta, Winds
Corrección, Carol RZ

Código THEMA: YF

NOTA DEL EDITOR
Tienes en tus manos una obra de ficción. Los nombres, personajes, lugares y
acontecimientos recogidos son producto de la imaginación del autor y ficticios.
Cualquier parecido con personas reales, vivas o muertas, negocios, eventos o locales es
mera coincidencia.

Para Lander, Alain y Silvia.
No se me ocurren mejores compañeros de viaje.

«Me voy a la cama antes de que a alguno de los dos se os ocurra otra genial idea y acabemos muertos. O peor: expulsados».

Hermione Granger

PRÓLOGO

Tengo que encontrarlo.

Mientras corro por el camino perfectamente asfaltado de la mansión de Connor, con el guarda de seguridad pisándome los talones, noto la sangre hirviendo en mis venas, el aliento contenido en algún punto de mi garganta y los ojos calientes y húmedos. Sé que el dolor que siento en los pulmones no es solo consecuencia de la carrera que me he pegado desde el instituto. No. Es la mezcla de mi rabia y decepción junto con mis esperanzas pulverizadas. Es que ya estoy paladeando el agrio futuro que me espera.

Su sabor amargo trepa hasta mi boca.

Sé de sobra que, si no saco toda esta ira de mi interior, voy a reventar. Necesito hacerle el mismo daño que él me ha causado a mí.

Me alegro de estar en forma y de que los gritos del guarda se oigan cada vez más lejanos. Gritos que dejo de escuchar de golpe cuando veo una silueta conocida de espaldas. Acelero un poco más —cosa que hubiera considerado imposible hasta este momento— y voy directo a por él. Su mera visión me termina de dar el chute de energía que necesitaba.

No sé si es el ruido de mis pisadas o mi respiración acelerada lo que alerta a Connor de que no está solo, pero la cuestión es que se da la vuelta a cámara lenta. Ese gesto tan desenfadado y pasota hace que me hierva la sangre más todavía.

Le da todo igual al muy cabrón.

No tiene ningún problema en la vida, subido a su pedestal de privilegios. Un pedestal por el que estoy seguro de que ni siquiera se siente agradecido.

Cuando nuestras miradas se cruzan, tarda unos segundos en procesar lo que está viendo. Lo entiendo, yo también alucinaría. Nunca había estado aquí antes. Nunca había querido hacerlo. Es importante que cada uno sepa el lugar al que pertenece, dónde encaja.

Tiene los ojos rodeados de una sombra grisácea, que hace que me reafirme en mi teoría de que anoche estuvo de fiesta. Fiesta que le ha impedido cumplir con la única obligación que tenía.

—Voy a romperte la cara —le grito, estando todavía a unos metros de él.

Connor no se inmuta, se limita a mirarme como si su interior estuviera vacío y mi furia no le afectase lo más mínimo. Como si no me tuviese miedo.

Está a punto de darse cuenta de que debería hacerlo.

Antes de plantarme frente a él, echo el brazo hacia atrás todo lo que puedo, imaginando que hago el tiro de mi vida sobre el campo, y luego descargo el puño con fuerza sobre su cara. Connor se tambalea unos pasos, pero no pierde el equilibrio. Es un buen defensa el muy descerebrado, fuerte como un roble. Es culpa suya que hayamos perdido hoy. Necesitábamos que estuviera en el puto césped.

Recordarlo hace que la sangre en mis venas vuelva a burbujear y me preparo para atacarlo de nuevo. Pero, antes de que pueda golpearlo, alguien me agarra los brazos y me los inmoviliza en la espalda. Sin embargo, nada puede detenerme. No ahora. No cuando necesito decirle que me ha jodido la vida, que contaba con él esta tarde.

—Eres un cabrón. Todo te importa una mierda. Cómo se nota que tú no necesitas una beca para ir a la universidad que quieres. No, tú no tienes ningún problema, niño rico. —Puedo escuchar el desprecio en mi voz, pero me da lo mismo. No me importa que nadie sepa lo mucho que odio al chico que me ha arruinado la oportunidad de tener una vida mejor para mí y para mi familia.

Es en este momento cuando Connor al fin se mueve, pero no tengo claro si me ha escuchado. Se lleva la mano a la comisura de la boca, palpa la sangre y luego se mira los dedos. Los observa en silencio, como si le costase procesar que está sangrando, que le acabo de dar un puñetazo. Levanta la vista de su mano y, cuando nuestros ojos se cruzan, veo que en los suyos se dibuja una absurda sensación de alivio.

¿Qué cojones le pasa a este tío?

Su reacción me sorprende tanto que dejo que el guarda me separe de él. Me hubiese encantado pegarle hasta que me doliesen las manos, hasta que me hubiera vaciado de rabia, pero no quiero hacerlo si eso implica ayudarlo de alguna retorcida manera.

¿Qué me estoy perdiendo?

No tengo ni tiempo ni ganas de pararme a analizarlo. Un montón de gente nos rodea ahora. En algún momento ha llegado la policía y los trabajadores de la mansión han salido para observar la pelea. Me dejo conducir sin oponer resistencia hacia la salida, aunque apenas escucho lo que me están diciendo. No me importa nada. Por lo menos, no en este momento.

Le lanzo una última mirada a Connor antes de permitir que un agente me meta en la parte trasera del coche patrulla y aparto la mirada de golpe de la enorme mansión.

Sé que no voy a volver a verlo en la vida.

Nuestros caminos se han separado para siempre. Eso es lo único bueno que me ha sucedido en todo el día.

1

Hay un cuervo negro en cada familia. —Zazú

PRESENTE

CONNOR

No puedo dejar de mover la pierna.

Agradezco que la gala no sea en directo para no tener que estar en un estudio, rodeado de gente. No sé si ahora mismo sería capaz de mantener el tipo, de mostrarme tranquilo.

La ilusión y la tensión sobrevuelan el ambiente. Hoy es mi día. Este es mi momento. Lo sé, lo noto. Lo siento muy dentro de mí. Es lo que llevaba esperando tanto tiempo.

Tiene que serlo.

Necesito demostrar que sirvo para algo, que me tomo la vida en serio. Que hay cosas que me importan. Cosas que se me dan bien y que no son solo un capricho de niño pijo, como todo el mundo —incluido mi padre— se ha encargado de recordarme siempre.

En el instante en que los malos pensamientos se cuelan en mi cabeza, los aparto. No es momento para torturarme. No ahora.

Paseo la mirada por la habitación mientras tarareo una melodía para relajar mi mente. Los acordes del estribillo de *Hakuna Matata* acuden a mi mente con rapidez, fruto de todas las veces que la he cantado, y me relajo un poco cuando funciona.

Primero miro a Riku, que come palomitas medio tirado en el sofá, como si estuviera tumbado en la arena de una playa paradisiaca y no a punto de descubrir si tantos años de esfuerzo han servido para algo. Pongo los ojos en blanco y me fijo en Emma. Mi agente me observa con la ceja levantada, un gesto muy de ella, y con una pegunta dibujada en la cara: «¿Qué te pasa?».

Lanzo un sonoro suspiro.

Que ella tenga la vida interior de una ameba no quiere decir que el resto de los mortales no nos alteremos. Me encuentro rodeado de gente calmada. No los aguanto. No es posible que el líquido que corre por sus venas sea el mismo que lo hace por las mías. Estoy histérico.

Le hago un gesto con la mano y abro los ojos con incredulidad, como queriendo decir: «¿Qué me va a pasar? Que me matan los nervios».

Cualquiera en mi situación y en su sano juicio lo estaría. Esta noche voy a descubrir si tengo la posibilidad, de una vez, de demostrar que soy el mejor en lo que hago, que me tomo mi carrera en serio.

Aparto la mirada de Emma y la llevo al ordenador, colocado sobre el escritorio de mi sala de juegos, pero siguen con la publicidad. ¿Cuánto va a durar este infierno? ¿Cómo se pueden hacer tan largos cinco minutos?

Mi categoría es una de las intermedias, así que no me quiero ni imaginar cómo estarán los posibles candidatos de las últimas.

Mientras me vuelvo loco lentamente, busco refugio en la estantería desde donde mi maravillosa colección de figuras de *El rey león* me sonríen. Los tengo todos. Menos a Scar, por supuesto. Nadie quiere a Scar. Es un cabrón insensible al que no hemos perdonado.

Una musiquita devuelve mi atención al presente.

Mi mirada se ve atraída a la pantalla cuando comienzan a sonar los acordes de la sintonía del programa y la gala se reanuda. Trato de estar concentrado, pero soy incapaz de escuchar lo que dicen. Solo pillo unas pocas palabras por aquí y otras por allá, pero toda mi atención se focaliza cuando la presentadora anuncia que ha llegado el momento.

Antes de que enumeren los nombres de los candidatos, me aseguro de que mi madre sigue sentada sobre el brazo del sofá. Ahí está, con su cara desinteresada de siempre, como si pensase que no es más que otra de mis tonterías, pero no quisiera herir los sentimientos de su único hijo. Desvío la mirada rápidamente y sé que no puedo pedir nada más de ella. Esa es la máxima emoción que voy a sacar. Doy gracias a que esté aquí, con eso me vale.

—Y ahora, vamos a anunciar los candidatos de la categoría Lifestyle. —Si pensaba que estaba nervioso, no es nada comparado con cómo me siento en este momento. El estómago se me contrae en un nudo y la sangre me golpea furiosa contra los oídos, tan alto que apenas puedo escuchar lo que está diciendo la presentadora—. En tercer lugar, tenemos a nuestro querido Connor Young.

Cuando escucho mi nombre, todo a mi alrededor se paraliza.

Está pasando.

—Connooooorrr —grita Riku, y se lanza a mi cuello. Le devuelvo el abrazo de forma incómoda, ya que está tumbado de medio lado sobre mis piernas y mi brazo derecho se ha quedado atrapado entre nuestros cuerpos—. ¡Lo sabía, tío, lo sabía! Eres el mejor y mis planos son la leche, me paso un huevo de horas editando vídeos y claro, tú tienes unas ideas de la hostia —comienza a hablar emocionado, juntando unas frases con otras sin respirar.

El teléfono, dentro de mi bolsillo, empieza a vibrar con las miles de notificaciones que me están llegando; innumerables felicitaciones, menciones y mensajes directos, tanto en Instagram como en TikTok. Sé que no habrá ninguna en mi teléfono personal, las únicas personas que lo tienen están aquí conmigo. Digamos que cuento con muchos conocidos, pero no con amigos reales.

—Enhorabuena, hijo —me felicita mi madre, sin mostrar ninguna emoción en el rostro. Si está feliz porque me hayan nominado, desde luego no se le nota.

—Gracias —le respondo, tragándome la decepción que me sube por la garganta. ¿Qué tengo que hacer para impresionar a esta mujer?

—Eres consciente de que tenemos que planificar una buena estrategia para ganar, ¿verdad? —me pregunta Emma, con una mirada dura y determinada. Nos ha costado mucho trabajo llegar hasta aquí y no quiere que lo desaprovechemos.

A pesar de que somos un grupo de personas, está claro de que cada uno piensa en sus propios asuntos, en su propio mundo. Cada uno va a lo suyo.

—Lo sé —respondo con voz inestable, y trago saliva.

De verdad que soy consciente de ello.

He conseguido lo que deseaba, pero es solo el principio. Por el momento, no tengo nada.

Soy incapaz de mostrar alegría porque estoy abrumado.

Pensaba que, cuando saliese mi nombre, iba a sentir alivio. No podría haberme equivocado más: los nervios que reptaban por mi estómago han sido sustituidos por una bola de angustia, por una sensación de desasosiego. Ahora queda lo más importante.

Debo ganar.

Voy a hacer lo que sea necesario para lograrlo.

2

Detesto las adivinanzas. —Scar

PARKER

Coloco el café con leche vegetal sobre la barra y espero a que la chica me pague.

—¿Cuánto era? —me pregunta con una sonrisa enorme que alegra sus facciones.

—Dos con cincuenta —le repito, y trato de que la impaciencia que siento no se transmita en mi voz. Está siendo amable, pero su pedido lleva demasiado tiempo en marcha. Si no se da prisa en pagar, no voy a poder terminar la lista de tareas que tengo que realizar antes de que acabe mi turno.

La observo buscar en su cartera y me obligo a no hacer ningún sonido que delate lo intranquilo que estoy.

—Toma —me ofrece el dinero alargando el brazo para depositar las monedas en mi mano, en vez de sobre el mostrador.

Le doy el cambio y cojo la bandeja para limpiar las mesas vacías. Veo por el rabillo del ojo que tarda unos segundos en reaccionar cuando me alejo de la barra, pero no le doy mayor importancia. Tengo otras muchas cosas que hacer.

Miro el reloj mientras apilo tazas y platos y aprieto el ritmo de trabajo al ver que solo me queda media hora de turno.

—Esa chica estaba intentando ligar contigo, hermano —me suelta Nala cuando regreso a la barra con un montón de vajilla.

—¿No tendrías que estar escribiendo? —le pregunto de vuelta. Los dos sabemos jugar a decir cosas obvias que al otro le molestan.

—Eres un ser despreciable —me acusa, frunciendo los labios en un mohín que jamás reconoceré en alto que es adorable—. ¿Sabes lo difícil que es encontrar las palabras adecuadas para transmitir lo que tienes en la cabeza?

—Gracias por el cumplido —le respondo, y sigo a lo mío, haciendo caso omiso de su lamento. No importa lo mucho que se queje de escribir, siempre se esfuerza al máximo para lograrlo. Es una tía increíble.

Me relajo ligeramente al ver que vuelve a dirigir la atención a la pantalla, pero, justo cuando me he confiado, ataca de nuevo.

—¿Qué pega le pones a esa chica?

—Ninguna. Pero no tengo tiempo para una pareja ni la más mínima intención de salir con alguien.

—Eres un borde.

—Ponte a la cola, no eres la única que piensa eso. —Su ceño se frunce ante mis palabras y sé que le molestan. No debería hacerlo. A mí, que soy el interesado, me da igual lo que piensen.

—Sabes que si fueses agradable con la gente sería mucho más sencillo que te tolerasen, ¿verdad? —me pregunta, girando la cabeza para leerme. Por la forma en la que me observa, diría que realmente se está planteando si soy consciente de ello o no.

—Es muy duro asumir esto, pero soy menos tonto de lo que crees.

—Si tú lo dices… Deberías seguir mi consejo, probar a ser más agradable. No sé, quizás relacionarte con los demás. —Esboza una cálida sonrisa que llega a sus ojos y que me siento tentado a imitar. Sí, adoro a mi hermana.

Estoy acostumbrado a estar con Nala incluso desde antes de nacer. Ese tipo de intimidad es imposible de establecer con ningún otro ser humano. Quizás por eso no me gusta casi nadie más aparte de mi familia. Reflexiono acerca de ello mientras termino de cargar el lavavajillas con las tazas que he recogido de las mesas.

Sé que, con que fuese la mitad de simpático de lo que lo es Nala, la vida me iría mucho mejor. Es una lástima que no sea mi carácter y que me importe una mierda lo que los demás piensen de mí. O, por lo menos, lo ha hecho hasta el momento.

La verdad es que ahora, desde que he cambiado de universidad, me estoy replanteando muchas cosas.

Nunca antes había odiado ir a entrenar. Siempre he amado el fútbol más que a mi propia vida. Mi mayor deseo es poder jugar de forma profesional y asegurarle a mi familia un futuro acomodado, pero los gilipollas de mi nuevo equipo están haciendo que sea muy difícil. Son unos cabrones. Pensaba que, cuando me viesen jugar, cuando viesen todo lo que puedo aportar, dejarían a un lado si les caía bien o mal. Pensaba que se olvidarían de que el año pasado jugué en el equipo rival.

Pero no podía estar más equivocado. Putos niños pijos. No los aguanto.

—Puedo ver en tu cara que estás cabreado —dice Nala con un tono que deja entrever que estoy agotando su paciencia.

—Te equivocas.

—Hermano.

—Mis compañeros de equipo me tienen hasta las narices —estallo al fin. Odio que sea capaz de hacerme reconocer lo que siento. Comportarme como si no pasase nada sería mucho mejor.

—Lo sé. De hecho, es normal. Pero esta conversación me vuelve a llevar al primer punto: la gente te toleraría si fueses más agradable.

—La culpa la tienen ellos, joder —me quejo como si fuese un niño, lo que suena ridículo incluso para mis propios oídos.

—No voy a defenderlos, Parker, sabes que son unos idiotas; pero deberías ser tú el que diese el primer paso.

—Lo que debería hacer es soltarles un par de hostias para hacerles entrar en razón.

—Tienes demasiada mala leche, demasiada furia dentro de ti —me acusa—. ¿Por qué no pruebas a ser un poco más zen? A fluir con el universo. Podrías hacer yoga conmigo por las mañanas —ofrece.

—Estás de coña, ¿verdad, Nala? —le pregunto, pero sé antes de que me responda que lo está diciendo totalmente en serio.

—¿Qué es lo peor que podría pasarte?

—Que sea una pérdida total y absoluta de tiempo.

Resopla.

—Desde luego, con esa actitud, poco va a poder hacer por ti. No cura la estupidez.

Sonrío divertido ante su insulto y vuelvo a mi trabajo. No hay nada que pueda decir en mi defensa.

Cuando acaba mi turno, nos montamos en el coche y conduzco hasta el estadio. Nala va cantando animada las canciones que salen de la radio, sentada en el asiento del copiloto, mientras deja fluir su imaginación. Dice que ir en coche es sin duda la actividad que más inspiración le da. La observo con cariño, sabiendo que si no la tuviese conmigo mi vida sería mucho más oscura. Nala es la luz que lo ilumina todo, la otra cara de la moneda que formamos juntos. Nala es la parte buena.

Cuando llegamos a nuestro destino, no me molesto en aparcar. Lo dejo en doble fila y me bajo. Mi hermana necesita el coche para ir a la biblioteca de su universidad. Recojo mis cosas de la parte trasera mientras Nala salta por la consola central para llegar al asiento del conductor.

—No hace falta que vengas a por mí después del entrenamiento —le digo, echándome la mochila al hombro. No quiero que malgaste su tiempo cuando puedo ir andando.

Ella niega con la cabeza. Si le molesta el hecho de que solo podamos permitirnos tener un coche, desde luego nunca lo ha dicho. No conozco a nadie más maravilloso que ella.

—Lo voy a hacer. Déjate cuidar, cabezota. No quiero que te des una paliza caminando después de estar horas en el entrenamiento.

—Eres imposible.

—Ya somos dos.

Beso su mejilla antes de lanzar un vistazo al reloj y veo que vuelvo a llegar justo. Corro hacia el estadio.

3

¿Crees que aún estarán ahí sus cerebros? — Nala

CONNOR

Saco una foto del batido de fresa natural que tengo entre las manos y subo una historia a Instagram etiquetando a la cafetería del campus, que me lo acaba de regalar. Sonrío cuando veo el teléfono del camarero escrito en el vaso.

—Si el pobre supiese que no lo vas a llamar —comenta Riku con gesto travieso, y sé que lo que viene a continuación va a ser una pulla—. Si en vez de dejarse cegar por tu belleza me hubiese dado el teléfono a mí, habría salido ganando.

—Entre tú y yo. Aunque lo llamase, ganaría más dándotelo a ti de cualquier forma. Todo el mundo sabe que eres mucho mejor —digo, guiñándole un ojo.

Riku se sonroja ante mi declaración y no es porque esté interesado en mí —nos conocemos desde hace muchos años como para saber que tenemos cero química—; lo hace porque, pese a su apariencia, es un chico muy tímido. Me da pena que la gente no vea más allá de su aspecto oscuro y rudo, con esa melena negra larga y un sinfín de tatuajes. Es una de las mejores personas que he conocido nunca. De hecho, es de las pocas que sabe más o menos todos los detalles de mi vida. El único al que le he permitido estar conmigo en los momentos más bajos. El único que ha querido estarlo.

—Por mucha palabrería que sueltes por esa boquita, no vas a hacer que me distraiga —me acusa, y lanzo un suspiro. No me apetece hablar—. Antes de que entrásemos a la cafetería, te he preguntado qué es lo que te pasa y no me has contestado.

—Anda, no fastidies. Lo mismo es porque no tengo ganas de charlar —le respondo usando todo el sarcasmo que soy capaz de manejar.

—No veo qué hay de malo en expresar los sentimientos, Connor. Además, en vez de estar de un humor tan extraño, deberías dar saltos de alegría por la nominación —dice.

Y, aunque trato con todas mis fuerzas de no reaccionar, no puedo evitar encogerme ante sus palabras.

Por supuesto, Riku no se pierde ese detalle. ¿Cómo iba a hacerlo cuando es tan observador? No por nada es el mejor cámara del mundo. Puede captar pequeños gestos y emociones que el resto de los simples mortales no percibiríamos ni aunque nos escupiesen en la cara.

—Oh —deja escapar a la vez que entrecierra los ojos, mirándome como un halcón lo haría con una suculenta presa, y yo aprieto el paso. Cuanto antes lleguemos al campo de fútbol, antes me lo quitaré de encima—. ¿No estás feliz con la nominación? —indaga.

—No es eso.

—Connor —me advierte en un tono tan implacable que sé que no me va a dejar en paz hasta que lo descubra. No me queda otra que ceder. Podemos estar así durante horas y, sinceramente, no me apetece perder el tiempo.

Prefiero ahorrarme el desgaste. Sobre todo en este momento en el que me supone un esfuerzo hasta pestañear.

—Tengo miedo de no ser suficiente —reconozco.

Y, muy a mi pesar —porque no quiero que el mundo funcione así, y mucho menos los sentimientos—, noto cómo se me quita un poco del peso que sentía sobre los hombros. Qué asco que hablar de emociones sea liberador. ¿A quién se le ocurrió semejante castigo?

Riku se para y yo maldigo. Me agarra las manos y me obliga a mirarlo.

—¿Crees que eres un psicólogo y que estamos en terapia? —le pregunto para evitar centrarme en el nudo que se ha formado en mi garganta. No voy a emocionarme por el gesto. No. Me niego a que eso ocurra.

—Eres la hostia, tío. Lo eres por mucho que tú no lo creas. Lo eres por mucho que no te lo hayan dicho mientras crecías. —Hago una mueca cuando esas palabras salen de su boca. Odio que me conozca tanto—. La gente que te sigue también lo sabe y estoy seguro de que vas a ganar.

—Eso díselo a Emma. No ha dejado de mandarme mensajes recordándome que se me tiene que ocurrir algo superinteresante y fresco para hacerme con el premio. Parece que no piensa igual que tú.

—Ya sabes cómo es, a veces se pasa de querer controlarlo todo. Con que seas tú mismo, vas a lograrlo. La gente te adora.

—¿Esa frase la has sacado de Mr. Wonderful? —le pregunto, poniendo cara de horror, pero la verdad es que sus palabras me enternecen. Ojalá confiara tanto en mí como lo hace Riku.

—Vale, quizás me he pasado un poco diciéndote que seas tú mismo —bromea. Pero el tono desenfadado no consigue quitarme la presión que siento en el pecho, la inseguridad.

Ambas cosas desaparecerían si tuviera un plan, algo que me hiciese destacar sobre los demás. Puede que en otras ocasiones no esté de acuerdo con Emma, pero en este caso sí. Mostrarme tal y como soy no va a funcionar. Lo sé porque hasta ahora no me ha llevado a nada, solo a quedarme a las puertas todo el rato.

Lo único que tengo claro ahora mismo es que quiero dejar de darle vueltas al asunto. Necesito desconectar.

—Vamos, no quiero llegar tarde y que hayan empezado el entrenamiento —le pido para que me deje en paz.

Y debe de ver que estoy afectado porque no insiste.

—De acuerdo. Vamos.

Sé que tengo mucha suerte con Riku, pero no es el momento de pararme a analizarlo. No necesito que sea mi confidente, solo el mejor cámara del mundo. Y yo tengo que ser el mejor *tiktoker* de Lifestyle que haya existido nunca.

Caminamos en silencio hacia el campo y respiro aliviado cuando veo que todavía no han comenzado a entrenar. Me encanta que todo salga tal y como lo he planeado.

Me gusta hacer directos un par de días a la semana. Me siento muy cerca de mi gente. Hoy he pensado en enseñar cómo entrenan mis compañeros de universidad y, de paso, recordar viejos tiempos. Esta clase de directos siempre tienen muy buena acogida.

Dejo que Riku elija el sitio que considera que es mejor para grabar hoy y, mientras lo hace, aprovecho para ponerme al día con los mensajes privados y menciones que me han llegado en las últimas horas.

—Desde aquí se ve todo de lujo —me dice después de unos minutos—. ¿Estás preparado?

—Siempre —respondo, guiñándole un ojo.

Alarga la mano para que le dé el teléfono y, cuando se lo tiendo, lo coloca sobre el trípode, busca entre los iconos de la aplicación el del directo y levanta tres dedos.

—Tres, dos —comienza a decir—, uno. —En el último número no produce ningún sonido.

Cuando termina de contar y comienza a grabar, sonrío y toda la tensión que había sentido hasta el momento se evapora de mi sistema. Esto es lo que me gusta: estar con la gente, compartir mi visión del mundo con ellos. Lo amo. Siento que he nacido para esto.

—¡Buenas tardes! —saludo con alegría, y comienzo a divagar un poco mientras la gente se va uniendo.

Ahí es cuando comienza el espectáculo, es cuando estoy realmente en mi salsa. El resto del día se me ha hecho bola y ha transcurrido superdespacio, pero, antes de que me dé cuenta, mientras les enseño unos nuevos ejercicios que he aprendido, comienzan a llegar mis antiguos compañeros de equipo.

—Aquí están los chicos —les digo señalándolos, y Riku los enfoca para que la gente los vea bien.

—Cooonnooor.

—Hola, tío.

—¿Qué pasa, colegas? —los saludo.

—Hola, Connor —me contesta Liam, antes de ir a la pista a calentar.

—Vente a jugar un poco —me propone Wyatt.

A sus peticiones se suman otro montón de voces desde las gradas que me incitan a que los acompañe.

—¿Qué decís, chicos? ¿Hago unos lanzamientos con ellos antes de que empiecen el entrenamiento? —pregunto a las más de diez mil personas que están viendo el directo en este momento.

Enseguida empiezan a aparecer comentarios para que lo haga.

«Sí».

«Dale».

«¡Queremos verte!».

Lanzo un beso a la pantalla y salgo corriendo hacia el campo. Me encanta jugar al fútbol —sobre todo ahora que no es una obligación—, así que disfruto de lo lindo con los chicos. Lanzo unas cuantas pelotas y ayudo a derribar a Liam un par de veces entre risas y aplausos antes de que empiecen la sesión de este día.

Regreso junto a Riku ante las amables palabras del entrenador:

—Si no sales del campo, Young, te vas a ver en la obligación de jugar en el puto equipo en el que ya deberías estar haciéndolo.

Pillo la directa muy rápido.

—Ese tío te tiene unas ganas de la leche —comenta mi amigo riéndose.

Antes de que pueda abrir la boca para contestarle, en las gradas comienza a formarse un murmullo que desvía mi atención. Me doy la vuelta para ver qué sucede y, en el mismo momento en el que descubro quién acaba de acceder al campo, pongo los ojos en blanco.

Tendría que haber sabido que era él.

El odio y la curiosidad llegan a la vez, como siempre que anda cerca. Me da mucha rabia que despierte esos sentimientos en mí, ya que ambos son demasiado poderosos como para que pueda pasarlos por alto.

Lo observo caminar, al igual que el grupo de personas que está a mi espalda y que, antes de que llegase él, estaban pendientes de mí. Nadie podría perderse su paso firme, la prepotencia que emana de cada poro de su piel. La seguridad.

Es un idiota.

Un idiota presuntuoso que luce el uniforme del equipo mejor que nadie. ¿En qué momento al universo le pareció justo que el azul le sentase tan bien? ¿Por qué ha tenido que ser transferido justo este año?

No puedo preocuparme de que aparezca justo en este momento. No cuando tengo un concurso que ganar, un directo que atender.

Pero saberlo no evita que lo siga mirando.

Se lleva las manos a la cabeza para retirarse el pelo rebelde que se le ha soltado de la goma y que le acaricia la cara y mis ojos van a parar sin remedio a sus bíceps, que se abultan con el gesto. Está tan bueno que, incluso sabiendo lo imbécil que es, tengo que ordenar a mi cuerpo que no reaccione. ¿Cómo no va a ser uno de los mejores jugadores de la liga si es un gigante?

Llega tarde, pero no es difícil darse cuenta de que le da igual.

Camina hasta el centro del campo, se coloca frente a sus compañeros y se queda parado, observándolos con dureza, demostrando a todos que es un cabezón y que, aun estando en minoría, todavía no es capaz de tragarse su orgullo para ser admitido.

No lo soporto.

Quizás lo haría si no fuese tan presuntuoso, prepotente y clasista. Quizás su situación me daría pena y todo.

Sé que debo dejar de mirarlo. No me gusta la versión de mí mismo en la que me convierto cuando lo tengo cerca. Prefiero pasar de él, hacer como si no existiera y vivir en mi mundo de felicidad y buenas energías. Yo soy Timón y él es Scar. No somos personas compatibles y nunca lo seremos.

—Connor —me llama Riku, devolviéndome al presente y continúo con el directo.

Cuando Wyatt lanza la pelota sobre mi cabeza y la pierde solo por no pasármela a mí, aprieto los dientes y camino hacia ella, en vez de ir corriendo a partirle la cara al muy gilipollas. Para que luego Nala diga que soy un borde y un bestia.

Hago respiraciones profundas por el camino y trato de ser una persona zen. Necesito fluir con el universo. Juro que intento seguir los consejos de mi hermana, aunque a ella no se lo reconozca. Sé que tiene parte de razón. Pero todo mi autocontrol y buenas intenciones se van a la mierda cuando una cabellera rubia, que reconocería en cualquier lugar, se cuela en mi campo de visión.

Connor Young.

No hay nadie en este mundo al que deteste más. Nadie que consiga despertar mis instintos asesinos en tan solo un instante como lo hace él.

Está claro que quienquiera que está a cargo del universo me odia, porque la pelota ha ido a parar a pocos metros de sus pies.

No me jodas.

Bajo el ritmo mientras pienso en la mejor forma de actuar. Acercarme tanto a él y que no terminemos discutiendo es tan imposible como que, de repente, los científicos anuncien que llevamos toda una vida equivocados y que ahora la Tierra en vez de redonda ha pasado a ser plana. Por lo que decido que lo mejor que puedo hacer es que me lance el balón para no tener que acercarme a él. Nuestras miradas se cruzan durante un instante. Me paro a unos metros y le hago un gesto con las manos para que me lo pase, pero, como el gilipollas que es, me ignora. Verbalizo mi petición porque don perfecto para absolutamente todo el jodido planeta nunca haría un desplante así delante de todo el mundo. No demostraría la sucia cucaracha que es.

—Pásame la pelota —me trago el apelativo con el que me nace llamarlo para no calentar el ambiente.

—¿Yo? —pregunta, señalándose a sí mismo durante unos segundos y fingiendo sorpresa.

Aprieto los dientes para que la retahíla de insultos que se agolpan en mi boca no consiga salir al exterior.

—Sí —respondo. Pero el monosílabo, más que una palabra, suena como un gruñido.

Comienzo a correr hacia él. Preferiría no hacerlo, pero tampoco tengo impedimento si eso significa volver al campo cuanto antes y mantener el menor contacto posible con él. Necesito entrenar para ser el mejor. No puedo perder el tiempo con tontos del culo.

—Pero soy tan poco de fiar que no sé cómo podría lanzártela bien —comenta con falsa voz de preocupación, poniendo en palabras la tensión que hay entre nosotros.

Ninguno de los dos ha olvidado los problemas.

Ninguno de los dos ha olvidado lo que sucedió aquella noche.

Ninguno de los dos quiere hacerlo.

Me muerdo la lengua para no hablar. Para tranquilizarme. Para pasar por un chico contenido. Connor es demasiado popular en la universidad y en el equipo de fútbol como para que un enfrentamiento con él me beneficie de alguna manera. No, ya me odian demasiado.

Me trago mi orgullo por mucho que el ardor del odio queme mi garganta.

Cuando estoy lo suficientemente cerca de él, sus ojos verdes se posan sobre los míos, marrones, y, cuando se cerciora de que lo estoy mirando, echa el brazo para atrás, en un gesto tan perfecto que solo el mejor de los lanzadores lograría hacer, y lanza la pelota a la otra punta del campo. No tengo duda de que es así, a pesar de que no me molesto en comprobarlo. Sigo corriendo hasta él y lo golpeo con el pecho cuando llego a su altura. Connor no se inmuta. Me estaba provocando. Sabía cómo iba a reaccionar y, aun así, lo ha hecho.

Ahora merece mi furia.

Cuando nos chocamos, somos como dos camiones que colisionan en medio de una carretera. Ninguno de los dos gana. Tampoco ninguno retrocede. Me siento como si fuésemos dos ciervos midiéndose antes de luchar con sus cornamentas. Solo nos tambaleamos un poco antes de recobrar el equilibrio. Nos medimos con la mirada durante unos instantes, que se me hacen eternos, mientras lucho por agarrar el fino hilo de autocontrol que brilla en el centro de mi mente. Siento como si todas las personas sobre el campo contuviesen el aliento a la espera de nuestra reacción. Sé que se preguntan qué nos pasa, pero no es su problema. Es algo entre Connor y yo. Agacho la cabeza para poder chocar mi frente con la suya, ya que él es unos centímetros más bajo.

—Connor. —La voz de su amigo llega hasta mis oídos, pero no reaccionamos.

Seguimos fulminándonos con la mirada, amenazándonos con el cuerpo.

—Eh, tío. Vamos —vuelve a insistir. Ahora está mucho más cerca.

No nos inmutamos, pero tampoco avanzamos ya.

—Connor —repite su amigo, y esta vez lo agarra del brazo para alejarlo de mí.

Cuando aparta la mirada, la conexión se rompe y me siento dueño de mis impulsos de nuevo. Aprieto los dientes y me alejo corriendo en dirección contraria.

Necesito centrarme en el entrenamiento. Con suerte, ningún otro idiota volverá a jodérmelo.

CONNOR

Riku me agarra del brazo y vuelvo a la realidad. Sin los ojos de Parker clavados sobre mí, desbordando odio, me resulta mucho más fácil pensar. Doy unos cuantos pasos para colocarme donde estaba antes y, justo en este mismo momento, recuerdo que estaba en medio de un directo. Oh, no. No puede ser que mi audiencia haya visto el enfrentamiento. No.

¿Cómo se me ocurre comportarme así?

Juro que nunca nadie me ha sacado tanto de quicio como lo hace Parker. Nadie. Nunca.

Ver lo mucho que me odia de forma tan abierta consigue ponerme al límite.

El odio que le tengo ha hecho que me olvide de que estaba grabando.

Mierda. Esto es justo lo que no necesitaba.

Pongo una sonrisa delante de la cámara y actúo como si las diez mil personas que están conectadas no acabasen de presenciar mi casi pelea con Parker Taylor.

Solo soy capaz de mantener el tipo durante cinco minutos más antes de dar por finalizado el directo y rezar para que el encontronazo no tenga mayor repercusión que el sinfín de comentarios que han surgido después del espectáculo y que no era capaz de leer.

Estoy en problemas.

Emma me va a matar.

4

Hasta los reyes sienten miedo, ¿eh? —Simba

PARKER

—No me dijiste que hoy había una fiesta en tu universidad —me acusa Nala justo cuando salgo de la ducha que todos compartimos en casa.

Sí, aquí no hay ningún tipo de privacidad. Es estupendo. Nótese la ironía en mis pensamientos.

Si le ha extrañado que al acabar el entrenamiento me haya largado del estadio sin pasar por el vestuario, desde luego no lo ha dicho. La verdad es que no sé muy bien en qué criterio se basa para tocarme las narices o no con un tema. Tampoco es como si fuese capaz de comprenderlo aunque me lo explicase.

—¿No tienes una universidad propia para asistir a sus fiestas? —le devuelvo por no enfrentarme a la realidad.

—Vaya, que no te han invitado.

No respondo. ¿Por qué iba a hacerlo cuando es jodidamente evidente? Lo odio. No es que quiera hacer amigos allí. Pero sí que me gustaría dejar de ser un apestado por haber jugado en el equipo que les arrebató el título el año pasado. En mi defensa diré que, si no hubiese llevado a mi anterior equipo a la cima, este año no sería un jugador becado en la mejor universidad del estado.

Fue un acto que no había calculado las consecuencias que tendría en mi nueva etapa.

—Tienes suerte de que a tu maravillosa hermana, mucho más simpática que tú, sí que la hayan invitado. —Recalca el sí con mucha efusividad y justo en ese momento me fijo en su atuendo.

Lleva un vestido de noche azul. No podría especificar el tono exacto que tiene ni aunque mi vida dependiese de ello, por mucho que Nala me lo haya repetido cada una de las veces que se lo ha puesto. Lo único que puedo decir es que le queda muy bien.

—No. —El monosílabo sale de mi boca antes de que ella exponga lo que en realidad quiere.

—No te he dicho nada —se defiende, levantando las manos.

—Como si hiciera falta. Nos conocemos de toda la vida —respondo, cruzando el pasillo a toda leche. Si logro entrar en mi habitación, quizás pueda librarme de ella.

Salgo corriendo sin ningún tipo de vergüenza, como si todavía tuviésemos diez años. Alcanzo la puerta y, segundos antes de que pueda cantar victoria, mi hermana mete el pie en el hueco y me impide cerrarla.

Mierda.

—Parker —me llama, internándose en la privacidad inexistente de mi cuarto.

—Nala —digo, y no me pierdo el tono derrotado de mi voz.

—Vamos a ir. Tienes que hacer amigos. Si la gente te conoce, seguro que te acepta.

—Tengo que recordarte que esta tarde, en la cafetería, me has venido a decir que no sea yo mismo y que me muestre más amable.

—No vas a conseguir librarte de mí por mucho que me lances ataques. Eres lo suficientemente mayor como para saber de lo que estoy hablando, Parker. Vamos a ir a la fiesta. Vale que hayamos aceptado que quieras ser el que cuide de la familia, que quieras ser jugador de fútbol profesional para agasajarnos con el dineral que cobrarás. Pero solo vas a ser joven una vez. Deja de ser tan estricto y disfruta un poco de la vida, anda. Me da vergüenza ser tu hermana de lo estirado que eres —insiste.

Y, a pesar de que no lo hace, noto que se queda con ganas de dar un pisotón en el suelo para reforzar su punto.

Reprimiéndose demuestra que es mucho más madura que yo. Lo cual no pienso reconocer en alto jamás.

—No —respondo cabezón, y me acerco a la cama para lanzarme sobre ella. No pienso ceder. Me voy a tumbar y ver una serie como que me llamo Parker Taylor.

—Está bien —cede, y su tono de voz y actitud hacen que desconfíe al instante. Se me eriza el vello de la nuca—. Creo que voy a bajar para preguntarle a mamá, a ver qué opina.

—Joder —maldigo en alto, y me quedo paralizado centímetros antes de que mi culo toque el colchón. No me esperaba que jugase tan sucio.

Los ojos de Nala brillan porque sabe que ha ganado esta batalla.

¿He dicho ya que odio tener hermanos?

CONNOR

Puede que poner el móvil en silencio haya sido la mejor decisión que he tomado en todo el día —sí, así de mal va la cosa—, teniendo en cuenta las dieciséis llamadas perdidas que tengo de mi agente, con la que no estoy preparado para hablar. Prefiero fingir que ese problema no está cerca de morderme el culo en cualquier momento. Me gusta vivir en mi propio mundo, uno en el que los problemas no llegan a alcanzarme nunca.

Después de echar una siesta, me siento como un rey. No me gusta mucho dormir durante el día, pero hoy era imprescindible si quería acudir a la primera fiesta del curso y no parecer un muerto viviente. También lo necesitaba para calmarme. Después del numerito en el campo de fútbol con Parker, lo tenía más que claro.

Me levanto de la cama y bajo a la cocina a prepararme un café. Es algo que este cuerpo no perdona nunca, sea la hora que sea. Desciendo las escaleras con calma. Cuando pongo un pie en la cocina y me saluda el más absoluto silencio, sé que soy el único en la casa. Lo más probable es que mi madre se haya quedado trabajando hasta tarde en la empresa, o que tenga alguna cena de trabajo para variar. Tampoco es como si pudiera saberlo. No suele darme explicaciones de ningún tipo, por aquello de que ya soy mayor y esas cosas.

Pues vale. Genial.

Estoy más que acostumbrado a estar solo y no me importa.

Enciendo la cafetera y, mientras se pone en marcha, saco el teléfono del bolsillo. Me hago una fotografía poniendo mi cara más traviesa y subo la historia con una cajita de preguntas: «¿A dónde crees que voy esta noche?». Me apetece mucho hablar con mi gente, ellos siempre consiguen que mi corazón se caliente.

Guardo el teléfono de nuevo, me termino de preparar el café y, cuando lo tengo listo, vuelvo a mi habitación para darme una ducha. No puedo ir a la fiesta de cualquier manera.

Riku pasa a recogerme a las nueve y vamos en su coche. Aprovecho el viaje para seguir contestando a todas las personas que me han dejado comentarios en Instagram. Me río un montón mientras lo hago y le enseño los mejores a Riku.

Aparcamos con facilidad, ya que Oliver nos ha guardado un sitio en su garaje. Choco los cinco con él y, tras unos golpes en la espalda, accedemos a la fiesta por la puerta de la cocina.

En ese momento empieza mi trabajo.

Río, bailo, saludo, bromeo, y todo sin apenas tener tiempo para respirar.

Estoy un rato con los chicos del equipo. Wyatt me pilla por banda y me cuenta que Liam y él van a ir el fin de semana a esquiar después del partido y me libro por los pelos de tener que acompañarlos. Me apetece estar tranquilo un par de días. Además, he quedado con Riku en que este domingo vamos a dejar grabado un montón de contenido.

Cuando no aguanto ni un minuto más entre el gentío, después de hacerme las fotos de rigor para poder subir a las historias, voy al jardín a tomar el aire. Puede que algunas personas llamen a eso huir, pero a mí me gusta más pensar que lo que estoy haciendo es cargar pilas para volver con más energía. Está claro que en esta vida el que no se consuela es porque no quiere.

Abro la puerta corredera y, cuando estoy a punto de meter en mis pulmones una maravillosa y reparadora bocanada de aire fresco, capto por el rabillo del ojo a una persona sentada. Mi mirada se ve atraída sin remedio hacia la figura.

Fantástico.

Ahí, sentado en la semioscuridad, está mi mayor fan de todos los tiempos.

Parker Taylor.

La noche no hace más que mejorar por momentos.

PARKER

—¿Ves? Es solo una estúpida fiesta de universidad más, no se diferencia en nada de las que hay en la tuya —le digo a Nala en el mismo momento en el que ponemos un pie en la casa, mucho antes de que pueda saber si mis palabras son ciertas o no. Sé que me estoy comportando como un imbécil, pero es que no quiero estar aquí.

Va a ser la leche de incómodo.

Sigo a mi hermana mientras saluda a todo el mundo como si los conociera y la gente, debido a su confianza, simpatía o preciosa cara, le devuelve el gesto con una enorme sonrisa. Su actitud despierta en mí emociones contradictorias: no sé si sentir admiración o vergüenza. ¿De verdad hemos crecido a la vez en el mismo vientre? Porque me da la sensación de que ella se ha quedado con todo lo bueno y a mí me ha dejado unas cualidades francamente cuestionables.

La gente reacciona a mí de manera diferente, puede que porque me conozcan. Algunas personas muestran interés —aunque no precisamente para hablar conmigo— y otras, un tipo de odio injustificado. O, al menos, esa es la impresión que me da.

Observo a todo el mundo y no veo nada interesante. Como ya sabía antes de venir, acudir a la fiesta no es más que una pérdida absoluta de tiempo. Después de unos minutos, veo que Nala se acerca a una chica y la abraza. Imagino que ella es la culpable de que estemos hoy aquí. Cuando mi hermana me llama con la mano para presentármela, planto una sonrisa en mi cara y me acerco. Tras unos saludos corteses, consigo deshacerme de las dos y me doy una vuelta para ver si encuentro algo de beber. Sin alcohol, por supuesto; tengo que cuidar mi cuerpo, que es mi vehículo para lograr el éxito en mi carrera. Luego, busco un lugar apartado de la gente.

Me coloco de manera estratégica en una esquina, de forma que yo veo toda la sala, pero mi figura queda envuelta por las sombras y medio oculta por un desmesurado jarrón. Tan bien situado, no tardo nada en localizar a mis compañeros de equipo. Están sentados en un par de sofás muy cerca de la pista de baile. Los estudio. Quizás, si analizo su comportamiento, pueda descubrir algo que me ayude a ganármelos. Pero no tienen nada interesante; no son más que unos niñatos demasiado engreídos para lo poco que aportan al mundo. Se ríen y beben mientras señalan la pista donde Wyatt y Liam están bailando junto con una chica morena. Bueno, más que bailar lo que están haciendo es frotarla entre ellos. Giro la cabeza para tratar de darle sentido a lo que veo y, no por primera vez, me pregunto qué clase de relación tienen esos dos. Si alguien me hubiese preguntado hace unas semanas, les habría dicho que eran pareja, pero ahora, tras estar con ellos en diferentes ocasiones, no lo tengo nada claro. Van juntos a todas partes, incluso más que Nala y yo, que literalmente hemos crecido en el mismo vientre, y sé que no están emparentados porque no tienen el mismo apellido. Así que, si no son pareja y bailan con una morena los dos a la vez, ¿qué es lo que son?

La verdad es que no tengo ni idea, y tampoco me importa tanto como para investigarlo. No quiero hacerme su amigo, solo que entiendan que estamos en el mismo equipo y que tenemos que colaborar o no vamos a ganar un solo partido. Y no puedo permitir eso.

Muy pronto, pierdo el interés en ellos.

Después de media hora —lo sé porque no dejo de mirar todo el rato el puto reloj, ya que el tiempo se ha empeñado en no transcurrir—, me quedo a medio trago de mi refresco de cola cuando veo a la última persona que me apetece en el mundo.

Si hubiera pensado por un momento que cambiarme a la universidad de mis sueños provocaría que viese una y otra vez a Connor, juro que me lo habría pensado. No puedo con el muy gilipollas.

Trato de no hacerlo, pero mis ojos no dejan de posarse sobre él mientras se pavonea por toda la casa. Odio su manera altiva y arrogante de comportarse. Odio la sonrisa enorme y falsa que dedica a todo el mundo con el que se cruza y que, sorprendentemente, parece hacerlos felices. Se tragan su actuación.

Es increíble.

¿Por qué la gente no puede ver que es un chulo que se cree superior a los demás con su preciosa cara y su abundante cuenta corriente? ¿Qué clase de hechizo ha lanzado sobre toda la jodida humanidad?

Juro que me esfuerzo sobremanera para no obsesionarme con su presencia; sé que no puede salir nada bueno de esa actitud. Pero, teniendo en cuenta que las únicas personas que se acercan a mí lo hacen para ligar, muy pronto me quedo sin opciones y acabo sentado en una silla en la terraza.

Lejos de todo el mundo.

Así que, poco después, cuando lo veo salir e invadir mi momento de privacidad, estallo.

No había otra posibilidad.

Si pago mi frustración con Connor, es algo que a nadie le importa. No es un bendito, está a años luz de serlo. No voy a sentirme mal por ello.

Nuestras miradas se cruzan y abro la boca antes de que lo que voy a decir pase por el filtro de mi cerebro.

—Lárgate de aquí. Vuelve dentro a que te sigan lamiendo el culo —suelto con dureza.

Connor no se inmuta ante mis duras palabras. De hecho, parecen animarlo, a juzgar por la llama que brilla en sus ojos.

—Cómo sabes lo que me gusta. Nunca le digo que no a una buena comida de culo. —Por la forma en la que tuerce su sonrisa, sé que está tratando de asustarme. Ni que me importase que sea gay. Lo único que me importa es que es un gilipollas, uno al que le tengo muchas ganas.

—Un puñetazo no fue suficiente para aliviarme. Estás jugando con fuego —le advierto. Luego me levanto y doy un paso hacia él.

—¿A eso le llamas tú pegar un puñetazo? —me reta, y joder si no caigo como un tonto.

Antes de darme cuenta, estamos pecho contra pecho. Midiéndonos.

Como cada vez que nos encontramos.

—Te vas a tragar tus palabras, niño rico. Destroza sueños. Jode vidas.

—Cómo sabes lo que me gusta —repite, y me pongo furioso.

Pese a la tensión que nos rodea, pese a que está a segundos de saborear mi puño, se la suda.

—No te tomas nada en serio —escupo con ira. No tengo ni idea de cómo consigue ponerme siempre al límite, cómo consigue sacar lo peor de mí.

Solo sé que quiero que se mantenga alejado. No es mucho pedir.

Cuando esa frase sale de mi boca, Connor se pone lívido y deja de pelear conmigo al instante. Noto cómo la lucha y la guasa abandonan su cuerpo. Lo veo darse la vuelta y meterse de nuevo por la terraza. Lo sigo con la mirada, sorprendido por su extraña reacción, y lo observo perderse entre la gente. Dudo durante unos segundos, sintiendo que quizás debería hacer algo, pero no es mi problema. De hecho, si de alguna manera he tocado un punto débil, me alegro.

Que le den a Connor Young. Espero que nuestros caminos dejen de cruzarse de una vez.

CONNOR

La frase de Parker es un catalizador para mis recuerdos. Para un momento concreto que no quiero revivir nunca.

«No te tomas nada en serio».

Son las mismas palabras que dijo él.

Esa frase abre una grieta en la coraza que llevo puesta cada día y todo lo que tengo dentro sale al exterior.

Y mi interior no es precisamente bonito de ver.

Es un lugar oscuro y lleno de dolor. Un lugar desde el que a duras penas sé regresar cuando me sumerjo.

No sé cómo he podido aguantar hasta llegar cerca de casa para reventar. Cómo he conseguido pausar este sentimiento de ahogo que me aprieta el pecho y la garganta y que me impide respirar.

Ni siquiera sé cómo he llegado hasta aquí.

Solo recuerdo que, cuando Riku me ha dejado en la puerta de mi casa, he sido incapaz de entrar. Necesitaba huir, alejarme todo lo posible. Correr más rápido que mi dolor y mis recuerdos. Necesitaba parar la angustia que me cerraba la garganta. Este sentimiento de soledad. De que, por más que me esfuerzo, nadie me ve.

De que no valgo para nada.

Y hago lo mismo de siempre: huir hacia delante. Lo único que he hecho toda la vida. Lo único que sé hacer.

Llego hasta el bosque y comienzo a subir. Arriba, arriba. Sin permitirme pensar, sin permitirme sentir. Cuando llego a la cima, me dejo caer de rodillas y, antes de que me dé cuenta, hay lágrimas recorriendo mis mejillas. Lágrimas que, en vez de hacer que me sienta liberado, solo consiguen ahogarme más.

Soy incapaz de conseguir que alguien me tome en serio. Soy incapaz de lograr que alguien me quiera. Si ni mis padres han podido hacerlo nunca por lo que soy, ¿por qué iba a esperarlo de otras personas?

Me siento tan solo en el mundo que ni siquiera me atrevo a compartir mi dolor con nadie. Nadie me conoce.

Sin darme cuenta, me he abrazado a mí mismo para que los pedazos que quedan en pie no se caigan y se desparramen, pero las manos me tiemblan tanto que sé que no van a aguantarme durante mucho más tiempo.

Y entonces caigo hacia delante.

Coloco las palmas sobre la tierra húmeda y fría, tratando de mantenerme en el presente, de agarrarme a algo real que me impida pensar en el pasado, pero mi pésimo intento no sirve de nada. Mi mente viaja hasta allí, hasta la discusión que tuve con mi padre. La última antes de que el destino decidiese que no habría ninguna más.

El dolor de la pérdida es insoportable. El dolor de que, aunque quisiera, no podría arreglar todo lo que me dijo, todo lo que yo le dije a él. El dolor de saber que, aunque demostrase que sí que me tomo en serio ser *tiktoker*, aunque gane el premio, él nunca lo sabrá. No le importará a nadie. La barrera que sigue separándome de todo el mundo, como si no fuese capaz de establecer una relación profunda, como si la gente no pudiese verme, seguirá ahí. No puedo evitar sentirme insignificante.

Después de minutos u horas allí tirado, viendo las luces de la ciudad a lo lejos, consigo calmarme lo suficiente como para empezar a odiarme.

Me odio a mí mismo por ser tan sensible, por dejar que las cosas me afecten tanto. Lo detesto.

Soy un inmaduro atrapado en el pasado. Lo sé, pero no puedo hacer nada para cambiarlo. No tengo la fuerza suficiente.

Tararear la canción de *El rey león* es lo único que consigue calmarme ahora mismo.

Solo quiero poder superar esto de una vez.

Solo quiero poder olvidarlo.

Si fuese valioso para una sola persona en el mundo, todo sería mucho más fácil.

Pero la verdad es que no lo soy.

Cuando llego a casa, como siempre, me recibe el más absoluto silencio. La más absoluta soledad. La indiferencia. Y, por unos minutos, me permito sentir pena de mí mismo. Solo por hoy. Mañana será otro día. Uno nuevo en el que conseguiré volver a rellenar el vacío de mi corazón con el amor de mis seguidores.

El único amor verdadero que tengo en el mundo.

5

CONNOR

Esto se me ha ido de las manos.

No me avergüenza reconocer que me paso toda la mañana en la universidad, evitando estar en espacios abiertos para que Emma no sea capaz de atraparme. A mi forma de comportarse debería llamársele supervivencia en vez de cobardía. O, por lo menos, así es como trato de pensar cada vez que siento que estoy huyendo. Sé que no puedo esquivarla toda la vida —para mi desgracia—, pero voy a intentar pasar el mayor tiempo posible viviendo en mi mundo de paz, donde ella no quiere matarme por armar semejante revuelo a los pocos días de que me nominen al premio por el que llevamos trabajando meses. Mis seguidores no hablan de otra cosa.

—¡Mierda! —exclamo, seguido de un ruido lastimero. Me alegro de que no haya nadie que me pueda escuchar dentro del armario de la limpieza de la facultad de Comunicaciones, en el que puede que esté tomando mi almuerzo.

Por supuesto que voy a subir una foto de mi obra de arte gastronómica, que he preparado a horas intempestivas para no encontrarme con Emma en casa; solo que voy a hacer el encuadre de forma que no sea vean las múltiples escobas que me acompañan en este glorioso momento.

No veo ningún fallo en mi comportamiento.

Abro el táper de cristal y lo coloco sobre una de las encimeras donde se ordenan los productos de limpieza. Lo giro hacia la derecha, para que la luz haga parecer mi comida todavía más apetecible.

Estoy a punto de abrir Instagram para subir la foto cuando me llega un mensaje de Riku.

> Lo siento

> ¿¿??

> Te juro que he tenido que confesar. ¡Quería tirar mi cámara por la ventana!

Antes de que pueda procesar lo que significan sus palabras, la puerta del cuarto de la limpieza se abre.

Genial.

La figura de Emma me saluda desde el umbral y, aunque no puedo verle bien la cara con el chorro de luz que entra desde el pasillo, no me hace falta hacerlo para saber que está cabreada. El teléfono vibra en mi mano y sé que es Riku siguiendo la conversación, pero en este momento, por razones más que obvias, no puedo atenderle. Bloqueo la pantalla y, con toda la dignidad que soy capaz de reunir —teniendo en cuenta que estoy escondido en un puñetero sitio que es poco más grande que un armario, precisamente de ella—, me siento sobre una caja y agarro el táper con la mano como si mi situación fuese de lo más normal y viniese todos los días a comer aquí.

—Buenas tardes —la saludo, aguantando el tipo a duras penas.

—Precioso sitio —dice, antes de cerrar la puerta a su espalda.

Entra y, tras un breve silencio, vuelve a hablar.

—¿Has visto la reacción de la gente a tu encontronazo de ayer con Parker Taylor? —pregunta. Como siempre, directa al grano.

No me sorprende que sepa el nombre y apellido de Parker. Como mánager, siempre investiga cada cosa hasta el más mínimo detalle. Por eso es tan buena. Pero estoy seguro de que en este caso no tiene ni idea de por qué él me odia tanto.

—Sí —respondo escuetamente, y me meto una cucharada gigante de ensalada de quinoa en la boca para no tener que decir nada más.

—Bien. Pues ya sabes lo que hay que hacer.

Su afirmación me pilla por sorpresa y mastico rápido para poder tragar.

—Eh... Pues no.

Se lleva la mano a la frente y, aunque no lo verbaliza, sé lo que está pensando: «Señor, dame paciencia». No sería la primera vez que la oigo decir algo así.

—Connor. Tienes que aprovechar el tirón y liarte con ese chico.

—¡¿Qué?! —No tengo muy claro si lo grito o lo pregunto, pero para cuando me quiero dar cuenta estoy de pie y el táper se vuelca en el suelo, llenándolo todo, zapatillas incluidas, con los pequeños granos de quinoa.

—¿Qué no entiendes?

—Nada de lo que dices. ¿Por qué quieres que me líe con él?

—Porque es lo que la gente está deseando —afirma como si su razonamiento fuese impepinable—. ¿Es que no has leído los comentarios?

—Por encima —reconozco. A veces, no es ni sencillo ni agradable saber lo que los demás piensan de uno.

—Pues la cosa está clara. La tensión que hay entre vosotros ha enamorado a miles de personas. No se habla de otra cosa. Hacéis muy buena pareja.

—¿Buena pareja?

—Sí.

—Estábamos a punto de zurrarnos.

—Eso lo hace más jugoso todavía.

—Pero...

—Pero nada, Connor. Es mucho mejor de lo que podíamos haber soñado con conseguir. Un romance así va a disparar el interés en ti. Tenemos que organizarlo de manera que la gente se mantenga pegada al teléfono para verlo evolucionar. Dosificarlo, prepararlo.

—Solo para asegurarme: ¿entiendes que ese hombre me odia?

—Lo que quiere decir que tú no lo odias a él.

—Sí —emito un grito indignado que no parece convencer nada a Emma—. No lo soporto. Es un imbécil arrogante que se cree mejor que nadie.

—Ese imbécil arrogante es la llave para que tú consigas lo que necesitas. ¿No quieres ganar el premio? —me pregunta, con las cejas levantadas.

Maldigo.

—Eso es jugar sucio —le recrimino.

—¿Es que no estás dispuesto a hacer cualquier cosa?

—Desde luego, no nada que vulnere mis principios.

—Anda, no tenía ni idea de que relacionarte con un deportista *sexy* fuese en contra de tus principios. De hecho, juraría que te he visto hacerlo más de una vez.

—Ya sabes a lo que me refiero. No nos soportamos.

—La gente quiere veros juntos. ¿Sabes cómo se han incrementado tus estadísticas desde vuestro encontronazo de ayer?

—No voy a liarme con él.

—Vale —accede. Y me quedo a cuadros, ¿por qué me está torturando entonces?—. No te líes con él, solo fíngidlo.

—¡¿Qué?! —grito-pregunto de nuevo como si fuese un disco rayado.

—Pues eso, que lleguéis a un acuerdo para que parezca que sois una pareja. Me da lo mismo que vuestra relación sea real o no mientras que podamos hacer un espectáculo de ello.

—Parker no va a acceder a eso.

—¿Por qué? —me pregunta. Y por su tono de voz sé que no le queda mucha más paciencia.

—Porque ni siquiera me va a escuchar. Porque no hay nada que él gane a cambio. ¿Qué le voy a ofrecer? —Mi voz suena desesperada. Menudo marrón que me está echando Emma en la espalda.

—¿Quieres ganar? —responde con una pregunta propia.

—Sí, claro.

—Pues dale al cerebro. Todos queremos algo en esta vida. Encuentra lo que Parker anhele y que solo tú puedas darle.

Si tras escuchar las palabras de Emma mis pensamientos invocan una imagen de nosotros dos en el estadio de fútbol y yo arrodillado a sus pies a punto de darle placer, es solo porque llevo demasiado tiempo sin acostarme con nadie. No porque lo desee. Para nada. Odio a Parker casi tanto como él me odia a mí.

Muevo la cabeza hacia los lados para desprenderme de la imagen y me esfuerzo por pensar. Pronto llego a la conclusión de que no hay nada que pueda ofrecerle que le interese.

Aunque intento evitarlo lo mejor que puedo, esa afirmación me persigue durante todo el día. Es como si, a pesar de haberme negado, mi cerebro estuviese trabajando en segundo plano para ofrecerme una respuesta a ese imposible dilema. Sin embargo, sé que es en vano.

No hay nada de mí que él quiera. Nada que necesite.

6

Estoy rodeado de idiotas. —Scar

PARKER

Juro que me he levantado con buena voluntad. Incluso se podría decir que emocionado —hasta mi hermana se ha dado cuenta de ello—, pero en el momento en el que he puesto un pie en el estadio he sabido que iba a ser un partido de mierda.

Digamos que he tenido un pálpito.

Y lo que más me jode es haber llevado razón.

Hoy es nuestro debut de esta temporada. Vale que es un amistoso, pero es que estamos haciendo el ridículo porque mis compañeros son una panda de gilipollas. Un atajo de idiotas que no sabrían reconocer un cerebro aunque se lo restregasen por la cara. Estoy más allá de frustrado. De verdad que no entiendo su actitud ridícula e infantil de no pasarme el balón. Pensaba que solo iban a comportarse así en los entrenamientos, cosa que ya me parece estúpida, pero esta actitud de mierda en el primer partido de la temporada no se puede tolerar. Es como para matarlos uno a uno. Joder. No los soporto.

Estoy furioso.

El entrenador pide tiempo muerto cuando Liam pierde la pelota y se lleva una buena zurra del otro equipo solo por no pasármela a mí, que estaba a su lado y sin nadie a mi alrededor, porque, sorpresa, los rivales se han dado cuenta de que al parecer soy un jugador invisible que desde luego no pertenece al equipo.

Pues incluso después de la bronca del entrenador y de sus gritos todo ha seguido igual.

Voy a matar a alguien.

No veo el momento de largarme del campo. Largarme y liarme a dar puñetazos al saco de boxeo que tengo en la habitación hasta que se me ocurra alguna forma de que me traten como a un compañero más. Porque, hasta que eso no ocurra, no vamos a ganar un puto partido. No es porque yo sea el mejor —que lo soy—, sino porque estamos jugando con una persona menos.

El equipo del que siempre he soñado ser parte se está convirtiendo en una pesadilla. ¿Cómo voy a conseguir que un ojeador quiera ficharme para la liga profesional si no me pasan el puto balón?

Joder.

CONNOR

Mientras veo el partido al lado del banquillo —con mis amigos comentando cada una de las jugadas y el entrenador mirándome desesperado de vez en cuando, como si quisiera ponerme el uniforme y darme una patada para que saliese al campo de fútbol—, comprendo qué es lo que le puedo ofrecer a Parker.

Es como una especie de revelación.

Y, justo en este instante, un peso que no era consciente de que me estaba estrujando el pecho se me quita de encima.

Tengo algo que Parker Taylor necesita: amigos.

Desde que la idea acude a mi mente, soy incapaz de desprenderme de ella. Le doy vueltas una y otra vez en la cabeza y, con cada minuto que pasa, estoy más convencido.

En un *win-win* de manual.

Todo el mundo saldría ganando: el equipo, porque está claro que les ciega el odio que le tienen por haberles ganado el año pasado; Parker, porque si saliese conmigo, quiero decir... si lo fingiésemos, lo terminarían aceptando, lo incluirían en el juego y dejarían de verlo como un rival, un infiltrado, como si no fuese parte de nuestra universidad; y yo, que conseguiría el plus de atención, de novedad e intriga que necesito para posicionarme frente a mis adversarios.

No he visto nada más claro en la vida.

Es esa misma certeza —la de estar arreglando el mundo— la que me hace levantarme cuando acaba el partido —después de relatar cómo nos ha ido en unas historias para mi gente— e ir a esperar a Parker al pasillo de los vestuarios.

Con esta propuesta, es imposible que me diga que no.

PARKER

La última persona que quiero ver cuando salgo del vestuario es la primera a la que me encuentro. Mi humor, que hasta este momento estaba alerta, llega a un punto crítico. Estoy a décimas de segundo de morir calcinado por mi propia rabia.

Cierro los ojos y respiro profundo. Hoy voy a hacerme un favor y a actuar como si no existiese. Si hablo con él, sé que vamos a terminar pegándonos y no quiero que me expulsen.

Bien.

Puedo hacerlo.

—Parker —me llama justo cuando paso por su lado.

No le contesto. No puede ser verdad que me esté hablando a mí.

—Eh, Parker —repite de nuevo, y esta vez escucho su voz más cerca. Utiliza un tono desenfadado que me pone furioso. ¿Quién coño se ha creído que es? ¿Mi amigo?

Dejo escapar una amarga carcajada.

—Te veo con ganas de que te partan la cara, Connor —lo amenazo directamente. Este tío no pilla las indirectas, con él tengo que ser extremadamente claro—. Vete a tomar por culo. No tengo ni tiempo ni humor para perderlo contigo.

—Quiero proponerte algo —dice de forma valiente o inconsciente.

Vale. Lo ha conseguido. Voy a matarlo.

Miro a ambos lados del pasillo para asegurarme de que somos los únicos en el lugar. No quiero poner más piedras en mi camino. Agarro a Connor del jersey y lo estampo contra la pared.

—Deja de tocarme los putos huevos, Young.

—Quiero ofrecerte un trato que nos beneficia a ambos —afirma con seguridad pese a estar empotrado contra la pared, con mis manos a pocos centímetros de su cuello. Nunca ha tenido miedo de mí.

Es un cabrón muy cabezota.

Para su desgracia e integridad, yo lo soy mucho más que él.

—Estás loco, ¿verdad, niño rico? Crees que, porque abras la boca, con la fama que tienes y esa cara bonita, puedes conseguir cualquier cosa. Pues estás muy equivocado. A mí no me la cuelas. Sé la clase de gilipollas egoísta que en realidad eres.

Levanto el brazo para darle un puñetazo como despedida. Se lo merece por venir a molestarme. Pero, antes de que mis nudillos impacten sobre su cara, los agarra y se impulsa hacia mí. Me desequilibra. Aparte de ser un cabrón es un tío muy grande, por lo que acabamos en la otra pared del pasillo, pero esta vez es él el que me tiene a mí acorralado.

—He venido a ofrecerte un trato y lo voy a hacer. Los dos salimos ganando, así que pausa por unos segundos el odio que me tienes y escucha —me ordena, y su forma de comportarse me sorprende tanto, teniendo en cuenta que siempre se muestra agradable, que me quedo congelado—. Tú necesitas que la gente del equipo te acepte. No digas que lo hacen; en el partido de hoy han lanzado balones fuera solo por no pasártelos a ti. —Aprieto los dientes porque tiene razón, pero no pienso aceptar eso de ninguna jodida manera—. De hecho, eso os ha hecho perder. Jugáis con una persona menos: tú.

Me revuelvo ante sus palabras y empujo contra su cuerpo para que me suelte, pero él solo aprieta más. Estoy a dos segundos de darle un rodillazo y ponerme a pelear en serio.

—Aparta, gilipollas. No necesito que actúes como si fueras un comentarista. He estado en el partido. Sé lo que ha pasado.

—Y yo necesito ganar el premio del mejor *tiktoker* de Lifestyle del año —vuelve a hablar como si le diesen igual mis insultos, como si no lo hubiese cortado en medio de su discurso—. Por lo que vamos a fingir una relación.

Cuando termina su alegato, me quedo quieto. No ha podido decir eso.

—¿Una relación?

Estoy en medio de un *reality show*. Me está grabando para ver mi reacción. No hay otra explicación. Nadie puede ser tan subnormal, ni siquiera Connor.

—Sí. Eso haría que te aceptasen y que yo ganase.

—¿Una relación romántica?

—Sí. —Noto que se avergüenza.

Me quedo paralizado durante unos segundos más, porque juro que no entiendo nada.

—Esto es una broma, ¿verdad?

—No. Piénsalo, nos beneficia a ambos.

Lo analizo y algo en la forma en la que me observa me hace comprender que está hablando jodidamente en serio.

La rabia me da la fuerza necesaria para apartarlo de mí. Le doy un empujón que lo pilla con la guardia baja y terminamos alejados de la pared, con mis manos agarrando su chaqueta y zarandeándolo.

—Te voy a partir la cara. Es tu culpa que esté en esta situación. ¿Te has parado a pensarlo? Si hubieses ido al último partido de la temporada, no habríamos perdido y no habría terminado en el equipo rival. Habría estado aquí desde el principio —grito en su cara, y lo empujo. Quiero provocarle dolor—. No pienso hacer nada contigo. Nunca.

—Oye. ¡Taylor! ¡Young! —Los gritos del entrenador llegan hasta mis oídos, pero ni eso me hace apartarme de él—. Parad de una vez —nos ordena, segundos antes de meterse entre los dos—. ¿Qué cojones os pasa? —pregunta, y ninguno de los dos dice nada. Solo nos quedamos enfrentándonos con rencor, lanzándonos miradas de muerte.

Odio que nos hayan interrumpido. Necesito quedarme a gusto y poder partirle la cara.

—Nada. —Connor es el primero en hablar. Lo veo colocar una máscara de tranquilidad en su cara antes de girarse hacia el entrenador.

Por supuesto, no se puede permitir que nadie, aparte de mí, vea la sanguijuela que es. Su gesto es más de lo que puedo tolerar en ese momento, así que me doy la vuelta y me largo de allí. Necesito poner distancia entre nosotros.

Salgo del estadio y me monto en el coche.

Me paso todo el viaje apretando los dientes, furioso. No sé si es una buena noticia que hoy disponga del vehículo solo para mí. No me vendría mal hablar.

Tengo que sacar toda esta furia de mi interior.

Llego a casa y lo primero que hago, después de saludar a mi madre con un rápido «hola», es buscar a mi hermana. Necesito contarle la propuesta de Connor a alguien que lo entienda. Necesito que alguien me ayude a ratificar lo loco que está y lo gilipollas que es.

¿Cómo se atreve siquiera a pensar en semejante ida de olla?

Subo las escaleras de dos en dos y, al acercarme a su habitación, como tiene la puerta abierta, veo que está sentada en su escritorio, tecleando en el ordenador como una loca.

—No te vas a creer lo que me ha pasado hoy —le digo justo al entrar en su espacio.

—Buenas tardes para ti también, hermano —saluda, dándose la vuelta y mirándome con rencor—. ¿Qué tal ha estado el partido al que no me has dejado ir? —pregunta molesta.

No me acordaba de que esta mañana hemos discutido. No me apetecía tenerla entre el público. No quería sentir todavía más presión.

—Era un partido amistoso —me defiendo para aplacar su mala leche—. No cuenta.

—Desde luego que lo hace cuando no has querido que lo presencie. ¿Cómo ha ido? —repite.

Y maldigo porque no puedo mentirle.

—Mal.

Esa respuesta escueta es todo lo que va a obtener de mí. No pienso relatarlo.

—Necesito alguna explicación más —dice cabezota. Y, para darles más fuerza a sus palabras, se cruza de brazos.

Aprieto los labios hasta que forman una fina línea.

—No he venido a hablar de eso.

—Fantástico. Yo no quiero hablar de otra cosa —asegura, y se da la vuelta hacia su ordenador. Luego, se pone a teclear de nuevo como si yo no estuviera allí.

Genial.

—Bien. Si eso es lo que quieres, te lo diré —cedo, acercándome a ella. Al oír mi rendición, se gira para mirarme. Esta vez, con cara de interés, lo que solo me pone de más mala leche. Tengo los sentimientos demasiado a flor de piel—. Ha sido un jodido desastre. Un despropósito. No me han pasado el balón en todo el partido y hemos hecho el ridículo —le cuento, gesticulando con las manos como un loco mientras me muevo de un lado a otro a de la habitación, desahogándome—. ¿Y sabes qué es lo peor de todo? —pregunto, parándome de golpe para mirarla y ver su reacción.

—¿Qué?

—Que, cuando el partido ha terminado, el jodido Connor Young ha venido a hablar conmigo para proponerme un trato. ¡UN TRATO!

Nala abre los ojos y la boca por la sorpresa.

Durante unos segundos, nos quedamos mirándonos en silencio. Ella, asombrada por mis palabras y yo, a la espera de que se escandalice, por lo que su reacción me pilla por sorpresa.

—¿Un trato?

—Sí.

—¿Qué trato? —pregunta, girando la cabeza y entrecerrando los ojos como si ante ella tuviese alguna clase de acertijo.

—¿Qué más da eso?

—Hombre, importa.

—No. Lo único que importa es que es Connor. El Connor que me jodió la vida. ¿Te acuerdas de él?

Nala pone los ojos en blanco como si le pareciese que estoy siendo excesivamente dramático.

—Por supuesto que sé quién es. Como si me hubieses permitido olvidarlo. Llevas hablando de él desde el mismo día en el que lo conociste. Y no demasiado bien precisamente —me acusa.

—Es que fue en ese momento cuando me di cuenta de quién era de verdad. Cosa que no hace el resto de la gente.

—No me cabe la menor duda —comenta, consiguiendo que sus palabras suenen como si me estuviera llamando gilipollas—. Solo por curiosidad, ¿qué es lo que te ha propuesto?

—Da igual.

—No, dale el placer a tu hermana de saberlo. No me puedes dejar con esta duda.

Aprieto los dientes porque ella sabe que no puedo negarme a su petición.

—Me ha dicho que finjamos ser pareja para que él pueda ganar un puto concurso y que a mí me acepten los del equipo. ¿Te lo puedes creer?

Pero ella no tiene la reacción que espero.

No se pone a gritar indignada ni me dice «Cómo se atreve ese estúpido».

Ella solo piensa.

Piensa, joder.

—¿Nala? —le pregunto, alucinando.

Porque lo noto. Noto en la postura de sus labios, en cómo entorna los ojos, en la forma en la que me mira, que lo está sopesando. Que está analizando la propuesta de Connor. La conozco tanto como para poder leer cada pequeño gesto de su cara.

No le ha parecido una locura.

—A ver cómo te digo esto, Parker. Creo que es una estrategia retorcida, pero una estrategia que te ayudaría mucho. ¿Acaso no quieres que te acepten?

No me puedo creer la situación. No-pu-e-do.

—No pienso seguir hablando contigo. Has perdido la cabeza mientras no estaba. No hay otra posibilidad —le echo en cara, y salgo de su habitación.

Me niego a dedicar un segundo a valorar la propuesta de Connor. Es una jodida locura.

Cuando me tumbo en la cama, odio que lo único que me venga una y otra vez a la cabeza sea la duda de mi hermana. Que cuando se lo he contado, en vez de escandalizarse y decir conmigo que Connor es un idiota, lo haya sopesado.

Lo odio porque su duda es el germen que está intoxicando cada uno de mis pensamientos.

Joder.

7

Eh, Timón, solo es un león chiquitín. Míralo, es tan mono y está solito. ¿nos quedamos con él?
— Pumba

PARKER

Me voy a cagar en todo.

Me cago en mi querida hermana.

Me cago en mis compañeros de equipo.

Y me cago en Connor Young.

Sobre todo, en el jodido Connor Young.

Apenas he podido dormir esta noche dándole vueltas a la propuesta. Al principio, no dejaba de pensar en lo imbéciles que son desde el primero al último, en cómo ni mi propia hermana era capaz de ver la ridícula propuesta de Connor. En la injusticia de su petición. En que debería partirle la cara. Pero, en algún punto de mi duermevela —quizás cuando pude pensar más allá de la rabia—, sus palabras, sus razonamientos, empezaron a hacer mella en mi sistema. Me han lavado el cerebro.

Quizás que haya dormido poco sea el culpable de que pase todo el día de un humor de perros, que las propinas de esa tarde sean la mitad que en un día normal y que entrenemos bajo una lluvia del demonio —que el entrenador dice que sirve para endurecernos, que «en sus tiempos la gente no se andaba con tantos miramientos como la gente de ahora».

O quizás no.

Lo único que tengo claro es que el culpable no soy yo.

El de hoy es un entrenamiento esclarecedor.

Me tiro la mitad de las dos horas de pie en el centro del campo, mojándome como un cabrón, con las gotas de agua resbalando por mi cara y acumulándoseme en la barbilla, mientras observo a mis compañeros hacerse pases entre ellos. La otra mitad la paso corriendo en círculos después de haberme peleado con Liam para arrancarle el balón de las manos.

Es un día digno de colarse en los anales de la historia por ser una mierda.

Después de esta tarde, he tomado una decisión.

Puede que la peor de mi vida.

CONNOR

—Tienes que conseguir convencer al chico —repite Emma por cuarta vez, como si a base de insistir fuese a obrar el milagro.

La fulmino con la mirada. Estoy a punto de largarme. No puedo con esta presión. Tengo la sensación de que lo único que hago estos últimos días es discutir.

Riku me lanza una sonrisa para tratar de reconfortarme, pero, aunque me siento agradecido con él, no lo logra. Esta tarde, Emma me está haciendo una maniobra de acoso y derribo.

—Te juro que lo he intentado, pero no quiere —repito yo también por cuarta vez.

Y, a juzgar por cómo me mira, no le parece suficiente.

—Una única conversación no cuenta como intento, Connor.

—¿Y qué quieres? Me libré por los pelos de que me partiera la cara.

—Te he visto ensayar durante días para hacer un ejercicio perfecto antes de grabar un vídeo. ¿Ahora te vas a rendir tan fácilmente? —pregunta, ignorando mis palabras.

—Si llego a presentarme hoy con un ojo morado, o con una expulsión de la universidad, no estarías muy feliz.

—Creo que tienes la suficiente labia como para conseguir algo sin que te peguen. Usa tu magia. Ya sabes, esa cosa que tienes que enamora a todo el mundo —dice, moviendo los dedos de las manos como si estuviese haciendo un truco.

—Carisma —ofrece Riku. Cuando Emma se gira para fulminarlo con la mirada, él se explica—: Eso por lo que le gusta a la gente se llama carisma.

—Sé perfectamente cómo se llama, muchas gracias —responde, sin parecer ni una pizca agradecida—. En vez de estar sacando punta a todo lo que digo, deberías ayudarme a que tu amigo entre en razón. Tiene que conseguir un trato con ese chico.

—No creo que sea tan sencillo.

—Gracias. Eso es lo que llevo tratando de explicar toda la tarde —casi grito ilusionado—. Olvídate, Emma. Es imposible. Necesitamos pensar otro plan. Uno que sí sea factible.

PARKER

No es difícil localizar a Connor, aunque no lo conozcas de nada. Solo con meterte en TikTok puedes saber dónde está en cada momento del día. No pienso hacer comentarios al respecto. Si al él no le parece perturbador ese hecho, a nadie más le importa. Desde luego, es su problema, no el mío.

Cuando entro en la urbanización extrapija donde vive, el recuerdo de la primera y única noche que estuve aquí me asalta, por lo que tengo que respirar hondo para tranquilizarme y no dar media vuelta y largarme. He tomado la decisión y no puedo echarme atrás ahora.

Para acceder al interior tengo que pasar por la garita del guardia. Cuando le digo a quién voy a visitar, me pregunta mi nombre y titubeo antes de decírselo, pero, por alguna especie de milagro, no me tiene fichado en ningún sitio, así que paso con total normalidad, no como si la última vez hubiese abandonado el recinto dentro de un coche de policía después de haber agredido a uno de sus habitantes.

A diferencia de aquella noche, ahora miro a mi alrededor apreciándolo todo: las pedazo de casas que hay, el nivel económico que se respira en el ambiente; y comprendo que es justo a lo que yo aspiro. Es la clase de vida que quiero ofrecer a mi familia. Me da mucha rabia pensar que Connor la tiene sin haber movido un solo dedo en su vida y que mi madre y hermanos, pese a haber trabajado incansablemente, todavía tengan que compartir un solo baño. Es injusto. Pero es por eso mismo por lo que voy a llevar a cabo este trato con Connor.

Tengo que hacerlo, a pesar de que su sola existencia va contra todos mis principios, porque necesito jugar en el mejor equipo de forma activa para que los ojeadores me metan en la liga profesional. Eso hará que pueda cuidar a mi familia como se merece. Hará que puedan vivir en una pedazo de casa tan maravillosa como estas. Es por lo que llevo trabajando toda la vida. Si el maldito Connor se hubiese molestado en hacer lo único que tenía que hacer, yo hoy no estaría aquí.

Es jodidamente retorcido que la persona que me ha llevado hasta este punto de mi vida sea la misma que me puede sacar de él. Es un corte de mangas del destino.

Sumido en mis pensamientos —para nada positivos—, llego a su mansión.

Llamo al timbre dorado y espero. Pocos segundos después, se abre la puerta y me saluda un hombre de mediana edad con cara agradable. Cuando le digo que estoy aquí para ver a Connor, me indica que lo siga. Le hago caso en silencio mientras no dejo de mirar a mi alrededor. La casa es impresionante, toda blanca y minimalista. Llena de silencio y espacio. Tranquila y vacía. Si me dijesen que nadie vive aquí, me lo creería. Es todo lo contrario a la mía.

Cuando llegamos a la planta superior, comienzo a escuchar voces procedentes del fondo del pasillo. Según nos vamos acercando, puedo distinguir la de Connor. La piel del cuello se me eriza como respuesta. Creo que me da alergia. Me trago todos mis pensamientos, ya que no me van a llevar a nada además de a una actitud de mierda, y sigo más de cerca al mayordomo. Cuando se para frente a una puerta abierta, me coloco a su lado.

—Buenas tardes, señor —saluda—. Tiene una visita —anuncia el hombre.

Todos los presentes se dan la vuelta para mirarnos.

—¿Parker? —pregunta Connor al verme. Es el primero en reaccionar.

Es imposible no percibir la sorpresa en su cara. Creo que su mandíbula está a dos centímetros de tocar el suelo.

—Quiero hablar contigo —digo, después de aclararme la garganta, porque siento que debo dar alguna explicación.

—¿Señor? —pregunta a su vez el mayordomo, que sí que parece haberse percatado de lo perturbado que se le ve a Connor.

—Puedes dejarnos, Stuart.

El hombre, después de dudar durante un par de segundos, asiente con la cabeza y se marcha.

Connor y yo nos quedamos mirándonos y las conversaciones que hasta ese momento había en la sala cesan de golpe.

—Eres Parker Taylor —dice la mujer que está de pie frente a Connor después de unos segundos incómodos.

Me regala una sonrisa que no llega a sus ojos y me hace pensar que es muy fría. No es que desconfíe de todo el mundo, quiero dejar eso claro.

—Sí.

—Buenas —saluda Riku, que es la persona con la que más veo a Connor. Su sonrisa sí que es cálida.

—¿Qué estás haciendo aquí? —pregunta a su vez el idiota de Young con una voz que me está invitando a que me vaya a tomar por culo.

El deseo es mutuo.

—He venido a hablar de lo de ayer —respondo de manera críptica, porque no me apetece que nadie más se entere. Esto es entre Connor y yo, por muy mal que suene esa frase en mi cabeza.

—No me lo puedo creer. ¿Ahora sí quieres fingir ser una pareja? —pregunta, mandando a la mierda toda mi discreción—. Pues mira, no me viene bien. Es más, no creo que me vaya a venir bien nunca. Puedes largarte —dice, dándose la vuelta y haciéndose el digno.

—De eso nada. Vas a hablar con él. No te comportes como un niño —le reprocha la mujer justo antes de que pueda abrir la boca para mandarlo a la mierda.

Vale. Puede que, si le gusta poner a Connor en su sitio, no me parezca tan estirada. De hecho, creo que hasta podríamos llevarnos bien.

—A mí tampoco me hace ninguna gracia estar aquí —expongo, lanzándole una dura mirada.

—Pues ya sabes dónde tienes la puerta.

—Genial, me voy —digo. Y, cuando veo que en sus ojos brilla el arrepentimiento, sonrío.

Observo con satisfacción cómo alarga uno de sus brazos hacia mí, que hasta este momento tenía cruzado sobre el pecho.

Pues no parece que le venga bien que me marche, la verdad.

—Espera —dicen él y la mujer a la vez.

—¿Qué quieres? —pregunta Connor, recuperando de golpe su soberbia y mirándome como si me estuviera haciendo un favor.

Me esfuerzo por ignorar su actitud y miro a la mujer y a Riku. Connor entiende lo que quiero decir.

—Puedes hablar delante de ellos. De hecho, es a Emma a la que se le ocurrió tremenda idea —comenta con sarcasmo. Parece que en este lugar vuelan los cuchillos por todos lados—. Es mi agente.

—Bien. Quiero saber lo que implica el acuerdo. Las condiciones. Todo.

—¿Estás dispuesto a aceptar?

—Depende de lo que tú estés dispuesto a ofrecer.

Agradezco al universo que no tenga ni idea de lo desesperada que es mi situación. Si lo supiese y tratase de aprovecharse, me vería en la obligación de matarlo. Aunque el hecho de que esté en su casa y no le haya pegado debería ser suficiente indicio. Esta vez, que no sea suficiente inteligente como para deducirlo juega a mi favor.

Sé, por la cara con la que me observa, que no esperaba mis palabras. Noto que no sabe ni qué decirme.

—Podemos redactar los puntos en un momento y luego lo paso a limpio para que lo podáis firmar —organiza su agente.

Me sorprende que vayamos a hacer algo tan serio.

—¿Cuánto nos llevaría eso? —No me hace ninguna gracia estar aquí.

—Tenemos que pensar muchas cosas —dice ella, antes de llevarse la mano a la barbilla y sopesarlo—. Puede que en un par de horas tengamos el borrador.

—No voy a estar un par de horas aquí, y mucho menos a su lado.

—Yo tampoco voy a estar con él —secunda Connor, y ambos nos fulminamos con la mirada.

—Pues sí que tiene buena pinta el trato —comenta Riku.

Y, si se hubiese tratado de la vida de otra persona en vez de la mía, me habría reído.

—Vale, pues podemos redactarlo nosotros y quedar mañana para terminar de pulir los puntos. Por si quieres modificar alguno —explica ella.

—Bien. Mañana nos vemos entonces.

Me doy la vuelta y me largo sin cerrar el lugar ni la hora. Connor es lo suficientemente listo como para encontrarme, no porque lo considere una eminencia ni publique toda mi vida en redes como él, sino porque estudiamos en la misma puta universidad. No me apetece permanecer aquí ni un segundo más.

Todavía no he firmado el contrato y ya estoy arrepentido.

8

¿Amigas? Creía que habías dicho
que éramos el enemigo. —Shenzi

CONNOR

Jamás habría adivinado que Parker trabaja en una cafetería. No solo porque me parezca altamente improbable que sea capaz de tratar amablemente a los clientes, sino porque el tío tenga tiempo para todo.

No pensaba que sería una de esas personas que se esfuerzan.

Recuerdo a la perfección que en mis tiempos como jugador de fútbol no podía dedicarme a las redes sociales tal y como quería. No conseguía sacar un solo segundo para hacer nada que no fuera entrenar o estudiar.

De ahí que quisiera dejarlo.

De ahí que discutiese con mi padre.

De ahí que se muriese.

Aunque lo último puede que sea una exageración. Una que no consigo quitarme de la cabeza.

—Este es el sitio —dice la voz de Emma, y agradezco que me saque de mis pensamientos.

Llevo la vista a la entrada y me sorprende que la cafetería sea tan bonita. No sé, me esperaba que, por el carácter que tiene, trabajase en la boca del Infierno. O por lo menos en un antro infecto. Y lo que tengo delante, definitivamente, no se parece en nada a eso.

—Este lugar es… —pienso durante unos segundos en el mejor adjetivo— ¿*cute*?

Palabra contraria a las que usaría para describir a Parker. Ni siquiera estaría entre las mil primeras. Cabezón, egocéntrico, gigante, rudo... Esas sí que le pegan.

—Aquí se pueden hacer unas fotos de la leche —comenta Riku emocionado, pasando entre Emma y yo en su afán por entrar.

—Por lo menos, uno de nosotros está contento —digo, tratando de poner un poco de humor a la situación.

—Yo también lo estoy —asegura Emma, sonando solo un poco más feliz que si estuviera en un entierro—. Tenemos una oportunidad de oro, Connor; si esto sale bien, seguro que ganas. Esta estrategia es mucho mejor de lo que había soñado con conseguir.

Lo que necesitaba, un poco más de presión. ¡Sí, señor!

Tengo la sensación de que este trato no va a salir bien. Se siente como si fuese una decisión de esas que te cambian la vida.

Estoy un poco acojonado, a decir verdad.

Pero tengo que hacerlo. Alargo la mano y abro la puerta de madera, que emite una cantarina melodía. Me acerco a la barra como quien camina hacia su sentencia de muerte. Exactamente con el mismo entusiasmo.

Lo observo y no me sorprende descubrir que Parker ni siquiera nos mira. Pone todos sus sentidos en atender al grupo que tiene delante. No le importa nada de su alrededor. Supongo que eso es una virtud en el campo, lo de ser centrado y tal, pero en la vida real es una cualidad que echa para atrás. Parker es especialista en mantener a la gente alejada. Caigo justo en este mismo momento en que es lo contrario a mí. Yo, que siempre estoy tratando de agradar a todo el mundo.

Quizás ese sea el motivo por el cual, cuando nos toca nuestro turno y sus ojos se encuentran con los míos, siento un tirón en el estómago.

Sí, tiene que ser por eso.

Cada uno pide su bebida y nos las entrega después de prepararlas con precisión y rapidez. Soy tan idiota que me quedo esperando a que diga algo.

Menos mal que lo hace.

—Mi descanso empieza en diez minutos. Esperadme en esa mesa de allí —ordena, señalando una que está escondida detrás de una columna.

—Lo que usted mande, señor —le respondo, haciendo un gesto militar.

Puede que no sea el mejor momento para tocarle los huevos, teniendo en cuenta que necesito que colabore conmigo, pero la verdad es que no puedo evitarlo.

Me mira por encima del hombro, como si fuese un mosquito molesto al que no puede matar, y pregunta a los que están detrás de nosotros qué quieren tomar.

Una fantástica manera de largarnos. Indirecta pillada.

Nos sentamos obedientes en la mesa, aunque estoy a un pelo de elegir otra. Sin embargo, no quiero calentar más el ambiente, así que desecho la idea y nos sumimos en una charla agradable. Emma ha redactado un buen contrato y estoy tranquilo por esa parte.

Cuando Parker se sienta, diez minutos exactos después —ser tan riguroso y estirado no puede ser bueno para la salud, tiene que aprender a relajarse—, el silencio se extiende entre nosotros.

—¿Empezamos? Tengo que volver rápido —dice, mirando el reloj.

—Claro —responde Emma, y me da un golpe en la pierna, bloqueando las palabras que iban a salir de mi boca. Fuerzo una sonrisa. Voy a ser formal. Lo juro.

Pero, solo para asegurarme del todo, dejo que sea ella la que tome el mando. Saca el contrato de la cartera y lo pone encima de la mesa.

La emoción hierve en mi interior. Es lo más apasionante que he hecho en todo el mes. Puede que tenga esa impresión por la mezcla de peligro que trae consigo encontrarme cerca de Parker y la diversión de estar a punto de comenzar una relación falsa.

—Me siento como Christian Grey —comparto emocionado, y Parker me mira como si hubiese hablado en otro idioma.

No me lo puedo creer.

—Ni sé quién es ni quiero saberlo —añade cuando abro la boca para explicárselo.

Parece que lee mis pensamientos.

—Esto no tiene futuro. ¿Cómo es posible que no conozcas a Christian Grey? *¿Cincuenta sombras de Grey?* —pruebo de nuevo, porque no me entra en la cabeza. ¿En qué mundo ha vivido este individuo?

—No te esfuerces —dice una chica que se ha acercado a nuestra mesa y que me ofrece la mano con una sonrisa—. No sabe hacer otra cosa que no sea gruñir y entrenar —explica, y no puedo evitar que se me escape una carcajada.

Le doy la mano encantado.

—Soy Connor —me presento, esperando que ella haga lo mismo de vuelta, pero sé antes de que me lo diga que es familiar de Parker.

Lo adivino a pesar de que a él no lo he visto sonreír en la vida y las facciones de la chica estén ligeramente más dulcificadas. ¿Cómo sería Parker alegre?

—Soy Nala, la hermana de Parker —dice, sentándose a su lado.

—Nala —repito, porque no puede ser verdad—. ¿Te llamas Nala?

—Sí —asegura, un poco sorprendida por mi pregunta o por mi reacción, no sabría decir por cuál de los dos motivos.

—Es el puto mejor nombre de la historia. ¿Has visto *El rey león?* —Ni a mis propios oídos les pasa inadvertida la felicidad de mi voz.

PARKER

Esto tiene que ser una puta broma, de verdad.

¿Ahora resulta que mi hermana y Connor son almas gemelas? Llevan como cinco minutos hablando de *El rey león.* Juro que en algún lugar hay una persona descojonándose de mi patética vida.

—Se me pasa el tiempo del descanso —digo, sonando más molesto de lo que me gustaría. Detesto la idea de que Connor sepa el poder que tiene sobre mi humor—. ¿Quieres o no quieres llegar a un acuerdo?

—Para eso estamos aquí.

—Pues empieza.

—Esto es muy sencillo. Tu parte del trato es hacer ver que somos pareja y la mía es que los chicos del equipo te acepten como si fueses uno más.

Dudo durante unos segundos. ¿Cómo de difícil puede ser fingir salir con Connor? Con suerte, no tendremos que pasar mucho tiempo juntos.

—¿Cuánto vamos a tardar en lograrlo? —le pregunto, porque viene a ser lo más importante de todo.

—Depende de lo cabezón que seas. De todas formas, el trato dura hasta el día de la gala. Después, se acabó.

—¿Qué gala?

—En la que se dan los premios de TikTok.

Pues vale.

—¿Y eso cuándo es?

Juro que me mira como si fuese un alienígena.

—¿No lo sabes?

—Pues claro que no. Me importan una mierda las redes sociales.

—Tienes que perdonarlo por ser tan pasota. O eres un balón de fútbol, o no le importas —interrumpe mi hermana, divertida—. La gala es el viernes 12 de enero.

Hago cálculos mentales.

—Faltan tres malditos meses para eso —digo casi gritando, y me obligo a bajar la voz cuando veo que la gente de las mesas a nuestro alrededor nos mira.

—No es mucho tiempo, pero estoy seguro de que podemos hacerlo bien.

—Es un jodido mundo. Es mucho más de lo que creía que iba a durar esta locura.

—¿Y qué pensabas, que el equipo te iba a acoger con los brazos abiertos en un par de semanas?

Me callo, no porque no quiera seguir discutiendo con él, sino porque sé que si lo hago esto va a acabar mal.

Nos observamos en silencio. Sus penetrantes ojos verdes me escrutan con dureza, haciendo que no pueda apartar la mirada. Los cierra durante un segundo como si quisiera relajarse.

—Podemos hacerlo bien. Tres meses pasan muy rápido y no te vas a arrepentir.

No añade que puedo confiar en él, que me fíe de lo que dice. Y es esa falta de juramento lo que me calma. Ambos sabemos que, para mí, su palabra no tiene ningún valor.

—Aquí tienes los papeles —dice Emma, empujándolos sobre la mesa frente a mí—. Básicamente es un contrato vinculante en el que se explica que los dos actuáis libremente, que tenéis que cumplir el tiempo estipulado y que no os podéis echar atrás...

Emma sigue hablado, pero no la escucho. Observo el documento frente a mí y paso las hojas. Hay como ocho folios llenos de letras. No pienso leer todo esto. De hecho, no sé si voy a aguantar mucho más aquí sentado.

—¿Pone en algún lado que tengo que vender mi alma? —pregunto interrumpiéndola.

—No —responde después de lanzarme una mirada como si fuera un bicho molesto.

—Bien. Más te vale que esto merezca la pena, Connor, o te voy a reventar la cabeza —lo amenazo, antes de coger el bolígrafo que llevo en el delantal para apuntar los pedidos y firmar—. Ahora, ya os podéis largar. Se acaba mi descanso.

—Eres todo simpatía —comenta Connor, cogiendo el contrato y estampando él también su firma.

Lo ignoro por el bien de todos los presentes.

—Pues estupendo. Vuelvo al trabajo.

—Mañana hablaré contigo para idear el plan —escucho que dice Connor, pero no me molesto en mirarlo.

Lo que me faltaba.

No quiero que piense que somos amigos. Una cosa es tener un objetivo en común y otra muy diferente, que ahora nos vayamos a pasar todo el día juntos y hablando. De eso nada. Por encima de mi cadáver.

—¿Vienes? —le pregunto a mi hermana, que en este momento me está observando como si fuese un capullo. Pues vale.

—No, muchas gracias. Me voy a quedar hablando con ellos un rato. Tranquilo, que ya sé volver a mi sitio sola —dice.

Y, cuando escucho la risa de Connor, me controlo para no mirarlo. No pienso darle ese placer.

—Como quieras —respondo, antes de darme la vuelta y ponerme a currar.

Solo me quedan un par de horas de turno, pero sé que, como se queden todo el tiempo, se me van a hacer eternas.

Intento no mirar en su dirección y me jode tener que usar todo mi autocontrol para lograrlo. Nala y Connor parecen encajar a la perfección. Es increíble.

Agradezco cuando se marchan media hora después. La tensión que me apretaba la espalda era ya insostenible. No soy capaz de comportarme como una persona normal sabiendo que el gilipollas está cerca de mí.

Después de que se larguen, la tarde transcurre mucho más rápido y, para cuando me quiero dar cuenta, estoy colgando el delantal y saliendo con Nala de la cafetería.

—Es muy simpático —comenta mi hermana cuando nos montamos en el coche.

—Fantástico —digo justo antes de dejarme caer y apoyar la frente sobre el volante.

Era lo que me faltaba por escuchar.

Mi vida se ha convertido en un circo.

No sé cómo voy a sobrevivir a los próximos tres meses.

9

Llegó la hora. —Rafiki

CONNOR

—¡Joder! —exclama Parker cuando me pongo a su altura mientras corre—. ¿De dónde leches sales? —pregunta. Y, pese a que lo disimula, sé que lo he asustado.

Sonrío encantado. Me hace feliz molestarlo. Es mi pequeño placer, una de las mejores ventajas de este trato.

—Vengo por negocios.

—¿A las jodidas seis de la mañana, Connor?

—Tenemos que ponernos manos a la obra.

Debo reconocer que está en forma. Pese a que hablamos, ni siquiera jadea. Es bueno que sea capaz de seguirme el ritmo. Tengo que hacer mucho ejercicio para mi vida saludable y, de ahora en adelante, durante los próximos tres meses, va a tener que acompañarme con frecuencia.

—¿Manos a la obra? ¿Qué estás diciendo? Espera. No hace falta que me respondas a eso —añade cuando abro la boca para explicarle—. Lo que quiero es que te largues. Me gusta empezar las mañanas en paz, no rompas la magia. Es mi único momento de tranquilidad y silencio de todo el día.

Su confesión me sorprende. ¿Le gustan la tranquilidad y el silencio? Pero ¿de dónde se ha escapado este chico? No se puede ser más aburrido. Si probase a estar una semana en mi casa, se le pasaría esa tontería del silencio.

Odio estar solo. Comprendo, cuando ese pensamiento se me pasa por la cabeza, lo jodido que es, pero tampoco es como si me fuese a poner a analizarlo. Tengo cosas mejores que hacer y, sobre todo, más satisfactorias, como, por ejemplo, molestar a Parker.

—Cómo te gusta hacerte el difícil, pillín —digo. Y, cuando veo que está a punto de mandarme a la mierda, agrego muy rápido—: Cuanto antes te cuente, antes me iré.

Aprieta los labios como si se estuviese esforzando por no insultarme. Ambos sabemos que no me iré de aquí sin sus cariñosas palabras. Me divierte su actitud, es muy sencillo irritarlo.

—No sé cómo has sabido dónde estaba.

—Emma ha sido muy generosa con toda la información que me ha dado de ti.

—No me jodas —dice antes de parar por completo—. ¿Me ha espiado?

—Claro —le respondo, y sigo corriendo.

Sé que en algún momento vendrá detrás de mí, aunque sea para pegarme.

Pasa como medio minuto antes de que lo sienta acercarse.

Madre mía lo testarudo que es, yo no habría tardado ni tres segundos.

—De verdad que no estáis bien de la cabeza —me comunica justo al regresar a mi lado.

—Gracias por el piropo. Tenemos que planificar las fases —insisto.

—¿Qué fases?

—Las de cómo vamos a dar a conocer nuestra relación.

—¿Has venido a las seis de la mañana, a perturbar mi único momento de tranquilidad del día, para decirme esa puta chorrada? Vete a la mierda, Connor —me dice enfadado, pero lo que no sabe es que su furia me da exactamente igual.

Aprieta el paso, pero lo mantengo con facilidad.

«Esa no es la manera de que te libres de mí, amigo», pienso divertido.

—Tienes la mecha muy corta, Parker. Te enfadas con nada. No puede ser bueno para tu salud, necesitas relajarte.

—Tú tienes un don especial para tocarme las pelotas.

—Eso es lo que quieres, ¿eh?

—Suficiente por el momento, Connor. Lárgate, de verdad.

—No. He venido a que hablemos sobre cómo conseguir que la gente sepa que estamos saliendo y eso es lo que voy a hacer.

Veo que Parker cierra los ojos y respira profundamente para calmarse.

—Es bien sencillo —dice después de unos segundos—. Sube una historia de esas diciendo que estamos juntos y punto. Dos minutos después, lo sabrá medio mundo.

—Madre mía, no tienes ni idea de esto. Tenemos que generar expectación. Hay que crear un espectáculo. ¡Es precisamente para eso para lo que estamos fingiendo salir! ¡¿Qué gracia tendría que lo anunciásemos?! Pensaba que esto iba a ser más sencillo, pero estás muy verde.

—Dedico mi tiempo a cosas más importantes que las redes sociales —comenta Parker creyéndose muy digno, pero yo ya no lo estoy escuchando.

La situación acaba de dar un giro de ciento ochenta grados. No voy a tener ninguna ayuda por su parte. Carece de conocimiento e interés.

Debo ser yo el que tome las riendas. Bien, estoy preparado para ello. Nací preparado.

Lo mejor será que me ponga a planificarlo todo porque si no, no vamos a empezar ni para Navidades.

Ya se está formando un plan en mi cabeza. Necesito apuntarlo.

PARKER

—Tengo mucho trabajo —comenta Connor, y luego se larga en dirección contraria.

Su reacción me sorprende tanto que dejo de correr y me doy la vuelta para mirarlo.

Ha sacado el teléfono de su pantalón y lo tiene cerca de la boca, como si estuviera grabando un audio. Pues vale. Que haga lo que le dé la puta gana. Yo voy a disfrutar de haberme librado de él. Me fastidia bastante quedarme durante unos segundos preguntándome qué habrá ido a hacer, así que lucho por borrar esa preocupación de mi mente. No me importa lo más mínimo. Se ha alejado de mí, con eso me sirve.

Cuando llego a casa, me ducho y me preparo para ir a la universidad. Media hora después, salgo por la puerta con una tostada en la boca y poniéndome la cazadora. Su visita inesperada me ha retrasado toda la mañana.

Conduzco hacia la universidad de Nala con ella cantando a todo volumen una canción de Britney Spears, que pone en bucle porque dice que la ayuda a sumergirse en el *mood* de su nueva novela, y que no me atrevo a quitar porque sé que si lo hago me va a arrancar la cabeza. Para cuando llego a mi primera clase, juro que me quiero morir.

CONNOR

Me planto en casa de Riku en menos de media hora. Durante todo el trayecto en coche he ido grabando audios con cada idea que se me ocurría —soy consciente de que no es el comportamiento más acertado—. Necesito su visión experta para saber si mi plan va a funcionar. Riku es un maestro de la comunicación y un amigo sincero. De ahí que me encuentre llamando al timbre de su mansión.

—Buenos días, señor Young —me saluda el mayordomo. Me abstengo de poner los ojos en blanco; da igual cuántos años llevemos siendo amigos Riku y yo, él se niega a llamarme por mi nombre de pila.

No lo entiendo, teniendo en cuenta la cantidad de veces que hemos venido borrachos, o hemos liado alguna y no se lo ha contado a nadie. Hay confianza de sobra como para que lo haga.

—Hola, Oliver. ¿Sabes dónde está Riku?

—En el mismo sitio de siempre. Pero vamos, que con que siga el sonido de la música lo encontrará —dice, y atisbo un rastro de cariño en su ácida crítica velada.

—Gracias —le respondo cuando paso por su lado camino de las escaleras.

Las subo corriendo. Cuando recorro todo el pasillo y estoy cerca de la habitación de Riku, el sonido de la música se vuelve insoportable. Abro la puerta, lo que me impide taparme los oídos, y sonrío divertido al ver la imagen que me muestra el interior. Riku está en el centro de su cuarto, tocando una guitarra invisible y moviendo la cabeza al ritmo de la melodía. Es hipnótico ver su pelo mecerse arriba, abajo, arriba, abajo. Lo está dando todo. Me encanta lo apasionado que es. Fue precisamente su pasión por el contenido audiovisual la que nos llevó a hacernos amigos íntimos y la que me hizo comprender que lo que de verdad me gustaba era transmitir a los demás mi propio entusiasmo hacia los deportes y el cuidado corporal. Siendo hijo de directores de cine, había dos opciones en el camino de Riku: que amara el gremio con toda su alma o que lo odiara profundamente. Por suerte para él, para su familia y para el mundo entero, se dio la primera situación.

Cierro la puerta a mi espalda, pero no se inmuta —como para escucharlo con este ruido—, por lo que me acerco a él y le toco el brazo. Da un respingo antes de darse la vuelta y mirarme.

—Connor. —Intuyo que dice mi nombre más que escucharlo.

Se mete la mano en el bolsillo, saca el teléfono y, cuando toca la pantalla, la música infernal cesa.

—No tengo muy claro por qué no te has quedado sordo todavía —comento, lanzándole una sonrisa de medio lado.

—Tengo unos oídos de muy buena calidad. ¿Estás bien? —me pregunta con una mueca de preocupación pintada en sus facciones, intuyo que porque estoy en su casa tan pronto. Lo que me hace darme cuenta de algo.

—Tienes mucha suerte de que los vecinos más cercanos estén a unas millas de distancia, porque si no, te habrían denunciado por contaminación acústica —bromeo, y lo escucho reírse—. Y, respondiendo a tu pregunta: sí, estoy de maravilla, pero te necesito.

—Claro —responde sin dudarlo.

Y hace que me sienta un poco mal porque, pese a que él se abre a mí por completo —conozco los anhelos más profundos de su alma, como por ejemplo que le gustaría grabar videoclips para grupos de música *heavy*, enrollarse con un cantante de pelo largo y que quiere ser padre—, yo no me he abierto realmente a él nunca. Riku lo sabe, yo lo sé, pero, a pesar de ello, le importo y hacemos que la relación funcione.

—¿Qué necesitas?

—Tengo que trazar un plan para mi noviazgo con Parker. —No hago caso al escalofrío que me recorre todo el cuerpo cuando pronuncio su nombre—. No me vendría nada mal la opinión de alguien que sepa cómo llevarlo a cabo. Necesito tu consejo. Tengo algunas ideas grabadas —explico, sacando el móvil.

—Voy a por papel y boli —dice, acercándose al escritorio.

Desde este momento nos sentamos a idear el plan. Un plan que sé que va a satisfacer incluso a Emma cuando se lo contemos.

Estoy deseando explicárselo a Parker solo para ver su cara.

PARKER

¿Cómo de triste es que descanse estando en la universidad? La voz del profesor me relaja. A lo mejor a partir de ahora mi día mejora. De hecho, estoy seguro de que no puede empeorar.

Sé que he cantado victoria demasiado pronto cuando salgo del aula y, al pasar por al lado de una clase vacía, un brazo me atrapa y me mete dentro.

Solo por si acaso, golpeo antes de preguntar. Me parece una reacción totalmente normal.

—Au —se queja Connor—. ¿Es que eres un animal salvaje o qué? —Me mira y se frota el hombro donde le he dado un puñetazo.

—¿Crees que es normal interceptar así a alguien? —pregunto, pero ya sé que hablar con Connor es como hacerlo con la pared: no sirve de nada.

—¿Y cómo sugieres que lo haga? La gente no puede vernos juntos o empezarán a hablar —dice, y parece alterado.

—¿No era eso lo que querías?

—No —asegura, y lo miro con escepticismo—. Sí, pero no de esa manera. Quiero que seamos nosotros los que controlemos el cómo, el dónde y el cuándo.

—Me vuelves loco. —La sonrisa de Connor se hace gigante, como si mis palabras le produjeran placer. Lo que me faltaba—. ¿Quieres algo o solo me has parado para hablar? —le pregunto con voz dura para que no se crea que me estoy relajando.

—Lo tengo ya todo planificado —dice, y el brillo de emoción que veo en sus ojos no presagia nada bueno.

Saca el teléfono del bolsillo y me mira.

—Dime tu número.

—No.

—Parker —dice sin paciencia—. No puede ser que me cueste un mundo conseguir todo lo que necesito de ti. Te guste o no, estamos en el mismo equipo ahora.

—No me lo recuerdes. Te digo mi teléfono solo si no repites eso.

—¿Que estamos en el mismo equipo? —pregunta divertido. Cómo le gusta picarme. No se toma nada en serio.

—Me provoca urticaria —le digo apretando los dientes—. Y, si valoras tu dentadura, no lo repetirás.

—Vale, vale —dice, levantando las manos y enseñándomelas en un acto de buena fe—. Quizás prefieras que te llame novio —dice, poniendo una sonrisa socarrona que hace que me piquen las manos por borrársela de un guantazo.

—Al final no vas a salir vivo de aquí.

—Mira que eres violento. Si me dices el número, te juro que me callo.

Se lo doy a regañadientes y lo observo mientras desliza los dedos con soltura sobre la pantalla. Me alucina que pueda hacerlo tan rápido, pero me niego a sentirme impresionado, ya ves tú qué habilidad más inútil.

Me recuesto sobre la pared y trato de esperar paciente, pero se me escapa un suspiro. Cómo no iba a hacerlo. Tengo un dolor de cabeza terrible y nos son ni las diez de la mañana.

Pero lo raro sería que no lo tuviera. Si analizo la situación, todo me ha llevado a ello: Connor está a mi lado y nos hemos colado en una clase con la luz apagada para que nadie nos vea. La verdad es que le he seguido la corriente porque estoy hasta las narices de discutir. Pero, solo por si acaso, cada vez que me observa lo fulmino con la mirada para que no se confíe. Una cosa es que no me apetezca malgastar mi energía en llevarle la contraria y otra muy diferente es que no vaya a hacerlo si se pasa.

A los pocos minutos me vibra el teléfono móvil y lo saco del bolsillo. Veo que tengo un WhatsApp de un número que no está en mi agenda. No hay que ser muy avispado para saber que es Connor. Acepto el mensaje, pero no grabo el contacto. Me niego a hacerlo. Eso sería como invitarlo a entrar en mi vida, cosa que no va a suceder.

> **Número desconocido:**
> Primera fase: sembrar la duda, que la gente empiece a preguntarse si hay algo. Que sientan curiosidad. Que empiecen a hablar de nosotros.

> **Número desconocido:**
> Segunda fase: pillados in fraganti. Que nos descubran y ya no nos podamos esconder. Que sean ellos los que se anoten el punto.

> **Número desconocido:**
> Tercera fase: darles la relación más dulce de la historia. Que vean lo unidos que estamos. Que todos quieran ser nosotros.

Después de leer el testamento que ha escrito, tengo ganas de salir corriendo.

—¿Es demasiado tarde para cancelar el acuerdo? —pregunto con el ceño fruncido.

—Créeme. Estar conmigo es lo más interesante que te va a pasar en la vida —responde con soberbia, mientras camina hacia la puerta—. Espera diez minutos antes de salir —ordena, y me guiña un ojo.

—Vete a darle órdenes a tu madre.

La risa de Connor llega a mis oídos como respuesta.

Saco el teléfono y escribo en el chat:

> Cuarta Fase: librarme de ti.

Primera fase

10

¿Qué quieres? ¿Que me ponga falda y baile el hula-hula? —Timón

PARKER

—De todas las cosas estúpidas que he hecho nunca, esta es la que se lleva la palma. Y eso es decir mucho, ¿eh? Sobre todo porque hace poco he aceptado fingir una relación contigo —le reprocho a Connor, apartando la vista del mar y devolviéndola a la cafetería en la que estamos tomando algo.

—Desde luego que lo es si sigues mirándome con esa cara. No va a colar. Parece que hubieses olido algo desagradable. Se supone que estás locamente enamorado de mí, métete en el papel —me ordena con una sonrisa ultrafalsa, que no desaparece de su cara en ningún momento, y un pestañeo coqueto.

—De eso nada. Tú eres el que está loco por mí.

—¿Quién crees que se va a tragar eso, Parker?

—Pues cualquiera que nos vea a los dos —digo, señalando nuestros pechos alternativamente—. Estoy buenísimo —replico, y no me centro en lo estúpidas e infantiles que suenan mis palabras. Este tío me hace perder el norte.

—Vale, te lo concedo, pero eres antipático y nunca sonríes. Eso no le gusta a la gente y pesa más que el tamaño de los músculos de tus brazos —dice, y sus palabras cada vez suenan más cercanas. Puedo ver a la perfección el color de sus ojos, las motas marrones en la infinidad verde.

He puesto las manos sobre la mesa y están muy cerca de las suyas.

—No eres más simpático que yo, solo finges serlo —le reprocho. Y, cuando veo un brillo de molestia en sus ojos, sonrío encantado.

He tocado un punto sensible.

—Perfecto, chicos. Tenemos lo que necesitábamos. Lo habéis hecho muy bien —dice de repente Riku, esbozando una sonrisa alegre, y lo miro sorprendido. No lo había escuchado acercarse.

Puede que sea la única persona que parece feliz en este momento.

—¿Ya está? ¿Cómo que ya está? ¿No tenía que parecer que estábamos teniendo una conversación íntima y supersecreta? —pregunta Connor extrañado, haciéndose eco de la misma duda que tengo yo.

—Sí, y lo habéis clavado. Ha quedado mucho mejor de lo que me había imaginado.

Eso sí que no me lo esperaba.

Está de coña, ¿verdad?

CONNOR

—Déjame ver —le pido a Riku, cogiendo la cámara de sus manos para poder ver las fotos por mí mismo. Tiene que estar equivocado.

Desde que Parker y yo nos hemos sentado en la mesa, no hemos hecho otra cosa más que discutir. Juro que quiero ganar, pero está siendo realmente difícil trabajar con él.

Cuando aparece la primera foto en la pantalla, alucino. Si no hubiese estado en esa mesa con Parker, viviendo la discusión en primera persona, habría dicho que los dos chicos de la foto parecen, cuanto menos, cercanos. Sigo pasando las demás y lo que perciben mis ojos es una especie de realidad alternativa. Madre mía. Da la impresión de que estamos ligando, el uno encima del otro. Se puede palpar la tensión, pero no la tensión real que existe de que a la mínima vamos a acabar a golpes, no. Lo que parece es que de un momento a otro nos vamos a escabullir al baño más cercano para comernos la boca y, por qué no, para echar un buen polvo.

Me aclaro la garganta.

—Son lo suficientemente buenas —comento, devolviéndole la cámara a Riku.

Voy a aprovechar que estamos cerca del mar para tirarme de una roca, a ver si me ahogo.

11

CONNOR

Un sonido infernal me taladra los oídos. Me remuevo incómodo para dejar de escucharlo y estoy a punto de besar el suelo.

Eso termina de despertarme.

Le doy un manotazo al teléfono y silencio la alarma. Me vuelvo a recostar en el sofá y me doy cuenta de que anoche me quedé dormido contestando mensajes de mis seguidores. Mierda. Espero que no se me pasara ninguno. Odio cuando me sucede eso. Me hace sentir como el culo no devolverles todo el cariño que me dan.

Agarro el teléfono de donde lo he lanzado, cerca del reposabrazos, y abro TikTok. Cuando veo la cantidad exagerada de mensajes y menciones que tengo, me pongo recto. La leche. Después de abrir un par de mensajes, sé de qué se trata. Ha funcionado. No han pasado ni veinticuatro horas desde que he quedado por primera vez con Parker en público y todos se han vuelto locos.

Sonrío. Es justo lo que queríamos.

Por la red no solo navegan las fotos que nos tomó Riku —y que ha filtrado desde una cuenta falsa—, sino que también hay algunas de otras personas que nos han visto juntos y nos han reconocido.

Hace años, descubrir eso me habría desestabilizado, pero hoy en día es algo que tengo más que asumido. De hecho, es lo que necesito que suceda para ganar a mis oponentes.

Esto ha comenzado.

En vez de hacer mi rutina de ejercicio, dedico buena parte de mi mañana a interactuar con mis seguidores, siendo todo lo ambiguo que puedo para que quede abierto a interpretación. Ahora necesitamos crear expectación, que la gente se pregunte si hay algo, que quieran descubrirlo. Necesitamos tener el foco sobre nosotros. Cuando termino de responder a todo el mundo, Emma incluida, me siento sobre la moqueta de mi sala de juegos, con la vitrina de mis figuras de *El rey león* detrás, y le doy al botón de grabar.

—Buenos días, familia. Sé que estabais esperando el vídeo de hoy con mi rutina diaria y las tablas de ejercicio, pero me ha surgido un imprevisto. —Hago una pausa dramática, como si estuviera pensando en si hablar o no—. Ayer estuve tomando un café con un chico y las cosas se han salido un poco de madre. Pero no queremos que se asuste —digo lanzando una mirada cómplice a la cámara, y luego la desvío hacia el suelo como si estuviese avergonzado. Desde luego, si estuviese saliendo con Parker de verdad y la gente lo pusiera en redes, estaría acojonado de que eso lo pudiera espantar—. Os prometo que esta tarde os lo compenso con un directo guay.

Acto seguido, antes de que el teléfono vuelva a explotarme, me preparo para ir a la universidad. Las cosas van sobre ruedas.

PARKER

—¡Parker! —grita mi hermana desde el pasillo de la planta baja.

Tomo aire y me preparo para lo que sea que me vaya a decir. Con el entusiasmo que he notado en su voz, estoy seguro de que me va a volver loco durante horas. ¿Qué coño le habrá pasado?

—Estoy aquí —la aviso desde dentro del cuarto para que sepa dónde encontrarme y deje de berrear. Si no, es capaz de subir todo el tramo de escaleras gritando mi nombre.

Pocos segundos después, se mete en mi habitación y me mira.

—¿Has visto TikTok?

—No, ¿por qué iba a hacerlo?

—Porque todo el mundo, TODO, habla de ti y de Connor —explica divertida, como si estuviese saboreando decírmelo porque sabe lo mucho que me va a molestar.

Si ya tengo al enemigo en casa...

Levanta su teléfono en alto y me planta la pantalla en la cara.

—Mira.

Le hago caso de mala gana.

Joder.

Ver una fotografía que ni yo ni Connor hemos hecho, subida en la cuenta de otra persona en una red social, me impacta mucho más de lo que me habría podido imaginar. Es... extraño. Rozando lo escalofriante, si se me permite aclararlo. Y lo peor de todo es que no es en una cuenta aislada; por la cantidad de fotos e historias que me enseña Nala, ha debido de enterarse medio planeta.

Decir que estoy muy impactado sería quedarse corto.

No me puedo creer que semejante idea haya funcionado. ¿Qué cojones le pasa a la gente?

Cuando me vibra el móvil en el pantalón, la intuición —o quizás el sentido de preservación— me dicen que es Connor. Lo saco sin muchas ganas y abro el mensaje, a pesar de saber que debería lanzarlo al fondo del retrete y correr en dirección contraria.

> **Número desconocido:**
> ¡La primera fase ya está en marcha! Emma quiere quedar con nosotros esta tarde después de tu entrenamiento. No hagas planes.

No pienso contestarle, así que guardo el teléfono en el bolsillo y termino de vestirme. Cuando la cabeza no deja de preguntarme cosas y me abrocho mal dos veces los botones de la camisa, maldigo y me rindo. No voy a hacerme el duro, tengo demasiadas preguntas. Cuando descubra lo que quiero saber, pasaré de él. No vaya a pensar que me puede hablar cuando le dé la gana y mucho menos, con exigencias.

> **Sitio y hora.**

Escribo y le doy al botón de enviar. Claro y conciso. Exactamente como a mí me gusta. Pocos segundos después, el móvil vuelve a vibrar. ¿Lo tiene cosido a la mano?

> **Número desconocido:**
> Me preguntaba si serías tan agradable por mensaje como en persona.

> **¿?**

> **Número desconocido:**
> Estoy poniendo los ojos en blanco. Me aburres, Parker.

> **Número desconocido:**
> Hemos quedado en el estudio de Riku. No te preocupes, que yo te llevo. A las siete.

Guardo el teléfono y me preparo para ir a la universidad tras explicarle a Nala que esta tarde no tiene que ir a recogerme después del entrenamiento.

Me paso todo el día corriendo de un lado para otro.

Como un sándwich en el campus a toda leche mientras termino unos deberes de cálculo; luego voy a la cafetería a currar. Tengo mucho trabajo, pero ningún sobresalto. Nada se sale de lo que tenía planificado para hoy y eso me gusta. Lo más reseñable que me sucede es que a mitad de turno se me cae un café encima del delantal, nada que no se pueda arreglar fácilmente. Llegados a este punto de mi vida, me conformo con que Connor no haya decidido venir a mi trabajo a destrozar la paz. Sí, así de mal están las cosas. Después, voy a entrenar y puedo resumir ese rato en: mis compañeros de equipo son unos gilipollas y me encantaría que desapareciesen de la faz de la Tierra y fuesen sustituidos por otras personas.

Eso resolvería todos mis problemas.

Después de la ducha, abandono el vestuario concienciándome para no perder los nervios cuando vea a Connor esperando en el aparcamiento, pero, por más que lo busco con la mirada, no lo encuentro por ningún lado. No tardo en impacientarme.

Salgo fuera del estadio y lo espero con un pie apoyado en la pared, mirando al infinito y soñando con estrangularlo. ¿Dónde coño está?

Mi cabreo se incrementa cuando mis compañeros de equipo empiezan a salir. Esto se está demorando demasiado. Saco el móvil y me pongo a trastear con él solo para no tener que fingir que me la pela que no se despidan al pasar por mi lado.

Cuando, unos cinco minutos después, veo la rubia cabellera de Connor, me separo de la pared y camino muy rápido hacia él. Anda como si no tuviese ninguna preocupación en el mundo, como si no hubiese quedado hace ya un buen rato.

A él no le molestará hacerse esperar, pero a mí sí.

—Date prisa, que vamos tarde —le digo de lejos porque, si me acerco a él para agarrarlo del brazo, puede que me equivoque y termine estrujándole el cuello.

—Ah, no te preocupes. Emma no se va a sorprender de que no lleguemos a tiempo.

—¿No? ¿Por qué? —pregunto asombrado, aunque no sé si quiero saberlo. Connor es la persona más peculiar que he tenido la desgracia de conocer en la vida.

—Pues porque soy un experto en llegar tarde —dice con una sonrisa de oreja a oreja que llega hasta sus ojos y me hace pensar que se siente orgulloso de ello.

—¿De verdad te parece una cualidad de la que jactarse?

—Desde luego es mucho mejor que las tuyas.

—Te aseguro que conmigo vas a empezar a llegar a la hora.

Se ríe.

—Me encanta lo motivador que eres. Eso tengo que verlo.

Lanzo un gruñido y me muerdo la lengua para no contestarle. No voy a darle ese placer por mucho que lo esté pidiendo a gritos.

Caminamos en silencio hacia su coche, con la mirada de todo el mundo sobre nosotros. Menos mal que esto solo va a durar unos meses, porque es horrible la sensación de que toda la gente esté pendiente de ti. No sé cómo lo aguanta Connor. Debe de ser mucho más egocéntrico de lo que parece, porque no veo otra razón por la que le pueda gustar.

Cuando llegamos al aparcamiento, se acerca a un BMW blanco y no me sorprendo. Por supuesto que tiene un cochazo, no podía ser de otra manera. Lo contrario es lo que me habría parecido raro.

—Estamos llamando la atención.

—No te preocupes, de eso se trata.

Arranca y se incorpora a la carretera.

—Estoy alucinado de que tu estrategia haya salido bien —digo, cruzando los brazos sobre el pecho, incómodo. No me gusta estar en un espacio tan reducido a su lado.

Debería haber llevado mi propio coche.

—No te puedes imaginar lo que le gusta a la gente un buen cotilleo.

—No, si ya me he dado cuenta. La verdad es que a mí me habría dado lo mismo.

—Por suerte para nosotros, no eres nuestro público objetivo.

—Por suerte para mí mismo.

—Tú ganas. Eres mucho más digno que yo.

Sonrío encantado hasta que me doy cuenta de que el que ha quedado bien con el comentario ha sido él. Me ha dado la razón como a los tontos. Hago una respiración profunda y me callo. Vamos a estar tranquilos, que si lo mato me quedo sin sueño.

Connor conduce despacio por el centro y yo voy mirando por la ventana. Unos diez minutos después, llegamos al barrio bohemio de la ciudad. Por supuesto que Riku tiene aquí su estudio. Es tan pijo como Connor.

Me bajo del coche en silencio —nadie quiere conocer mi opinión sobre lo fáciles que han sido sus vidas— y lo sigo hasta el local. Connor se para frente a una puerta de metal negra, que es muy moderna y elegante, y llama con un ritmo de golpes que no puede ser casual.

Sé que debo callarme porque no me interesa, lo juro, pero no puedo.

—¿Tenéis un código secreto? —pregunto, mirándolo con curiosidad.

—Claro —responde él con una enorme sonrisa.

Justo cuando estoy a punto de decirle lo que opino sobre ello, la puerta se abre, salvándonos a ambos de una discusión.

—Pasad —nos invita Riku, animado.

Creo que este chico siempre tiene el mismo estado de ánimo: feliz. Es bastante insoportable.

Los sigo y observo todo a mi alrededor.

El local es completamente diáfano. Tiene varios espacios distribuidos en las esquinas, como si fueran diferentes lugares de grabación. Hay un sofá con una librería detrás. Otro con colchonetas en el suelo y la pared llena de espejos... De hecho, algunos me suenan de haberlos visto en los vídeos de Connor —por supuesto, nunca reconoceré esto en alto; en lo que a mí respecta, no lo he buscado en redes sociales en la vida. Es más, no conozco ni su nombre de usuario—.

Me paro cuando ellos lo hacen al lado de una barra americana. Pues sí que se lo montan bien. Es un pequeño bar. Podría ser una cafetería de uno de los locales exclusivos de la ciudad.

—¿Qué quieres tomar? —me pregunta Connor, metiéndose detrás de la barra.

—¿Vas a servirme tú?

—¿Crees que soy tan inútil que no sé ni hacer un café? —pregunta ofendido, y se me escapa una carcajada.

Tiene que ser una broma.

—¿De verdad quieres que te responda? —lo provoco.

—No. Haznos el favor a todos y ahórratelo.

—Es que me lo has puesto en bandeja.

Me mira con mala cara.

—Un cortado.

—Te vas a enterar de lo que es un buen café.

Riku se acerca a él y le dice lo que quiere. Emma, sin embargo, pasa de nosotros. Ya está sentada en una butaca alta y tiene colocada a su lado lo que parece ser una infusión por la forma en la que humea y el olor que desprende.

Cuando Connor termina de preparar nuestras bebidas, me entrega mi taza y me observa sin disimulo mientras le doy un sorbo.

Por supuesto, no comento nada.

—Oh, por favor. No te hagas el interesante —dice, poniendo los ojos en blanco y mala cara—. ¿Cómo está?

Doy otro sorbo antes de contestar. Y lo observo. Tengo que luchar para no sonreír.

—Bueno —respondo, encogiéndome de hombros—, teniendo en cuenta que lo has hecho tú, está pasable.

Después de soltar la bomba, no puedo evitar reírme.

—No me extraña que nadie te aguante —murmura entre dientes, lo que solo hace que disfrute todavía más.

Cuando nos sentamos alrededor de la barra, Emma saca de su cartera una carpeta de cuero negra. La abre, expone unos papeles y juro que me atraganto con el café.

—¿Os creéis que sois espías o algo así? —pregunto, replanteándome mi acuerdo con ellos.

—Y de los mejores —responde Emma.

—¿Dónde cojones me he metido?

Agarro una de las hojas que ha sacado y la leo. Uno de los competidores de Connor, Reed, sonríe en una fotografía tomada dentro de su casa. Sí, he dicho dentro de su casa, y bajo ella hay un montón de datos. Entre ellos, la hora a la que se levanta, a qué dedica su tiempo, quién es su mánager, su pareja... Básicamente TODO. Todo lo que solo sabes de una persona si eres parte de su vida.

Decir que me parece escalofriante se queda corto.

—Si crees que soy la única que maneja esta información, es que todavía te queda mucho por aprender. Eres demasiado inocente para este mundo.

—Ellos también conocen todas esas cosas sobre mí —interviene Connor.

—Permíteme dudarlo.

—Igual no de manera tan meticulosa, pero te aseguro que sí.

—Si ese pensamiento te ayuda a sentirte menos espeluznante, adelante —le digo para tocarle las narices. Levanto las cejas con duda y me echo para atrás en la silla.

Me voy a mantener alejado de todo esto. No quiero saber nada.

No llevo ni dos minutos con ellos y ya han perdido mi interés.

—¿Para qué se supone que estamos aquí? —pregunto, dejando claro que no tengo ganas de perder el tiempo.

—Para analizar los índices de popularidad y ver cómo va el concurso.

—Deberías manejar la misma información que yo —explica Connor justo antes de que abra la boca para preguntar qué pinto yo aquí—. Tenemos que ser un equipo e ir decidiendo los siguientes planes de acción. Nos iremos adaptando a los índices de popularidad para saber qué hacer.

—Suena superdivertido —comento, haciendo gala de todo el sarcasmo que soy capaz de manejar.

—Solo va a ser una vez por semana. Es necesario. Si no, todos nuestros esfuerzos pueden no servir para lograr los objetivos finales. Hay que analizar cada paso que demos. Una estrategia sin medir los resultados no sirve para nada.

—Bien.

—Pues vamos con ello —anuncia Emma, plantando el portátil en medio de la mesa para que todos podamos verlo.

Tardo como un minuto y medio en desconectar. De hecho, termino centrándome en Connor. En la forma en la que toma nota de todo. En cómo pregunta y se preocupa. En cómo aporta cosas. En cómo brillan sus ojos.

Pues parece que después de todo sí que le gusta lo que hace. Que sí que se toma en serio algo en su vida.

Dos horas después, salgo de allí con un dolor de cabeza de cojones y muchos más datos en la mente de los que puedo y quiero manejar.

Cuando llego a casa, me doy cuenta de que lo único que he hecho desde que este trato ha empezado es TODO lo que Connor quiere. Eso me cabrea sobremanera. A las dos de la mañana, sin todavía haber conseguido pegar ojo, decido que en cuanto llegue a la universidad le voy a decir que esto se ha acabado. Me siento tentado de mandarle un mensaje, pero lucho contra el impulso. No quiero que se confunda y piense que podemos hablar en cualquier momento.

Solo pienso relacionarme con él cuando sea estrictamente necesario y mañana voy a dejar las cosas claras.

Aquí tenemos que salir ganando los dos o ninguno.

12

Deja que un profesional te enseñe. — Mufasa

CONNOR

VIERNES

Cuando veo a Parker entrar en el edificio de Comunicación, me da un vuelco el estómago y una corriente nerviosa me recorre el cuerpo. Es la primera vez que él acude a buscarme desde que hemos empezado este trato. Aunque puede que no venga a verme a mí y que haya venido para otra cosa totalmente diferente y yo esté alucinando. Finjo encontrarme superinteresado en la brasa de uno de mis amigos del equipo. Me está contando la fiesta que tiene pensado dar dentro de un mes en su casa y cómo planea llamar la atención de Stacy, la chica más popular de toda la universidad.

Cuando, en medio de la conversación, sus ojos se abren de forma cómica —lo máximo posible sin que se le salgan de las cuencas—, sé que Parker se ha acercado a nosotros. Ninguna otra cosa lo haría comportarse de esa manera. El estómago me empieza a burbujear y juro que uso todo mi autocontrol para no mostrar ninguna emoción en mi cara. Pasados unos segundos, siento su calor a mi espalda.

Vaya.

—Connor —dice mi nombre, y Jason mira entre nosotros.

Me doy la vuelta despacio, tratando de no mirar a la gente que se ha parado a nuestro alrededor y que observan mi visita con interés. No los culpo. Juntos somos puro espectáculo. De eso se trata.

—Parker —le devuelvo el saludo, tratando de no ser demasiado efusivo.

Me ciño a mi papel. O, por lo menos, a cómo me comportaría si de verdad tuviéramos un romance del que no quisiéramos que nadie se enterase.

Despego los ojos de él y recorro mi alrededor, como si comprobara si alguien nos está mirando. Y por supuesto que lo hacen. Ante mi escrutinio, nos dan la espalda y fingen centrarse solo en sus asuntos.

Perfecto. Las cosas van según lo previsto.

—¿Qué haces aquí? —le pregunto, inclinándome hacia él y agarrándolo de la manga de la chaqueta para apartarlo a un lado.

Alguien debería darme un Oscar por tan maravillosa actuación. La pena es que no sea capaz de ponerme colorado.

—Estoy hasta los huevos de hacer cosas por tu popularidad y que tú todavía no hayas hecho absolutamente nada por mí —me espeta Parker en bajo, cuando, gracias al cielo, estamos lo suficientemente lejos de todos para que nadie pueda escucharlo.

—Buenos días a ti también.

—Voy en serio, Connor. Los chicos del equipo me miran más de la cuenta desde el numerito del aparcamiento.

Vale, parece que vamos a tener esta conversación ahora. Me abstengo de decirle que no es el momento ni el lugar, no quiero cabrearlo todavía más. Menos mal que por lo menos uno de nosotros —y no es Parker— tiene visión comercial. Si no, estaríamos condenados.

—Eso es porque ellos también se preguntan si estamos juntos.

—No jodas —dice, abriendo la boca de forma cómica. Me hace gracia verlo tan suelto, pero evito reírme. Cualquiera sabe cómo le puede sentar. No es momento para probar su límite delante de tanta gente—. No serás tú el más listo de la universidad.

—Entre otras muchas virtudes, sí.

—Connor —me advierte—. No quieres que monte un espectáculo aquí delante, ¿verdad?

—Eso es jugar sucio —le digo, entrecerrando los ojos.

—Como bien has visto, hago lo que sea necesario para lograr lo que quiero. No me provoques.

—Bien. Tengo una magnífica idea, pero necesito que me des una semana más de cotilleos.

—Joder, Connor. ¿Una semana? —pregunta, llevándose la mano al pelo y echándoselo hacia atrás. Parece mucho más joven cuando lo hace y sus facciones se vuelven suaves. Me sorprende un montón y durante unos segundos pierdo el hilo de mis pensamientos—. Esto se está haciendo eterno. Cuéntame esa idea y lo valoro.

—Se me ha ocurrido que puedo organizar un partido con los chicos e invitarte, para que así vean que yo sí que te paso la pelota y que te considero uno más.

Los ojos de Parker brillan con emoción y sé, antes de que abra esa bonita bocaza que tiene, que le parece una buena idea.

—Bien. Una semana —concede—, pero ni un solo día más. Si no consigues ese partido, se acabó el trato.

Se da la vuelta y se larga. Pongo los ojos en blanco. ¿No será Parker el rey del drama?

PARKER

SÁBADO

—Para que los chicos te acepten, a quienes tenemos que conseguir que les gustes es a Wyatt y a Liam. O, por lo menos, a uno de ellos —comenta, riéndose de su propia broma.

—Respecto a eso, siento curiosidad —comento antes siquiera de pararme a pensar si es apropiado o no que indague. Más le vale que no se piense que ahora somos amigos—. ¿Están saliendo juntos o qué cojones pasa con ellos? Tienen la relación más extraña que he visto en la vida.

Connor se ríe.

—Pues ya te haces la misma pregunta que todos los demás. Enhorabuena. Eres un humano funcional capaz de ver más allá de sí mismo.

—Ja, ja. Es una pena que no seas ni la mitad de gracioso de lo que te crees.

—No te enfades, que te voy a contar todo lo que sé: la verdad es que no tengo ni idea de si son una pareja o no. Desde luego son mejores amigos, casi hermanos. Los padres de Wyatt y Liam eran íntimos y, cuando los de este último murieron en un accidente de coche, sus amigos lo acogieron en su casa. Viven juntos desde los trece años. Si eso no une, ya me dirás tú qué lo hace.

Su explicación me golpea y me deja sin palabras. No me esperaba esa situación para nada.

—Menuda mierda —comento después de unos segundos.

—Sí, la muerte es una mierda. Pero, por lo menos, se tienen el uno al otro.

La tristeza de su comentario me hace mirarlo para tratar de descubrir qué es lo que le pasa. Pero, aparte de un ligero toque de melancolía, no consigo identificar ni una sola emoción más en su rostro. Necesito aligerar el ambiente, que se ponga intenso no es mi idea de pasar el rato con Connor.

—Deberíamos hablar de cosas más alegres.

Lo veo asentir con la cabeza por el rabillo del ojo.

No tarda en volver a la carga.

—Míranos, aquí charlando sobre nuestros amigos. Eres la relación más tierna que he tenido nunca —me dice, batiendo las pestañas.

Giro el cuello para mirarlo tan deprisa que aparecen unos puntos negros en mi campo de visión.

—No tenemos una relación —le contesto. Y, cuando las palabras abandonan mi boca, sé que ha conseguido lo que quería: escandalizarme.

Mierda. Me da mucha rabia que me siga ganando a este juego de quién es el que consigue hacer reaccionar más al otro.

—Oh, sí que la tenemos —asegura con los ojos brillantes, levantando las manos y abarcando todo lo que hay a nuestro alrededor—. Míranos. Estamos aquí, en la playa, dando un paseo descalzos, a unos pocos centímetros de distancia el uno del otro —expone, y su meñique roza el mío, disparando una corriente eléctrica por mi brazo que hace que se me erice todo el vello—, porque, claro, no puedes soportar estar separado de mí.

—Serás mamón —digo, y me aparto de golpe de él como si acabase de descubrir que tiene una enfermedad supercontagiosa y altamente mortal.

—No hay nada más romántico que esto. Y me sorprende, la verdad. Te tenía más por un empotrador que por un caballero con esa boca tan sucia que tienes. Tres de cada cuatro cosas que dices son una palabrota.

Me paro de golpe y me pongo frente a él.

—Cuando todo esto acabe, Connor, te juro que te voy a partir las piernas —lo amenazo.

—Te reto a intentarlo —replica con una voz supermortal sin perder la sonrisa—. Que no se te olvide que tienes que fingir que estás feliz para las cámaras. A ver esa preciosa sonrisa —dice con una voz ultraempalagosa.

Lo mato. Juro que lo mato.

Doy un paso en su dirección.

—No, no, grandullón. No te olvides de que no me puedes tocar en público todavía. Guárdate las ganas —ordena, y me guiña un ojo.

Es todo lo que puedo soportar.

—Suficiente por hoy, Connor. No puedo más contigo —digo, y me doy la vuelta.

Su risa me acompaña mientras me alejo.

LUNES

Salgo del entrenamiento muy cabreado. De nuevo, mis ineptos compañeros han actuado como si yo no existiera. Necesito que esta tortura acabe de una vez.

Voy al vestuario pisando fuerte y me paso más tiempo del necesario bajo el chorro de agua caliente, para ver si mi mala hostia se relaja junto con mis músculos.

Para sorpresa de nadie, no lo hace.

Soy el último en salir de la ducha, el resto se han ido. Bien. Mis instintos homicidas se calman otro punto más. Me visto y abandono el recinto.

Lo primero que veo cuando el frío de la noche me golpea en la cara es a Connor apoyado en su flamante BMW blanco luciendo como si fuese el jodido rey del mundo. Casi me tropiezo con mis propios pies, y maldigo. Eso hace que todo el grupo de personas que forma un corrillo a su alrededor se gire para mirarme. Están todos mis compañeros de equipo. Todos.

Fantástico. Con lo mucho que me gusta llamar la atención. Me subo el gorro y ajusto la mochila al hombro. Voy a pasar de ellos y, sobre todo, no voy a cabrearme. Voy a ser zen, por mucho que cada vez que lo intente termine al borde de un aneurisma cerebral. No necesito un enfrentamiento con ellos. Deslizo la vista por el aparcamiento, pero no veo a Nala por ningún lado y eso me extraña. Siempre está puntual. Joder. De verdad que no es un buen momento para quedarme esperando como un tonto precisamente aquí.

Justo cuando estoy sopesando la posibilidad de ir andando hasta casa, escucho mi nombre. Lo escucho salir de los labios de Connor Young.

—Parker —repite cuando estoy decidiendo si hacerme el loco o no.

Me doy la vuelta como a cámara lenta y miro en su dirección.

Está con una mano en alto, moviéndola vigorosamente para llamar mi atención, sacando una cabeza a todos los tíos de su alrededor, luciendo muy feliz.

Es una jodida visión y, si no tuviésemos un trato juntos, no me creería que es a mí al que llama. El muy capullo parece que está al nivel Dios. Desde luego, muy por encima de los simples mortales.

—Le he dicho a Nala que yo te llevaba a casa.

Juro que se escucha un coro de exclamaciones alucinadas por todo el aparcamiento.

Joder.

—Voy —le respondo escuetamente, y me dirijo hacia él.

Necesito echar mano de todo mi autocontrol para no parecer alterado con la mirada de todo el mundo clavada sobre mí mientras me acerco.

Llego junto a él lo que me parece una eternidad después. Por suerte, decide despedirse; no sé si aguantaría durante mucho más tiempo en esta situación.

Cuando se monta tras el volante, justo antes de meterme yo mismo en el coche, sonrío. Connor es un idiota, pero sí que sabe montar una escena. Todos los gilipollas que estaban con él deben de estar recogiendo sus mandíbulas del suelo.

Parece que está cumpliendo su parte del trato.

Puedo trabajar con ello. Solo queda un empujón más.

CONNOR

MIÉRCOLES

—¡¿Qué?! —le pregunto a Nala con los ojos muy abiertos. Lo que es lógico, porque estoy alucinando—. ¿Cómo que Parker y tú sois mellizos?

—Increíble pero cierto —responde ella, sonriendo muy divertida.

—¿Ese Parker? —digo, señalando hacia la barra de la cafetería—. ¿Ese que nos está mirando como si fuésemos dos mosquitos que se han colado en su cafetería y nos quisiera aplastar?

—Creo que te mira a ti de esa manera. Yo tengo enchufe. Como soy su melliza y todo eso, su nivel de tolerancia conmigo llega al estándar de una persona normal.

Me da un ataque de risa con su explicación. Es que me encanta Nala, lo juro.

—¿Y cómo fue?

—¿El qué?

—Compartir útero con él.

Nala se ríe.

—Pues fue oscuro.

Brillante.

Me carcajeo.

Aparto la mirada de ella y la poso sobre Parker. Noto un vuelco en el estómago. Nos está observando con intensidad, sin apartar los ojos un segundo de nosotros. Tiene el ceño fruncido y seca una taza con tanta mala leche como si pensase que es mi cuello y desease estrujarlo. Sonrío encantado. Es estimulante saber que lo altero. Mucho más estimulante de lo que lo ha sido nada hasta ahora.

—No os parecéis en lo más mínimo. Tú eres divertida, relajada, interesante, y él... —Lucho por encontrar las palabras—. Definitivamente, ninguna de esas cosas. Es intenso y gruñón.

—Estoy de acuerdo.

Me río.

—A ti te pega tu nombre. Eres tan brillante y fuerte como Nala. Pero a él... —Vuelvo a mirar a Parker y una idea se forma en mi cabeza—. Él debería llamarse Scar —anuncio, y sonrío encantado. Se me tendría que haber ocurrido hace mucho tiempo.

—Tienes un talento para el mal, Connor. Normal que mi hermano esté tan fuera de su zona de confort contigo. Me gusta.

—Gracias. Y ahora, háblame de ti. Eres mi cuñada. —Le guiño el ojo y ella se ríe encantada. Tiene un humor ácido que es sencillamente maravilloso.

—¿Qué quieres saber?

—Todo. ¿Qué me contarías si esto fuera una primera cita?

—Créeme, hace falta mucho más que una sonrisa preciosa como la tuya para conseguir una primera cita conmigo —bromea divertida.

—No esperaba menos de ti. Pero, venga, concédeme eso.

Se lleva a la mano a la barbilla y se da unos golpecitos, como si estuviese decidiendo muy cuidadosamente qué contaría. Conociéndola un poco, creo que la persona que se enamore de ella se lo va a tener que trabajar mucho.

—Bien, en el hipotético caso de que tuviera una primera cita con alguien, cosa que dudo mucho porque no me van ese tipo de convenciones sociales —me comenta como si yo mismo fuese el causante de tales «convenciones sociales»—, le contaría a mi pareja que soy estudiante de Literatura en la universidad pública de la ciudad. Que tengo un profesor de lenguaje gruñón al que no soporto y que es tan tonto como guapo. Que no puedo estar un solo día de mi vida sin leer. Que me encanta escribir. Que sueño con publicar y tener un ático repleto de libros y estanterías —explica con pasión. A lo largo de su discurso se ha puesto a mirar hacia arriba como si el futuro que me está describiendo hubiese comenzado a pasar frente a ella. Me encanta esta chica, es pura fuerza. Fuego—. En resumen: en mis venas, en vez de sangre, hay letras.

—En resumen: eres todavía más interesante de lo que pareces.

—Me gusta cómo piensas —responde, y ambos estallamos en carcajadas.

Coloco los codos sobre la mesa y junto las manos porque en su discurso he detectado un filón sobre el que pienso investigar.

—Y ahora háblame del profesor ese gruñón que te vuelve loca. ¿Está bueno?

—No me vuelve loca —me corta al segundo.

—Bueno, eso ya lo decidiré yo —bromeo.

—No pienso hablar de él —me avisa con una sonrisa traviesa que le hace parecerse mucho a Parker y que me resulta graciosa—, peeero te puedo contar algo que estoy segura de que te interesará más —comenta bajando el tono y echando una mirada a su hermano que me asegura que sí, que tiene razón en lo que acaba de proponer.

—Como siempre, estás en lo cierto —bromeo—. Si lo que me quieres contar es material confidencial sobre Parker, has dado en la tecla exacta para desviar mi atención.

—Lo sabía. —Sonríe con gesto malvado—. Bueno, ahora me voy a poner seria, ¿vale? —explica, y me mira de una forma que me hace ver que no está bromeando. Coloca los brazos sobre la mesa para que estemos más cerca el uno del otro, para que nadie pueda escucharla. Asiento con la cabeza, mostrándome de acuerdo—. Mi consejo es que le des tiempo a Parker. Puede que a simple vista no lo parezca, pero es una de las personas más leales, apasionadas, cabezotas y consecuentes que vayas a conocer en la vida. —Su afirmación, pese a que no dice nada que no se pueda deducir a simple vista, se siente como algo importante. Así que, sin ser consciente de lo que estoy haciendo, me inclino un poco más hacia delante para no perderme absolutamente nada de lo que salga por su boca—. ¿Sabes por qué está tan obsesionado con el fútbol?

—Pues, si no es porque le gusta…, la verdad es que no tengo ni la más mínima idea.

Ella niega con la cabeza.

—No es por eso. Evidentemente le gusta, pero quiere ser profesional porque cree que es la única manera que tiene para cuidar de nosotros. Mi padre se fue de casa cuando éramos muy jóvenes, justo cuando nació nuestro hermano pequeño, y desde ese momento se ha obsesionado con darnos el mejor futuro posible. Por supuesto, no es algo que tenga que hacer, pero, como ya te he dicho, es un cabezota. Y nuestra madre trabaja demasiado para mantener a tantos —comenta, y se me aprieta el corazón. Madre mía con Parker. No me esperaba esta confesión para nada.

De pronto, siento una admiración profunda por él que trato de ahogar, porque sé que no me va a traer nada bueno.

Mis ojos se desvían hacia Parker por voluntad propia y me encuentro con que nos está mirando fijamente. No soy una persona que se ponga roja con facilidad, pero, a juzgar por lo calientes que tengo las mejillas, debo de estar de color bermellón. Aparto la mirada al instante, avergonzado. Siento que lo que me acaba de contar Nala es demasiado íntimo y que debería de haberme enterado por Parker. Estoy seguro de que él no estaría feliz de que lo supiera. De pronto, me asalta la estúpida necesidad de ganarme su confianza para que sea él mismo el que me lo cuente, pero, tan pronto como la idea se me pasa por la cabeza, la desecho. Eso nunca va a ocurrir.

Parker me odia. Y ahora sé por qué lo hace con tanta intensidad. Soy el culpable de que se haya desviado de su propósito de cuidar a su familia.

JUEVES

Digamos que me estoy acostumbrando a ver la espalda de Parker. Todos los días que quedamos para hacer algo, termina largándose. Es tan divertido tocarle las narices. Tan fácil que quizás se esté convirtiendo en una de mis cosas favoritas del mundo.

Hoy, sin embargo, no puede hacerlo. No en la cafetería, donde no tiene permitido abandonar su puesto de trabajo. Todo el que conozca un mínimo a Parker sabe lo concienzudo y recto que es. Pirarse iría contra sus rígidos principios.

No obstante, eso no evita que pueda echarme a mí.

Pero estoy preparado.

Se acerca y abro la boca antes de que lo haga él.

—He organizado el partido para este sábado —comento cuando sé que viene a echarme de la mesa. Quiero hacer tiempo hasta que llegue Nala y pueda charlar con ella.

Prefiero estar aquí mil veces antes que en casa solo y escuchando el silencio. Me gusta el ruido de fondo de este lugar. Lo cálido y acogedor que es.

Después de unos segundos, me doy cuenta de que Parker no ha dicho nada y levanto la cabeza de mi teléfono para mirarlo.

Me quedo paralizado.

Luce una sonrisa enorme que suaviza sus facciones y lo hace todavía más guapo.

Mi reacción a su sonrisa es un daño colateral que no había calculado. Quién se iba a imaginar que era capaz de semejante gesto.

Quién se iba a imaginar que sería capaz de remover mis entrañas.

Puñetero Parker Taylor.

Esta vez ha ganado nuestra batalla, pero desde luego no tiene por qué saberlo.

13

¿Me estás retando? — Mufasa

CONNOR

Llego al estadio bastante más pronto de lo que lo haría normalmente. Mucho antes que nadie, y eso es muy nuevo, pero no quiero decepcionar a Scar. Sonrío al llamarlo así en mi cabeza. Es un pequeño placer. Es como meterme con él, pero de tapadillo, sin que le den ganas de partirme las piernas.

Un chico tiene que darse sus caprichos.

Estoy nervioso porque quiero que todo salga bien. Quiero que Parker se dé cuenta de que este trato merece la pena, que es cierto que ambos podemos ganar.

Por favor, que sea cierto.

Una vez en el vestuario, me cambio de ropa con tranquilidad y luego salgo a hacer unas carreras. Aprovecho para grabar un par de historias contándole a mi gente sobre el partido que vamos a jugar con los chicos.

Una media hora después, empiezan a llegar mis amigos. No pierden el tiempo y nos ponemos a hacer el idiota.

—He oído que va a venir Parker —comenta Wyatt cuando nos quedamos un poco lejos del resto. Asiento con la cabeza para que sepa que así es—. ¿De verdad estás con él? —me pregunta desconcertado—. Pensaba que era una jodida invención de la gente. Ya sabes lo que les gusta hablar.

—¿Y tú estás con Liam? —le devuelvo la pregunta, divertido.

—Eso te gustaría, ¿eh, Young? Seguro que te tocas mientras piensas en nosotros acostándonos juntos —comenta con una sonrisa de medio lado que le hace parecer un diablo—. Fuera coñas. La relación que tenemos Liam y yo va mucho más allá del amor y la amistad, no es algo que tu cerebro de mosquito pueda entender —bromea, y se echa hacia atrás cuando se da cuenta de que está a punto de caerle una colleja con mucho amor de mi parte. Pero no lo hace a tiempo, por lo que termina comiéndosela y me río encantado—. Capullo.

—Provocador.

—Ahora de verdad. No todo el mundo tiene la suerte de conocer a su alma gemela como nosotros.

—Vamos, que os acostáis juntos —bromeo, pese a entender perfectamente lo que dice. Incluso reconozco que siento cierta envidia de ellos. Ojalá alguien me llegase tan profundo para poder decir eso.

—Más que juntos, revueltos —afirma, y me guiña un ojo antes de estallar en carcajadas.

PARKER

Me relajo un poco cuando llego al campo y veo que Connor ya está allí con mis compañeros. Me alegro de que sea real y no me estuviera vacilando. Así no tengo que ponerme tonto. Nadie puede culparme de que me cueste confiar en su palabra. Hasta que no veo con mis propios ojos lo que me promete, no creo nada. Me va bien así y no pienso cambiar. No con Connor, desde luego.

Fijo la vista en él mientras me acerco porque juro que es imposible no mirarlo. ¿No se ha dado cuenta de que los pantalones cortos de deporte que lleva son como diez tallas inferiores a la suya? Podría describir su culo con todo lujo de detalles a pesar de que estoy a unos cuantos metros de distancia. Un culo al que se le nota que lo alimentan con mucho ejercicio. Un culo en el que tengo que dejar de pensar en este mismo momento.

Connor está muy bueno. ¿Y qué? Eso no cambia absolutamente nada.

Dejo la botella de agua sobre una de las butacas del banquillo, a unos metros de las del resto, no vaya a ser que se les ocurra envenenarme, que hoy no está el entrenador para mediar entre nosotros. Por muy pocas ganas que le ponga, consigue que por lo menos no terminemos pegándonos cada vez que entrenamos. Lo que es un logro gigante, la verdad. Mis instintos asesinos se despiertan siempre que los tengo cerca.

Dejo la botella, me acerco a ellos y, cuando se percatan de mi presencia, dejan de hablar. Lucho por no poner los ojos en blanco —son tan infantiles—, pero Connor me recibe con una sonrisa y me relajo un poco. Parece que está de mi lado. Puedo trabajar con eso. Espero que esto no sea una absoluta pérdida de tiempo.

—Te estábamos esperando —comenta, agarrándome el brazo de forma juguetona como si tuviese derecho a tocarme, y me sorprende.

¿A qué ha venido eso?

Decido callarme y hacer como si su contacto no me quemase. Puedo soportarlo.

—Aquí estoy —digo, y él me aprieta el brazo. Cuando lo miro, hace un gesto con los ojos y la boca que me hace pensar que quiere que sonría.

Qué pereza. Voy a hacerle caso porque realmente me interesa que esto funcione, pero me siguen pareciendo idiotas él y todos los demás.

Cada uno de los aquí presentes parece muy interesado por nuestros movimientos y reacciones.

Se forma un silencio que aguanto como un campeón, a la espera de que alguien dé el primer paso.

—¿Cómo vamos a hacer los equipos? —pregunta Liam después de unos segundos, como si todos asumiesen que es normal que estemos jugando un partido entre amigos y no fuera raro que yo esté aquí.

—Que Connor sea uno de los capitanes y tú el otro —comenta Wyatt, señalando entre los dos.

No me puedo creer lo mucho que lo respetan si ni siquiera juega con ellos. Vale que el tío es bueno, pero lleva mucho tiempo sin salir al campo de forma profesional. De hecho, no ha vuelto a hacerlo desde que no se presentó al último partido de la temporada antes de la universidad. Cuando me doy cuenta de ello, me extraño durante unos segundos y me entra curiosidad, pero lo aparto de mi mente de golpe. No es el momento de pensar en eso. No lo es ni ahora ni nunca, la verdad.

Juegan a piedra, papel o tijera para decidir quién elige primero y gana Liam.

—Escojo a Wyatt —anuncia, y no nos sorprende a ninguno de los presentes. Están todo el santo día juntos. Y también son muy tontos los dos.

—Ahora me toca a mí —anuncia Connor—. Has perdido la oportunidad de llevarte al mejor. Te vamos a machacar. —Rezo de forma inconsciente para que después de eso diga mi nombre porque si no, juro que le voy a pegar delante de todos y la farsa se va a acabar en este mismo instante—. Parker —me llama, con los ojos brillantes por la diversión, como si el muy carbón supiera que me he puesto nervioso. Luego se mueve para ponerse a mi lado y me pasa una mano por el cuello.

Me pongo tenso. Como para no hacerlo. Es la segunda vez que me toca y parece que tiene la mano muy larga. Me disgusta la forma en la que mi cuerpo reacciona a él.

¿A qué coño está jugando?

No tenemos esa clase de relación.

Me separo un poco mientras Liam escoge a su siguiente jugador y Connor me mira con diversión cuando se da cuenta de que me ha incomodado. Joder. Odio darle el gusto de molestarme. Supongo que no puedo hacer nada para que deje de tocarme los huevos si no quiero que se esfuerce el doble. Lo mejor es actuar como si no me incomodase.

Empezamos a jugar el partido y, aunque al principio me siento como un monigote, con Connor contando conmigo para las jugadas, lo cierto es que llego a disfrutarlo. Casi recuerdo por qué me gustaba tanto el fútbol. En un par de ocasiones, Nate me pasa el balón. Puede que una de ellas sea porque Connor le grita que estoy libre, pero la segunda lo hace por voluntad propia. Por muy pequeño que sea, ya es un avance.

Me demuestra que aguantar todo este circo puede significar algo bueno para mí.

Me da energías para continuar un poco más.

El único puto problema del partido es que Connor sigue emperrado en incomodarme. Según avanza el juego, también lo hacen sus toques. Al principio son pequeños roces aquí y allá, que luego se convierten en choques. Por último, cuando estamos yendo a por el mismo oponente, terminamos en el suelo con él tumbado sobre mí. Y es más de lo que puedo aguantar.

Porque el jodido y traicionero de mi cuerpo se está excitando con cada pequeño roce.

Porque mis ojos se están fijando en lugares de Connor que no tendría que mirar.

Porque, por mucho que mi cuerpo lo desee, mi cabeza no lo hace.

Porque, o para de una vez, o vamos a tener un problema.

Después del partido, los chicos del equipo entran al vestuario, mientras que Connor, Riku y yo nos quedamos grabando unas historias para subir a su perfil. Es divertido, mucho más de lo que estoy dispuesto a admitir, pero juro que Connor me está poniendo de los nervios con lo largas que tiene las manos. Joder. Al final le voy a cruzar la cara. Puedo entenderlo como parte del juego, pero si va más allá no respondo de mis actos.

Cuando terminamos de grabar a gusto de todos —no sé cuál de los dos es más exigente, si Riku o él, y yo que pensaba que Connor pasaba de todo—, vamos a las duchas.

Juro que, cuando descubro que somos las dos únicas personas en la estancia, comprendo que las cosas no van a acabar bien.

Lo noto.

Estamos solos en el vestuario.

Sinceramente, no tengo muy claro lo que estoy haciendo ni por qué, solo sé que no puedo parar. Hay algo en Parker que me atrae y me hace querer ser el centro de su atención. También me hace ser temerario.

—Estás jugando con fuego, Connor —me advierte Parker en un tono bajo y profundo que hace que se me estremezca el miembro.

Madre mía.

Por supuesto que sé que estoy provocándolo más de lo que debería. Mucho más de lo que es prudente para mi seguridad, pero no puedo retenerme. Pasarme toda la mañana rozándolo como si fuese un descuido y ver la reacción que tenía en él me ha puesto al límite. Parker es muy guapo y muy idiota —combinación que resulta demasiado atractiva para mi cordura— y yo no soy de piedra. Por lo menos, no entero. Lo que tengo entre las piernas es otro tema.

Creo que el hecho de que me odie con tanta intensidad solo hace que quiera provocarlo más. Que quiera ganar la batalla. Quizás sería algo que tendría que pararme a analizar, pero por el momento prefiero dejarme llevar.

Voy a probar a tensar su cuerda un poco más. Lo peor que puede pasar es que me dé un puñetazo y, chico, no sería el primero. No es algo que me asuste.

—Oh, ¿y es peligroso provocarte?

—Sigue haciendo el tonto y descubrirás hasta qué punto lo es —amenaza, y se larga desnudo a la ducha.

Tomo como una provocación que lleve la toalla sobre el cuello y el culo al aire. Podría habérsela puesto alrededor de la cintura.

Me termino de quitar el pantalón y los calzoncillos y me dirijo a su encuentro. Me meto en la ducha, que es lo suficientemente grande como para que todo el equipo entre en ella a la vez, y froto el culo de Parker con mi brazo al pasar.

Sí, no puedo hacer una provocación más evidente, muchas gracias por la pregunta.

Antes de que me dé cuenta de lo que ha sucedido, Parker me ha cogido del cuello y me ha empotrado contra la pared. Y no de la forma divertida.

—Deja de tentarme de una vez —me advierte con voz dura.

Quizás sea por el agua, por la desnudez de nuestros cuerpos o por la fuerza que demuestra Parker, pero la cuestión es que me pongo más duro.

Vamos a tener un problema.

—¿Tentarte? No sabía que podía tentarte —le digo, esbozando una sonrisa casi lasciva—. Pensaba que solo lo hacían las mujeres.

—Soy bisexual, gilipollas, pero no es de tu incumbencia.

—Nunca te he visto con un tío —comento, más por descubrir si tiene experiencia que otra cosa, pero por supuesto Parker se lo toma a malas.

—¿Crees que para saber que me gustan los tíos tengo que haberlo probado? No me puedo creer que seas tan arcaico. Te tenía por muchas cosas, pero no por alguien anticuado.

—Soy gay.

—¿Y a mí qué? Ser del colectivo no te hace más abierto de mente. Entiendes que no tengo que demostrar mi orientación, ¿verdad?

—No, desde luego que no. Pero sí hace que podamos pasar un buen rato.

Parker me mira y sus ojos empiezan a arder. Como tenga tanto fuego en la cama como mala leche, seguro que es increíble.

—¿Quieres esto? —pregunta, metiendo la mano entre nuestros cuerpos. Y, Dios, claro que quiero lo que está señalando.

—Se me hace la boca agua —le respondo, inclinándome hacia delante para poder susurrárselo al oído.

Nuestros pechos se tocan.

Mi corazón se dispara.

Estoy muy duro.

Parker desliza las manos por mi cuello y las lleva hasta mis hombros. Cuando empuja con fuerza hacia abajo, se lo permito. Me habría dejado llevar igual, aunque fuese un toque sutil.

Un segundo estoy mirándolo a los ojos y al siguiente estoy de rodillas frente a él.

Levanto la mirada y me encuentro con la suya. Tiene tan dilatadas las pupilas que apenas se ve el marrón de sus iris. Está excitado y eso me hace perder la cabeza. No sabía que era capaz de despertar otra emoción en él más allá del odio. Me siento poderoso. Está paralizado, observándome.

Deslizo la mirada por su cuerpo. Tiene un pecho impresionante, unos músculos duros y bien formados. Es increíblemente atractivo. Cuando llego a la línea de vello que separa sus abdominales de mi premio, contengo el aliento hasta llegar allí.

Madre mía.

Parker está semierecto.

Levanto las manos y las subo por sus muslos mientras me inclino hacia delante. Justo cuando estoy a punto de llevármela a la boca, Parker pone la mano en mi cabeza y me agarra el pelo.

—¿Qué cojones crees que estás haciendo?

—Déjame que te lo demuestre.

—No. Eso no va a suceder nunca —me advierte, pero a pesar de que me habla con desprecio, carece de fuerza, ya que lo que hasta ese momento era una semierección es un mástil completo ahora—. Estamos juntos porque es una obligación, no porque quiera estarlo. Que no se te olvide que te odio, que no se te olvide ni por un segundo.

Sus palabras me hacen daño por primera vez. Me aprietan el estómago. Tenía la estúpida idea de que, cuando me conociese un poco, se daría cuenta de que no soy el cabrón que él se ha imaginado en su mente. Pero está claro que me equivocaba.

Parker me echa la cabeza hacia atrás mientras se separa de mí. Cuando me suelta el pelo, coge la toalla y se larga, dejándome solo y arrodillado sobre las frías baldosas. Y, lo que hasta ese momento me había parecido una postura excitante, abandonado y rechazado, se me antoja como una humillación. Como un gesto de desprecio.

Me levanto de golpe, temblando. Y no es por el frío de tener la piel húmeda y no estar bajo el agua. Es por el frío de la vergüenza.

PARKER

Ha llegado el momento de que reconozca que esto se me ha ido de las manos.

Es oficial.

Hacer un trato con Connor ha sido la peor idea de mi vida.

Necesito largarme de aquí cuanto antes porque juro que no me reconozco a mí mismo.

He tenido que hacer uso de todo mi autocontrol para no metérsela en la boca.

Estoy muy jodido.

Segunda fase

Segunda fase

14

¡Vamos, muérdela! ¡A la yugular!
¡A la yugular! —Timón

CONNOR

Es fantástico que, cada vez que miro a Parker a la cara, recuerde cómo me sentí en la ducha. Siendo la palabra «fantástico» una exageración aderezada con todo el sarcasmo que soy capaz de utilizar.

La vida se ha precipitado de una forma exagerada. Sé que para Parker todo va demasiado despacio, pero para mí está yendo a toda leche. Las semanas pasan a la velocidad de la luz y todo se está complicando sobremanera.

Estamos en la cafetería de Parker —que parece que se ha convertido en nuestro centro de operaciones— mientras esperamos a que haga el descanso para poder atendernos. Me duele la espalda de la tensión. Odio que Nala no ande por aquí para distraerme. Siempre que estamos juntos, consigue que me relaje. Es una chica muy adorable e interesante, mucho más que su hermano. Hermano que estoy tratando con todas mis fuerzas de no mirar, pero eso me está suponiendo un esfuerzo titánico.

Cuando me doy cuenta de que, o me entretengo con algo, o me muero, decido pedirle a Riku que me ayude a diseñar unas historias. Por supuesto, él se muestra encantado. No hay nada que le guste más que hacer uso de su creatividad.

Nos centramos en ello y, de esa forma, antes de lo que pensaba, y desde luego mucho antes de lo que estoy preparado —total, no iba a estarlo nunca—, Parker se sienta con nosotros en la mesa.

—Solo tengo diez minutos.

Pues no, no se ha vuelto más agradable durante este fin de semana.

—¿De verdad? Es la primera vez que nos lo dices —le contesto, batiendo las pestañas con una sonrisa dulce que sé que le saca de quicio.

No pienso ser el único que sufra aquí.

—Haya paz, chicos —corta Emma. Sabemos que no tiene paciencia para nuestros inteligentes intercambios, que sé de sobra que ella no definiría de esa forma—. Estamos aquí por negocios. Apartad vuestros sentimientos.

Sí, señor. Menudo zasca nos acaba de pegar a los dos. Sonrío divertido al ver cómo Parker encaja la bronca frunciendo los labios. Sé que lo hace para no decir alguna barbaridad. Parece que esas las tiene guardadas solo para mí. ¿Cómo de enfermo es que eso me haga cierta ilusión?

Demasiado, ya lo respondo yo.

—Te escucho —dice Parker, haciendo gala de una madurez que sé que no tiene.

Emma empieza a hablar sobre cómo van los índices de popularidad, las votaciones y un largo etcétera de cosas que me esfuerzo por medio registrar.

—Ahora tenemos que hablar del siguiente paso.

Esas palabras captan mi atención plenamente.

No puede ser.

No ahora.

No, por favor.

Necesito una semana más.

Todo está demasiado fresco ahora mismo como para que pueda soportarlo.

Empiezo a hacer señas a Emma, llevándome la mano al cuello en señal de que corte, que no diga en alto lo que sé que toca. Conozco perfectamente cuál es la segunda fase, pero no es el momento. Por supuesto, ella no da ninguna muestra de estar haciéndome caso.

Empiezo a vocalizar la palabra «aborta» una y otra vez, pero claramente pasa de mí.

Quiero morirme.

Por favor, que alguien venga y me mate.

Si he hecho alguna cosa buena en esta vida, me dará un infarto fulminante en este mismo instante.

—Ha llegado la hora de empezar la segunda fase. Os tienen que «cazar» besándoos.

Pues lo ha dicho, joder. Lo ha dicho y a mí no me ha dado tiempo a morirme.

Toca afrontar las consecuencias. Soy un tío adulto.

Levanto la barbilla, orgulloso, y giro la cabeza para mirar a Parker. Quiero ver su reacción.

No sé qué me esperaba, si un poco de molestia, enfado o rabia, pero la tranquilidad con la que mira a Emma, como si hubiese dicho algo que a él ni le va ni le viene, termina de ponerme de mala leche. ¡Al muy imbécil le da lo mismo besarme!

Yo estoy alterado, con todo el cuerpo temblándome ante la expectativa, y a él le da igual. Es insultante. Me dan ganas de lanzarme encima de él, agarrarlo del cuello del jersey y meterle la lengua en la boca hasta volverlo tan loco que me suplique que continúe con lo que empezamos el otro día en el vestuario. ¡Ahhhhhh! Quiero gritar de frustración, quiero ser capaz de alterarlo lo mismo que él me altera a mí, pero lo que en realidad hago es levantarme como si me diera todo igual —cosa que la gente ya piensa— y decirles:

—Decidid sitio y hora y me lo transmitís. Tengo prisa, que he quedado.

Antes de que nadie pueda preguntarme con quién, me he largado. No me encuentro en condiciones de estar con otros seres humanos.

PARKER

Pues el puto momento que llevo días luchando por sacar de mi mente llega. Llega antes de lo que me gustaría.

Resulta que tengo que besarme con Connor.

Y no me encuentro bien.

Tengo todo el cuerpo electrificado. La oscuridad, el puto callejón en el que nos encontramos o lo cerca que está de mí me están alterando demasiado.

Estoy excitado y ansioso.

Me quiero dar de hostias a mí mismo.

No tengo ni puta idea de lo que le ocurre a mi cuerpo porque odio a Connor.

La verdad es que es un palo, no me tenía por un ser tan elemental. No pensaba que, porque un tío bueno se me pusiera a tiro, fuese a perder los nervios. Pero aquí estamos, en esta situación en la que estoy más excitado de lo que me gustaría reconocer. De momento logro tranquilizar un poco mi conciencia pensando que me parece tan excitante porque es la primera vez que voy a besar a un chico. Que una cosa es saber que te gustan y otra muy diferente meterles la lengua.

Desvío la mirada de la pared del callejón y la fijo en Connor. No se le ve mucho mejor de lo que yo me siento, cosa que me sorprende, teniendo en cuenta que siempre se comporta como un chulo arrogante que parece que en vez de hundirse en el agua camina sobre ella. ¿Por qué tiene que estar también él nervioso cuando se ha liado con un montón de tíos?

Me está sacando de quicio. Noto calambres en las manos.

Necesito deshacerme de tanta tensión, de tanta intensidad. Connor no tiene derecho a hacerme sentir así.

Me desahogo de la única manera que sé: atacando.

—¿Qué cojones te pasa?

—Que no me apetece esto.

—¿Por qué? El otro día se te veía muy dispuesto a meterte una parte de mí en la boca.

Connor pone cara de fastidio y se remueve molesto sobre su pie izquierdo.

—¿De verdad tenías que sacar eso aquí? ¿Ahora, Parker? —pregunta, llevándose la mano a la cabeza y revolviéndose el pelo.

Parece desesperado, pero no me da pena. No me la da, maldita sea—. Justo cuando tenemos que besarnos. Gracias por hacer las cosas tan fáciles.

—Lo que se siembra se recoge. Tú también me has dificultado la vida a mí. Considéralo una justa devolución.

—Me estoy dando cuenta que no vas a dejar de odiarme nunca.

—Ya era hora. Últimamente te veía demasiado relajado. Que esto te sirva como recordatorio.

—Bien —dice, y se queda callado observándome, como si mi admisión le diera exactamente igual.

Me cabrea. Me cabrea mucho más de lo que tiene derecho a hacer.

—Ah, ya veo.

—¿Qué ves? —pregunta, mirándome con desconfianza. Y hace bien.

—Tienes miedo.

—¿Miedo? ¿Miedo de qué?

—De mí. De que te vuelva loco besarme —le digo, esbozando una sonrisa de auténtico hijo de puta arrogante. La sonrisa que solo él es capaz de poner en mi cara.

Connor abre los ojos con sorpresa durante unos segundos y luego los cierra de golpe cuando comprende que he conseguido lo que quería.

—Tienes mucho más ego del que deberías. No eres gran cosa.

—Pues a ti parece gustarte. Si no, no estarías tan asustado.

Sé, cuando esas palabras salen de mi boca, que he tocado en la tecla que debería.

O en la que no debería haberlo hecho jamás.

—Ahora te vas a enterar —dice entre dientes, recortando la distancia que nos separa en dos grandes zancadas.

Antes de que pueda arrepentirme, lo tengo sobre mí. Nuestros pechos se golpean. Connor lleva las manos a mi cuello y me agarra de la cabeza. La gira con fuerza y se estampa contra mis labios. El roce de los suyos, suaves, y de la barba me sorprende tanto que dejo escapar un jadeo. Connor lo aprovecha para meter la lengua dentro de mi boca. Me besa con pasión y fuerza, como nunca antes me han besado en la vida. Me doy cuenta de que no se parece en nada a los encuentros que he tenido hasta el momento porque él no me besa, él me está poseyendo, y tengo miedo de volverme adicto. Su olor a perfume caro me envuelve y nubla mis sentidos. Estoy tan sorprendido por la intensidad que le dejo hacer. Le dejo incluso cuando me empuja contra la pared. Y yo le devuelvo el beso. Me rozo contra él.

El callejón que hasta ese momento había estado en silencio se llena con nuestros gemidos. Puede que yo esté perdido en el frenesí de la situación, pero no soy el único. Connor va a mi lado en esta loca caída al vacío.

Pronto, nuestro encuentro pasa de ser demasiado intenso a no ser suficiente. Lo agarro de las solapas de la cazadora y lo aprieto contra mí. Tiene que darme más.

—Ya está, chicos. Ya tenemos las imágenes —dice la voz de Riku a nuestro lado, sacándome del trance en el que me había sumido.

Joder.

¿Qué coño me ha pasado?

Es la distracción que necesitaba para salir de este estado salvaje. Este estado en el que solo era capaz de sentir. En el que me estaba quemando.

Me separo de golpe de Connor y casi me caigo. La excitación es tan fuerte que me marea. Toda la sangre de mi cuerpo se ha acumulado en el sur. Estoy mucho más cachondo de lo que me permite pensar con claridad. Y mucho más desubicado también.

Miro a Riku, que está centrado en su cámara y parece ajeno a mis sentimientos. ¿Cómo es posible que el resto de las personas no se den cuenta del incendio que acabamos de provocar Connor y yo con nuestra colisión? Debería haber ardido todo en veinte kilómetros a la redonda.

Es imposible que sea el único afectado.

Mis ojos vuelan hasta Connor. Me observa como si me viese por primera vez, pero, antes de que me dé tiempo a descifrar su expresión, aparta la mirada y camina hacia Riku para comprobar las fotografías sin dar la mínima muestra de estar alterado. Anda con paso firme y desenfadado. La única evidencia de haber participado en nuestro beso es que tiene los labios hinchados y brillantes. Labios de los que me cuesta apartar los ojos.

Joder.

Tengo que largarme de aquí.

Creo que en las últimas semanas he pensado más veces que estoy en problemas que en todos los días de mi vida juntos.

15

No, no, no, no importa. Hakuna Matata.
—Simba

CONNOR

LUNES

Juro que me esfuerzo por no agobiarme, pero no es fácil.

Por si tenía poco con recodar el beso todo el santo día, también tengo que verlo de nuevo cada vez que compruebo mis redes sociales.

Se ha viralizado de una forma que, hasta ahora, no creía posible. Pensaba que, a base de verlo, dejaría de darme un vuelco el corazón cuando la imagen llega a mis retinas una y otra vez, pero no. En este momento la razón está siendo nublada por otra cosa. Siendo mi entrepierna la causa más probable de ello.

Sí, se trata sin duda de una experiencia preciosa y supertranquila fingir una relación con Parker. De hecho, creo que sentiría menos vértigo en el estómago si estuviese en medio de una excursión en el Everest.

Me gustaría pensar que solo yo me siento así y que en realidad las cosas no están tensas entre Parker y yo, pero sería engañarme a mí mismo.

A las pruebas me remito. Cuando este mediodía nos hemos encontrado en la cafetería, Parker me ha saludado con un asentimiento de cabeza. Luego se ha quedado parado durante unos segundos antes de largarse en dirección opuesta. ¿Y lo peor de todo? Que yo se lo he permitido. No me apetece tenerlo cerca en este momento, me siento demasiado inestable. Con las fotos de nuestro encuentro, la gente tiene material suficiente para unos días.

No quiero forzar las cosas.

Sé que no podría soportarlo.

PARKER

MARTES

La tarde se me está haciendo eterna. Parece que el jodido tiempo hoy se ha empeñado en no ir hacia delante.

—Creo que alguien debería decirte que estás más irritable de lo habitual, hermano —comenta Nala, con el boli en el centro del labio inferior, analizándome.

Lo que me faltaba: que otro ser humano aparte de mí se dedique a juzgarme.

—No tienes razón. Estoy de maravilla. Feliz.

—Si tú lo dices… —responde, mostrando con su tono de voz que no se cree lo que le digo—. ¿Esperas a alguien? —ataca de nuevo tras unos segundos esbozando una sonrisa.

Dejo de limpiar el vaso de golpe y la miro luchando por que el pánico no se refleje en mi cara.

—Por supuesto que no.

Ella sonríe divertida. El gesto me molesta sobremanera. ¿Qué se supone que está insinuando?

—Lo digo porque llevas toda la tarde mirando hacia la puerta.

—No es verdad —la interrumpo bruscamente para que se calle.

No quiero escuchárselo decir.

—Mi error. Estaré viendo cosas donde no las hay —contesta, devolviendo la mirada al cuaderno en el que está tomando apuntes.

Respiro aliviado. Casi no me puedo creer que me deje en paz. Pensaba que iba a ir a degüello a por mí, dado que tiene razón en todo lo que dice. Pero no quiero que la tenga. Y mucho menos quiero que se dé cuenta. Joder. ¿Es que todo el mundo tiene que estar atento a cada uno de mis movimientos?

Hago unas respiraciones profundas y pausadas para tranquilizarme. Luego lucho con todas mis fuerzas para no volver a mirar hacia la puerta. Unos minutos después, estoy casi relajado.

Y ese es mi gran error.

Nala levanta la mirada de golpe y me observa.

—¿Es demasiado pronto para que te diga que todos tus problemas se terminarían de golpe si llamases a Connor?

No ha dicho eso. No lo ha dicho, joder.

—¿Qué, q..., qué quieres decir? —pregunto tartamudeando. ¡Yo! Que no he tartamudeado en la vida.

—Quiero decir que, si lo hicieras, estarías de mejor humor y dejarías de preguntarte a cada minuto si va a entrar por esa puerta.

Me voy a cagar en todo.

Especialmente, me voy a cagar en mí mismo.

MIÉRCOLES

—Os gustará saber que sois la pareja del año —anuncia Emma con una sonrisa absolutamente feliz, que estoy seguro de que nunca antes le he visto esbozar, enseñándonos el titular de una revista en el teléfono móvil.

—¡No me lo puedo creer! —exclama Connor, lanzándose hacia delante para agarrar el teléfono y verlo por sí mismo.

A juzgar por la felicidad e incredulidad de su voz, es algo importante.

A mí me la pela. Solo puedo pensar en que esta reunión se acabe pronto y en alejarme de ellos. En especial, de Connor. Por lo menos, no estamos solos y teniendo que tocarnos por alguna de sus locuras, lo que a mi parecer es una mejora realmente importante.

Me distraen sus exclamaciones de felicidad y, antes de que me quiera dar cuenta, bum, estoy mirándolo fijamente. Luce una sonrisa enorme y satisfecha que cambia por completo sus facciones. Las vuelve menos perfectas y mucho más atractivas. Sus ojos se empequeñecen y tengo que inclinarme para comprobar si los tiene abiertos. Me pican las manos por las ganas de echar su cabeza hacia atrás para poder verlo bien.

¿Qué cojones me pasa?

—Tenemos que conseguir mantenerlo. ¿Sabes lo que te estás separando de tus competidores en las encuestas?

—Es como un sueño, de verdad —asegura Connor, devolviéndole el teléfono.

Me observa y siento un pellizco en el corazón. No creo que me esté imaginando la gratitud en su mirada.

—Estaría bien que os dejaseis ver juntos en la universidad —sugiere Emma, pero todos los presentes tenemos claro que es una orden.

—No, si ahora vamos a tener que estar el uno cosido al otro —comento nervioso, y Connor me lanza una mirada evaluadora que no sé cómo tomarme.

—Podríamos comer juntos —propone sin mucha fuerza, pero no sé si es porque está pensando que voy a reaccionar mal o porque no le apetece.

¿Qué coño me pasa? Precisamente, de entre todos los seres humanos del mundo, me da igual lo que él piense.

Me encojo de hombros.

—Bien.

Connor abre los ojos, sorprendido. No se esperaba esa respuesta.

—Vale.

Nos quedamos observándonos en silencio mientras una corriente eléctrica sale de sus ojos y llega hasta los míos, revolucionando todo mi interior. Lo odio.

—Salgo de clase a las doce —le digo, fulminándolo con la mirada—. O llegas a esa hora, o no hay plan. Te lo advierto.

—Pues ya lo podemos dar por perdido —se escucha decir a Emma.

—¿Me estás retando? —pregunta él, ajeno a lo que todos pensamos, con una chispa de pasión brillando en sus ojos.

En mi cara se dibuja una sonrisa malvada.

—Claro. Y que sepas que estoy seguro de que no lo vas a conseguir.

—Eso ya lo veremos —contesta con convicción. Noto en sus facciones que va a hacer todo lo que esté en su mano, y lo que no lo esté también, solo para llevarme la contraria.

Me acabo de convertir en su prioridad.

Es estimulante.

Mucho más de lo que debería ser.

CONNOR

JUEVES

—¿Por qué observas a Wyatt como si te estuvieses planteando si tiene el suficiente coeficiente intelectual como para ser considerado un ser humano?

Mi pregunta sorprende a Parker, que lanza una carcajada.

—Pues porque eso es precisamente lo que estoy pensando.

—Ya. No te culpo, ¿eh? —le digo, y devuelvo la mirada a Wyatt, que está hablando con una chica y creo que a ninguna persona en cien kilómetros a la redonda le pasan desapercibidas sus intenciones.

Parker gira la cabeza cuando Wyatt se apoya en la mesa en la que está comiendo la chica y casi tira su refresco.

—¿No se da cuenta de que está haciendo el ridículo? —pregunta, incrédulo.

—Por lo menos. ahora mismo no está bailando.

—Cierto —dice, y se mueve hacia los lados como si un escalofrío le acabase de recorrer el cuerpo—. Ha sido una escena que me perseguirá en sueños durante los próximos veinte años.

Me río.

—No es lo más vergonzoso que le he visto hacer.

—No sé si quiero preguntar.

—Créeme, no quieres.

—¿Sabes qué es lo peor? —añade después de unos segundos de reflexión.

—¿El qué?

—Que es hipnótico verlo quedar en evidencia. No puedo apartar los ojos.

Me río a carcajadas. Hay que ver lo divertido que me parece Parker cuando el extremo receptor de sus ácidas ocurrencias no soy yo.

—Tienes razón.

—Espera, que ahora viene el otro —comenta, y seguimos mirando con incredulidad—. Están los dos ligando con la misma chica —observa, y me mira para ver si yo veo lo mismo.

—Es su *modus operandi*. La verdad es que a mí ya no me sorprende demasiado, hace tiempo que renuncié a tratar de entender su relación. Si ellos son felices, por mí estupendo.

—¿Crees que se acuestan juntos con la misma persona? —pregunta, y mueve la cabeza de lado como si de esa forma fuese capaz de desentrañar la escena—. Quiero decir a la vez —aclara.

—Casi pondría la mano en el fuego.

Tras mis palabras, Parker los estudia durante unos segundos más y luego se encoge de hombros y vuelve a centrarse en la comida. Parece que ha llegado a la misma conclusión: si todos están de acuerdo y felices con la situación, que hagan lo que les dé la gana.

Y así como así, mientras comemos juntos —algo que *a priori* debería ser extraño—, me doy cuenta de que podemos encajar. De que, gracias al universo, las cosas han dejado de estar tensas entre nosotros y creo que el plan puede salir adelante.

Es más, creo que puedo disfrutar del proceso.

Estar con Parker es mucho más agradable e intenso de lo que nunca habría imaginado.

PARKER

VIERNES

—Ha llegado el momento de que pasemos al siguiente nivel —dice el jodido Connor justo cuando le estaba dando un trago a la botella.

Me atraganto y toso como un cabrón para sacar el agua de mis vías respiratorias, pero no porque no desee morirme, sino por reflejo. No veo que sea un mal momento para palmarla.

—¿Siguiente nivel? —pregunto tirando del cuello de mi camiseta, mientras un sinfín de imágenes de nosotros dos desnudos sobre el campo de fútbol me taladra la mente.

Connor gira la cabeza y me observa con la boca abierta.

—¿En qué estás pensando? —pregunta, y sé que no me estoy imaginando el deseo en su voz.

—En estrangularte.

—No eres divertido —me corta, poniendo los ojos en blanco.

Miro hacia ambos lados del estadio en busca de alguna excusa que me ayude a alejarme de allí. ¿Por qué tenemos que estar justo ahora en el jodido descanso del entrenamiento? Y, sobre todo, ¿por qué tiene que estar Connor aquí?

—Voy a mear. —No es que haya sido mi idea más brillante, pero no se me da bien trabajar bajo presión.

—Espera un segundo —me pide, agarrándome del brazo para impedir que me vaya.

Nuestras miradas se van automáticamente al lugar en el que me está tocando. Connor aparta la mano de golpe cuando se da cuenta de lo que ha hecho. Sí, todo sigue muy tenso entre nosotros.

—Tenemos que vernos en un lugar más íntimo.

No acaba de decir eso.

—No me parece una buena idea —le respondo, notando cómo se me seca la boca por los nervios.

—Creo que deberían ver que tú vienes a mi casa y yo voy a la tuya. Eso haría que la gente se diese cuenta de que vamos en serio.

—Ni de puta coña. Eso no va a suceder, Connor.

No sé cuál de las dos opciones me da más miedo.

Que vea dónde vivo.

Que conozca a mi loca familia.

Que se cuele todavía más en mi vida.

Mientras pienso en todo ello sin ser capaz de centrarme en nada, voy dando pasos marcha atrás, alejándome con un sentimiento de alerta recorriendo todo mi cuerpo. Antes de que me dé cuenta de lo que estoy haciendo, me he dado la vuelta y he echado a correr.

16

No quiero escuchar a un pajarraco tan vulgar.
—*Simba*

CONNOR

No sé si esto ha sido muy buena idea.

Es una lástima que lo analice justo después de llamar al timbre de la casa de Parker. Casa a la que me ha pedido que no me acerque ni a diez kilómetros a la redonda.

Pero nada. Aquí estoy. Puede que con los años haya desarrollado un instinto suicida.

Cuando escucho pasos acercándose, rezo todas las oraciones que me sé —que, por supuesto, son pocas— para que sea Nala la que me abra. Con suerte, para cuando Parker se dé cuenta de que estoy en su casa, ya será demasiado tarde y no podrá echarme por vergüenza. No lo haría delante de su familia, ¿verdad?

Uf. Mejor no respondo a esa pregunta. No ahora.

La puerta se abre sorprendentemente despacio. Y juro que tardo unos cuantos segundos en encajar a la persona que tengo delante con el Parker que conozco. Va vestido con un pijama gris de pantalón corto, tiene una sonrisa enorme en la cara, el pelo revuelto y apartado de la frente —lo que le hace parecer mucho más joven, cálido y accesible—, y a un niño agarrado al cuello como si fuese una bufanda.

Madre mía.

El corazón me da un pellizco. ¿De dónde sale semejante dulzura y cómo es que ha estado escondida dentro de Parker tanto tiempo?

Si alguien me hubiese preguntado esta mañana si mi falso novio podía ser más guapo, habría jurado que no, que ya era perfecto, pero esta versión mucho más relajada de él es totalmente increíble.

Qué asco, de verdad. Los más guapos son siempre los más idiotas.

Puede que se me haya acelerado un poco el pulso ante la visión, pero es sin permiso, por lo que no cuenta.

La sonrisa de Parker se va deslizando de su cara poco a poco a medida que procesa que sí, que estoy delante de él. Pues nada, al final seguro que acabamos discutiendo. Me preparo mentalmente.

—Hola —saludo y sonrío.

No lo veo capaz de echarme delante del niño, ¿verdad? Por cómo lo agarra, parece que le tiene bastante cariño.

—Connor —dice, luciendo ya muy serio—. Recuerdo que te dije específicamente que no quería que vinieses aquí.

—Y yo, que era necesario para avanzar en nuestra relación.

—¿Relación? Me voy a caga... —comienza a despotricar y se calla *ipso facto*, mirando al crío.

—¿Quién eres? —pregunta el pequeño de repente. Parece haber reparado en mi presencia en este mismo momento.

Abro la boca para decirle mi nombre, pero Parker es más rápido.

—No es nadie. Viene a vender galletas.

—¡Quiero galletas! —grita encantado, y se revuelve en sus brazos para que lo baje al suelo.

Esbozo una sonrisa enorme y levanto una ceja. A ver cómo sale ahora de semejante lío.

—¿Galletas? —pregunta otro chico, asomándose por la puerta. Me observa con curiosidad—. ¿Te conozco de algo? —inquiere después de unos segundos.

—No, no lo conoces de nada —lo corta Parker, y veo que comienza a cerrar la puerta.

Tengo que evitarlo.

—Soy Connor, Connor Young —le digo, metiendo un pie en la casa y tendiéndole la mano.

Si Parker quiere dejarme fuera, tendrá que partirme la pierna.

—Connor —dice Nala, apareciendo también de la nada. La única diferencia es que ella sí que me mira con una sonrisa. Bien. Por lo menos, alguien se alegra de verme—. Es el novio de Parker, Luk —explica, esbozando una sonrisa diabólica que hace que me tenga que contener para no estallar en carcajadas.

—¿Novio? —pregunta el chico, abriendo los ojos con sorpresa—. Parker nunca nos ha presentado a nadie —explica antes de esbozar una sonrisa enorme—. ¡Mamá! —grita, y sale corriendo hacia el interior de la casa—. ¡Ha venido el novio de Parker!

Me echo a reír. A estas alturas, soy incapaz de contenerme.

—Te voy a despedazar, Nala —amenaza entre susurros.

—¿De verdad eres el novio de Parker? —pregunta el niño pequeño, que me atrevería a adivinar que tendrá unos ocho años, pero no sé calcular estas cosas, así que podrían ser más o menos.

Asiento con la cabeza y me alejo un poco de la puerta para que el susodicho no pueda matarme.

—¡Eso te convierte en mi hermano! —grita todo feliz, saltando—. ¿Sabes jugar a la consola?

—Claro, soy un *crack*. ¿A qué juegas?

—¿Te gusta el *Mario Kart*? Soy muy bueno.

—Por supuesto, ¿a quién no? —le digo guiñándole un ojo, y el niño me mira con adoración.

Muy pronto, la escena se convierte en una locura total. Guau. Qué capacidad para liar las cosas. Me gusta mucho esta familia. Lo que daría por haber tenido hermanos y un poco de calor en casa.

Podría acostumbrarme a esto con demasiada facilidad.

—Ven, que te enseño mi cuarto.

—¡No! —grita de repente Parker, haciendo que todas las miradas recaigan sobre él.

—No seas así, hermano —le reprocha Nala, y tira de mi jersey para meterme en el interior.

—Joder —se le escucha farfullar. Y, por el tono con el que ha pronunciado esa simple palabra, sé que se ha dado por vencido.

—Me llamo Dylan —dice el pequeño, que se ha escapado de su hermano, mientras me da la mano.

La confianza de su gesto y la aceptación sincera con la que me acoge me calientan el corazón, no lo voy a negar.

Me interno en su hogar con Nala a un lado, Dylan a otro y Parker a nuestra espalda. Sonrío como un poseso. Las cosas no han salido tan mal como pensaba. Por lo menos, he superado la barrera de la puerta.

Al final del pasillo, aparece una mujer y toda mi atención se centra en ella. No hace falta que nadie me diga que es la madre de Parker, son muy parecidos. Sé de dónde han sacado tanta belleza, me queda claro al instante. La única diferencia es que, donde los ojos de Parker son fríos y desinteresados, los de la mujer que tengo delante son cálidos y atentos. Me cae bien desde el primer momento. Se limpia las manos en un trapo que lleva colgado de la cadera y mis ojos se van en esa dirección. El trozo de tela está salpicado de manchas de diferentes colores. Diría que es pintura. Lleva un mono marrón y pinceles en todos los lugares visibles: en los bolsillos laterales, prendido de la parte delantera y en el pelo. Eso último me hace sonreír.

Parece que en la familia de Parker hay por lo menos dos artistas. Su hermana es escritora y su madre —apostaría medio brazo—, pintora.

—Hola —me saluda, esbozando una cálida sonrisa—. Soy Emily, la madre de Parker —se presenta acercándose a mí, y me da un beso y un abrazo, que acepto emocionado. Qué familia más agradable. No me puedo creer que Parker sea un miembro de ella—. Mi hijo me ha dicho que eres el novio de Parker —comenta, lanzando una mirada interrogativa al susodicho—. No sabía que tenías pareja —deja caer su madre como reproche.

Por el rabillo del ojo veo cómo Parker se remueve incómodo y me apiado de él. También necesito relajar un poco la presión sobre sus hombros o, en cuanto tenga la menor oportunidad, me matará, y lo peor de todo es que esta vez tendría razones reales para querer hacerlo.

—Es un placer conocerla.

—No, cariño. No me trates de usted. Soy demasiado joven para eso —dice, y se ríe—. ¿Te gusta el café o prefieres tomar otra cosa?

—Me encanta el café.

—Pues estás de suerte, porque Parker hace el mejor del mundo. Sígueme.

La obedezco y, después de una parada en la cocina donde todos los miembros de la familia, incluido yo, preparan algo para tomar la merienda, vamos a la sala —desde la que se ve una extensión de bosque— a tomarlo.

Estoy muy a gusto. Creo que no había sonreído durante tanto tiempo seguido en la vida. Después de media hora, con el café finiquitado, los hermanos se dispersan por la sala a jugar y, en un despiste de su madre, me acerco a Parker para decirle:

—Tienes una familia muy ruidosa. ¡Me encanta! —Noto cómo su mirada escéptica me atraviesa, pero no me inmuto. Desde luego, no es la peor mirada que me ha lanzado en la vida. Puedo trabajar con su escepticismo. De hecho, lo prefiero al odio.

Ojalá fuera capaz de absorber dentro de mí todo el calor que hay aquí. Todo el amor de familia que se respira.

Ojalá esta fuera mi casa y no el lugar frío y desprovisto de amor en el que vivo.

PARKER

No sé muy bien definir cómo me siento.

Noto una mezcla de nervios y malestar en el estómago.

Ver al jodido Connor Young dentro de mi humilde y loca casa, junto a mi familia, me produce escalofríos.

Juro que lucho con todas mis fuerzas por no estar todo el rato pensando en qué es lo que él pensará.

Miro a todos los lados, fijándome en los pequeños defectos. Esas grandes diferencias con su mansión. Tenemos una televisión vieja, un sofá en el que no cabemos todos, juguetes que han pasado de hermano en hermano según íbamos creciendo, una manta hecha de trozos de otras mantas... Es una casa que parece demasiado poco para él.

Rumio mis pensamientos durante un rato hasta que al final exploto, como no podía ser de otra forma.

—¿Vienes un momento? —le pregunto, y me acerco a él. Lo agarro del brazo y lo saco de la sala antes de que me haga una jugarreta y termine escapándose de mí.

—Claro —responde, y mira a su alrededor con una sonrisa antes de seguirme al jardín.

—¿Qué cojones se supone que haces aquí? —le cuestiono o le grito, no tengo muy claro cuál de las dos cosas estoy haciendo.

Solo sé que me siento muy vulnerable y que no me gusta ni un poco.

—Pasar la tarde con tu familia —responde, como si la razón fuese la cosa más sencilla y pura del mundo.

Tócate los huevos.

—¿Para sentirte mejor? ¿Para sentir que estás un escalón por encima de nosotros?

Connor abre mucho los ojos y la boca como si no se creyera lo que acabo de decir.

—¿Qué clase de monstruo *snob* e insensible piensas que soy? —pregunta dolido, como si acabase de golpearlo—. Vale que antes opinaras eso de mí, pero ¿después de estas semanas no has cambiado de opinión?

Aprieto los labios con fuerza y lo fulmino con la mirada.

—Eres un niño rico que no ha tenido ninguna preocupación en la vida. ¿Qué quieres que piense?

Nos observamos durante unos segundos en silencio, cada uno en sus propios pensamientos.

—Eres idiota, de verdad. Déjalo, no hace falta que pienses nada. Eso lo podría hacer alguien que no me conoce, juzgar por las apariencias se llama, pero tú podrías tener la decencia de molestarte en conocerme.

Me quedo paralizado ante la vehemencia de su discurso. Parece dolido.

—Creo que estás perdido aquí, Connor. —Su nombre sale de mi boca con desprecio—. No tengo que hacer nada. Tú y yo no somos nada. No te quiero cerca de mí. Si no me hubieses jodido la vida, hoy no estaríamos en esta situación.

Nos medimos con la mirada y barajo la posibilidad de que acabemos a golpes.

Pero, después de unos segundos, es él quien frena esta locura.

—Sé dónde está la puerta, no hace falta que me acompañes —dice Connor. Y, durante una fracción de segundo, veo sus ojos brillantes, como si estuviese a punto de ponerse a llorar.

Lo que me faltaba.

Siento un pellizco en el corazón. Qué mierda. Pero no me arrepiento. No lo hago. Se merece que le recuerde cuál es su sitio, que le recuerde que nunca jamás voy a olvidar lo que hizo. Que los hechos hablan mucho más alto que las palabras y que él me demostró lo que era realmente la tarde que no fue al partido: alguien en el que no se puede confiar. Alguien al que no le importa nada. Alguien al que no conviene tener cerca si pretendes mantener el corazón intacto. Me lo tengo que recordar a mí mismo para no olvidarlo jamás. No me lo puedo permitir.

Lo observo alejarse y me siento peor a cada paso que da.

—Te acabas de pasar mucho —me llama la atención Nala, que sale de algún lugar y rompe el silencio.

—Déjame en paz. No estoy de humor.

—No, no lo voy a hacer. Lo estás juzgando y es injusto.

—¿Que es injusto? Él me jodió. Me jodió porque no se toma nada en serio —le respondo a mi hermana, mucho más enfadado de lo que debería.

Me lanza una mirada de decepción que sé que me acompañará durante días.

—Por el bien de todos, pero, sobre todo, por el tuyo propio, deberías pasar página. Y hazte un favor y moléstate en conocerlo. Deja de ser tan idiota.

No me da la oportunidad de replicar. En cuanto termina de hablar, se da la vuelta y se larga. Regreso dentro de casa y subo directo a mi habitación. No me apetece estar con nadie. Necesito rumiar en silencio tantos sentimientos.

Odio que, cuando me tumbo, en todo en lo que puedo pensar es en los ojos anegados en lágrimas de Connor. Lo odio porque no tiene derecho a hacerme sentir mal.

Odio a Connor Young.

Tercera fase

Tercera fase

17

¡Esto está que arde! —Timón

CONNOR

Justo cuando pienso que las cosas pueden funcionar entre nosotros y que existe la más mínima oportunidad de que nos llevemos bien, Parker me da una torta de realidad.

Digamos que, desde que estoy metido en este plan con él, nada sale nunca como me gustaría. Tampoco nunca me viene bien ningún tipo de avance. A ver quién es el guapo que le dice hoy que este fin de semana tenemos que asistir a una cena romántica para promocionar el nuevo restaurante de moda de la ciudad después de la bronca que tuvimos la semana pasada en su casa. Bueno, lo de que tuvimos una bronca no es del todo cierto. La realidad fue que él se desahogó y me puso verde mientras yo me quedaba plantado como un idiota. A veces, me gustaría ser capaz de encontrar las palabras adecuadas en el momento oportuno.

Puff.

Odio mi vida.

Pero, a pesar de eso, tengo que continuar adelante con ella.

Voy a la universidad mientras la idea de conversar con Parker me atormenta todo el día, por no hablar de los innumerables mensajes que recibo de Emma para que le confirme que he conseguido convencer a mi falso novio. Es una mujer inteligente y sabe que Scar no va a estar de acuerdo. Sabe que lo voy a tener que engatusar de alguna manera.

Ni que decir tiene que no me atrevo a acercarme a él en la universidad, lo que solo hace que me sienta peor. Cuanto más lo alargo en el tiempo, más nervioso me pongo. Tengo que encontrar la manera de decírselo. No puede ser tan difícil.

La tarde de hoy, con todo ese nubarrón de desesperación sobrevolando mi cabeza, acabo en la cafetería donde trabaja. He calculado que las posibilidades de terminar el día con un puñetazo en la cara son inferiores si hay testigos mientras se lo comento.

Después de pasarme remoloneando un par de horas en el local hablando con Nala mientras tomo un café delicioso —sí, por alguna extraña razón, el tío lo hace todo bien; supongo que más que nada por tocar la moral al resto del mundo—, me digo que tengo que ser valiente.

Me doy ánimos mentalmente.

En un arranque de valor, arrastro la silla hacia atrás diez minutos antes de que termine su turno. Demasiado rápido y sin venir a cuento, por lo que parece.

—¿Estás bien? —me pregunta Nala sorprendida, elevando la vista de su ordenador, donde estaba escribiendo.

—Sí, enchufado. Puedo hacerlo —le digo a ella, o quizás a mí mismo, y me marcho antes de que se ponga a indagar. Como me distraiga lo más mínimo, sé que no voy a ser capaz de hacerlo.

Llego hasta la barra y, cuando Parker aparta la vista de las tazas que está preparando con azúcar y cucharillas y la posa sobre mí, me desinflo totalmente.

—¿Qué quieres? —pregunta con un suspiro.

—Nada.

—No me toques los huevos, Connor. Llevas toda la tarde mirándome y negando con la cabeza.

—No he hecho tal cosa —le contesto indignado, y él levanta una ceja—. Bueno, vale. Pero es por una buena razón.

—¿Qué? —pregunta impaciente, gesticulando con la mano para que lo suelte de una vez.

—Algo que no te va a gustar.

—Joder —dice, y se remueve incómodo al otro lado de la barra—. He cambiado de idea. No quiero saberlo.

—Anda. Pues ahora te lo voy a decir. —Sí, soy consciente de que mis palabras no pueden sonar más infantiles—. Este sábado nos han invitado a cenar en el restaurante de moda de la ciudad.

Parker se queda paralizado, observándome.

Le aguanto la mirada durante unos segundos diciéndome que estoy tranquilo, pero pasado ese tiempo empiezo a preocuparme de que le haya dado un derrame o algo.

¿Está respirando o no?

—Parker. ¿Me has oído? —indago, pero él sigue sin moverse.

Alargo el brazo, preocupado, y, justo antes de que lo toque, se retira para que el contacto no se produzca.

Mira tú por dónde, parece que eso sí lo ha espabilado. Qué desagradable. ¿Qué piensa? ¿Que tengo la peste?

—Sí. No pienso ir.

—Tienes que hacerlo si quieres que nuestro plan siga adelante.

—Hay que joderse. ¿También nos vamos a tener que casar? —pregunta, fulminándome con la mirada.

—¿Esa es tu forma de decirme que vas a venir? —pregunto esperanzado. ¿Es posible que haya sido tan fácil?

—¿Me queda otro jodido remedio?

—*Nop*.

—Pues entonces sí, lo voy a hacer, joder. Lo único que quiero es evitar discutir contigo durante dos horas.

—Bien. Veo que cada vez eres más inteligente.

—Si lo fuera, habría mandado a la mierda este trato hace semanas —me contesta entre dientes apretados y mirándome mal.

Sonrío encantado. Ha sido mucho más fácil de lo que pensaba. De hecho, su reacción ha conseguido que me sienta todavía más atrevido. Por eso, la siguiente pregunta sale de mi boca.

—¿Qué te vas a poner para ir?

Me mira como si le estuviera hablando en otro idioma. Pues sí que lo he cogido desprevenido.

—Ropa —responde después de varios segundos en los que estaba seguro de que me iba a mandar a la mierda.

—Parker.

—Connor.

Hago un ruido molesto con la boca y lo fulmino con la mirada.

—Te lo estoy preguntado en serio.

—¿Qué más da?

—No lo estás diciendo de verdad. ¿Es que no sabes nada de imagen? ¿Te suena el concepto de marca propia?

—¿Qué hay de malo en la ropa que suelo llevar siempre? ¿Qué les pasa a mis puñeteros vaqueros?

—No les pasa absolutamente nada para vestir de diario —le digo porque es verdad, y también porque se está cabreando. No es difícil darse cuenta de ello—. Pero no puedes ponerte eso para ir al restaurante más famoso de toda la ciudad con el chico más popular del momento —sentencio.

—Te tienes en muy alta estima.

—Si no me tengo yo, ¿quién lo iba a hacer? ¿Tú? —le pregunto divertido.

—Desde luego que no.

—Tranquilo, Parker, que nadie cree que te gusto, ¿eh? —digo riéndome—. Puedes relajarte. Todo el mundo que conoce la verdad sabe que me odias.

Me divierte demasiado ver cómo sus barreras vuelven a bajar. ¿De verdad está preocupado porque puedan pensar que tiene interés en mí? Este chico está fatal.

—Nala —la llamo, mirando hacia el lugar donde está sentada—. Necesito tu ayuda para convencer a mi querido novio.

Si disfruto de que esa palabra salga de mi boca demasiado, no es algo que nadie tenga por qué saber.

Los ojos de Nala brillan con cariño al mirarme y me alegro porque por lo menos uno de los dos mellizos me quiere. Se levanta sin dudarlo de su sitio y se acerca a nosotros, alegre.

—Dime cómo puedo ayudar a mi cuñado favorito —pide ella, siguiéndome el rollo y haciéndome feliz.

—No sé cuál de los dos es más tonto —comenta Parker, pero ninguno le hace caso.

—Tu hermano pretende ir a Chino's en vaqueros.

Antes de que pueda terminar la frase, Nala se ha llevado las manos a la cara y ha dejado escapar un grito.

—No vas a hacer eso, Parker. ¿Dónde te has criado? ¿Con una jauría de salvajes?

—No quieres que responda a esa pregunta.

—Tenemos que ir de compras —propone ella, ignorando a su hermano.

—Debemos hacerlo —lo secundo.

—No voy a gastar dinero en ropa.

—No, por supuesto que no. Lo voy a hacer yo. Esto es culpa mía y parte de mi *show* —afirmo, porque sé que es la única manera de que me permita pagar. Cualquiera le dice al chico que me gustaría regalarle algo. Lo más seguro es que me estrangularía.

—¿Tienes complejo de *sugar daddy* o qué? —me pregunta Parker con disgusto.

—Podría ser una de mis nuevas perversiones —respondo, y le guiño un ojo.

PARKER

Yo no debería estar tan nervioso y el sábado no debería haber llegado tan rápido.

Maldigo por tercera vez en dos minutos cuando no consigo meter el jodido botón por el agujero de la camisa. En la tienda no eran tan escurridizos ni los ojales tan pequeños.

No sé qué narices me pasa.

—Déjame que te ayude —me pide Nala, entrando en la habitación sin que le haya dado permiso.

Cuando se para frente a mí y comienza a abrocharme los botones con maestría, aparte de estúpido, me siento agradecido.

—¿Qué te pasa? —pregunta, esbozando una sonrisa encantada que me saca de quicio.

—Nada —respondo cortante, porque no quiero ni pensar en el motivo como para expresarlo en voz alta.

Es que, joder, me repatea reconocerlo, pero estoy nervioso ante la expectativa de ir a cenar a solas con Connor. Se parece demasiado a una cita como para que me sienta cómodo.

El jodido Connor Young y yo.

Solos.

Son palabras que nunca deberían aparecer en la misma frase y, sin embargo, aquí estamos.

A punto de cometer OTRA locura.

—Te lo vas a pasar muy bien. De hecho, me das envidia —comenta, haciendo un mohín con la boca.

—¿Por qué? —le pregunto francamente sorprendido. No lo entiendo.

—De verdad, Parker, no me creo que seas tan zote. Es el restaurante más moderno de la ciudad, el más famoso. —Lanza un suspiro mientras enumera todos sus maravillosos puntos positivos. Nótese el sarcasmo en mis pensamientos—. Si yo pudiese ir, asistiría encantada. Me cambiaría por ti sin dudarlo.

Y ahí, ante mí, se abre la puerta que soluciona todos mis problemas. Por supuesto que no tengo forma de librarme, pero sí de incluirla en mis planes. «Gracias, Nala».

—De hecho, puedes —le digo con seguridad, pese a que no tengo ni idea de si es factible.

Tampoco es que me importe. Vamos a entrar los dos a ese restaurante como que me llamo Parker Taylor. O ambos, o ninguno.

Sus ojos se iluminan.

—No sé, hermano. No creo que a Connor le parezca bien. Seguro que quiere que estéis solos.

—No es mi novio —le respondo con demasiado ímpetu.

Cuando las palabras salen de mi boca, me arrepiento. ¿Quién coño ha hablado de novios?

Nadie.

Solo mi hiperactiva imaginación.

Necesito relajarme.

Nala sonríe y siento ganas de borrarle el gesto con unas palabras ácidas, pero me las aguanto.

—Creo que deberías llamarlo para preguntárselo. No quiero hacerlo yo porque parecería que se lo estoy imponiendo —comenta, llevándose la mano a la barbilla en un gesto muy suyo cuando está pensando en algo.

Cierto. No había calculado eso. Connor tiene vía directa con mi hermana.

Cada vez que lo recuerdo, me resulta raro de narices. Solo hace unas pocas semanas que se conocen y ya han creado mogollón de confianza entre los dos. A este paso, para cuando quiera darme cuenta, estará viviendo en mi casa y compartiremos familia.

Un escalofrío de pánico me recorre la espina dorsal.

—Bien. Vete a prepararte y, mientras, lo llamo. —Me mira con ojos sospechosos. Hace bien—. Corre, que llegamos tarde.

Ese recordatorio consigue que se ponga en marcha.

Perfecto.

Connor llega a buscarnos en su flamante BMW, diez minutos después de lo previsto, porque le he dejado claro que no pensaba gastarme dinero en un aparcamiento del centro para dejar nuestro coche. Era algo que no iba a pasar.

Cuando para frente a nuestra casa, camino rápido hacia él. No me apetece que se baje y se le ocurra entrar.

—Arranca, que llegamos tarde —es lo primero que le digo cuando nos montamos en su coche.

—Parker —me llama la atención mi hermana.

No contesto.

Para mi sorpresa —seguro que porque sabía que no me lo esperaba y esta es otra de sus retorcidas maneras de tocarme los huevos—, Connor pone en marcha el motor sin oponer resistencia.

—Buenas noches, Parker —saluda con recochineo.

—Lo que sea —farfullo más que respondo.

—Holaaaa —dice mi hermana, alargando la última letra como si estuviera cantando.

Pues sí que está contenta. A ver cuánto tiempo tarda en explotarme esta situación en la cara.

—¿Te ha dicho alguien que estás preciosa? Sí, señor. Eres una delicia.

—Si por alguien te refieres a Scar —dice, señalándome a mí—, ya sabes que no sería capaz ni de decirte, sin tener que volver a mirarme, de qué color es el vestido que llevo puesto.

Me hubiese gustado replicarle y señalar que está equivocada, pero lo cierto es que no tengo ni idea. Vale. No soy una persona atenta, pero estoy seguro de que tengo otras virtudes.

—No sé cómo no ha podido aprender nada de ti —le dice Connor, poniendo los ojos en blanco—. Con lo detallista que tú eres.

—Y llevamos la misma sangre.

—Cierto.

—Estoy aquí —les digo solo para comprobar que no se han olvidado, pero ambos me ignoran.

Pues de cojones.

Comparten un par de bromas privadas más, que me hacen pensar que cualquier día Nala va al juzgado y me repudia como hermano para ponerse el apellido de Connor. Justo después, es cuando la situación estalla. Mucho había tardado.

—¿Y a dónde vas tan guapa? —le pregunta, subiendo y bajando las cejas—. Necesito saberlo para dejarte cerca. No sé si nos pillará de camino. —Connor acompaña el comentario alargando la mano para activar el GPS del coche.

Juro que noto la mirada de Nala clavada en mi cogote.

—¿No se lo has dicho? —acusa más que pregunta con los dientes apretados.

—¿De verdad tengo que responder? —le digo, sintiéndome ligeramente avergonzado.

—Te voy a matar, Parker —asegura, y la creo.

—¿Qué no me ha dicho?

—Que el tarugo de mi hermano me ha asegurado que puedo ir a cenar con vosotros y que te lo había consultado —dice, haciendo unas comillas con los dedos para darles más énfasis a sus palabras—. Me muero de vergüenza por habérmelo creído.

Connor se ríe, despreocupado.

—No hay problema, puedes venir con nosotros. Donde caben dos, caben tres —le responde, mirando hacia atrás y dedicándole una enorme sonrisa.

Pues al final resulta que el jodido Connor Young va a ser don perfecto. Tócate los huevos.

Media hora después, estamos entrando en un local tan pijo que juro que da hasta mal rollo pisar el suelo. Es que me puedo ver reflejado en el puñetero mármol blanco mientras camino.

Nos dirigimos hacia el final del restaurante, después de que la mayoría de los clientes saluden a Connor e incluso lo paren para hacerse fotos con él. No es que me dé cuenta en ese momento de que el idiota es muy conocido, sino que es la primera vez que lo veo fuera de la universidad o en un lugar privado. No estoy acostumbrado a su faceta de famosete.

Cuando, lo que me parece una eternidad después, nos sentamos en la mesa —con Nala esbozando una enorme sonrisa y Connor pareciendo el rey del jodido mundo—, estoy a punto de largarme.

En la vida me he sentido más fuera de lugar.

Todo lo que hay a nuestro alrededor grita dinero y estilo, y yo no tengo ninguna de las dos cosas. Por no tener, no tengo ni simpatía.

Varios camareros, que se deshacen en elogios con Connor, comienzan a sacar unos platos ultrapijos con un montón de decoración y muy poca comida. La cena se reduce a que les saquen un montón de fotos a todos los platos y las suban a Instagram y se deshagan en elogios por lo increíble que es el sitio. Todo sin que Connor me preste casi nada de atención.

Que no es que me importe. No lo hace lo más mínimo.

Y yo que me había preocupado porque iba a estar a solas con él…

Cuando, tras un par de horas, salimos por la puerta, respiro aliviado.

Eso es hasta que mi hermana pronuncia las siguientes palabras:

—Me voy de marcha con unas amigas. Así aprovecho que me he arreglado para algo —dice contenta.

—¿Dónde has quedado? Te llevamos —le ofrece Connor, que por alguna extraña razón adora a mi hermana.

Y así es como terminamos en la otra punta de la ciudad, dejando a Nala en una discoteca.

Cuando se baja, se hace el silencio y me encuentro de golpe en la situación que me había esforzado por evitar a toda costa.

Estoy solo en el coche con Connor. En un espacio cerrado y sin luz. Con el olor de su colonia alterando mis sentidos.

Lo miro de reojo mientras mete primera. Parece tranquilo y feliz, como si a él no le alterase lo más mínimo estar conmigo. Me cago en mi vida, de verdad. Me cago en todo.

Alarga la mano y pone una música suave que suena por todo el habitáculo, llevándose de golpe el silencio. Respiro aliviado; por lo menos, no pretende que hablemos. En principio, comprender eso debería de haber hecho que me relajase, pero no es lo que ha sucedido. Me encuentro con la espalda tensa, tanto que si fuese un cable se me habría partido hace tiempo, y soy demasiado consciente de mi cuerpo. Joder, si hasta me parece que hago ruido al respirar. Nunca antes había pensado en mi puñetera respiración. Creo que me estoy volviendo loco.

—No sé tú, pero yo ya no aguanto más. —Ante su reconocimiento, me pongo todavía más tenso—. Es que me muero de hambre.

El alivio es tan fuerte que se me escapa una corta carcajada.

—¿Qué? —pregunta—. No han puesto suficiente comida para alimentar este cuerpo —dice, y se señala.

Y soy tan subnormal que miro. Si es que no he aprendido nada. Mis ojos van al punto que indica su dedo, sobre la tableta de abdominales que se aprecia a la perfección —ya que la camiseta negra y pegada que lleva se ha ajustado más todavía a su cuerpo por estar sentado—, y se me hace la boca agua. Un montón de imágenes, demasiado vívidas, de lo que hay debajo de la prenda y de cómo sería lamerlo me apuntalan el cerebro.

Lo que me faltaba.

Me revuelvo incómodo en el asiento y me llevo la mano al cuello de la camisa para tirar de él. Me está ahogando.

—Hace mucho calor aquí —le digo para distraerme, o yo qué cojones sé. Estoy un poco desesperado, la verdad.

—Mucho —responde, ajeno a mi drama. Menos mal—. Sé lo que nos iría perfecto.

Su convicción me hace temblar.

La noche no se puede volver peor, ¿verdad?

CONNOR

Juro que no tengo muy claro por qué no me he muerto todavía.

Estar tan cerca de Parker me pone todo el vello del cuerpo de punta. Magnifica mis sentidos. Me acelera la respiración.

Realmente me parecía una buena idea comer algo. Tenía el estómago repleto de nudos que me impedían estar quieto, pero, cuando salimos del coche y caminamos hasta el puesto de perritos que hay en el paseo de la playa, me doy cuenta de que la comida no va a mejorar la situación. Es su presencia la que me pone nervioso.

Tengo que relajarme.

—Parece que tú también estabas hambriento —le digo cuando pide dos perritos completos para llevar más unas patatas.

—Creo que, juntando toda la comida que nos han sacado, no se hace ni media hamburguesa.

Me río.

—Lo peor de todo es que llevas razón. No ha sido un buen sitio para nuestra primera cita oficial —digo, y le guiño un ojo.

—Te estás jugando una colleja, Young. No tientes a la suerte.

Cuando nos dan nuestra cena, camino hacia la playa con Parker siguiéndome de cerca. Colocamos nuestras cazadoras en la arena y nos sentamos sobre ellas.

Comemos en silencio mientras miramos al mar.

Con la brisa golpeando mi cara, el olor a salitre y la presencia de Parker a mi derecha calentando todo mi cuerpo, me doy cuenta de que hacía muchísimo tiempo que no me sentía tan a gusto.

No podría haber imaginado un final de noche mejor.

18

¿Peligroso? Me río en la cara del peligro..
Ja. ja. ja. — Nala

CONNOR

—No puedes estar hablando en serio —asegura Parker cuando le digo que ese fin de semana nos han invitado a la *suite* de un hotel para promocionarlo.

—Tenemos que ir. Por favor —pruebo, a ver si con las palabras mágicas por excelencia soy capaz de convencerlo.

—No. Ir a un hotel contigo es una línea que no pienso cruzar.

—Pero somos una pareja.

—¡No lo somos! —grita, removiéndose nervioso.

Miro a nuestro alrededor para cerciorarme de que los compañeros de equipo no lo han oído y mi gesto hace que Parker se vuelva consciente de golpe de que estamos en público. Me acerco a él para asegurarme de que nadie me escuche.

—La gente lo piensa y, si de verdad lo fuésemos, estarías más que encantado de pasar la noche conmigo en una pedazo de habitación —le susurro al oído y me doy cuenta de que las palabras me han salido como si fuesen una propuesta indecente. Un ramalazo de excitación me recorre todo el cuerpo solo por pensar en la posibilidad.

Cierro la boca de golpe y miro de reojo a Parker, a la espera de su reacción. Ahora sí que la he liado.

Lo veo pestañear durante unos segundos, como si estuviese procesando lo que le acabo de decir.

—No pienso dormir contigo —sentencia, y se aleja corriendo como si lo acabasen de avisar de que su casa está en llamas.

Lo observo marcharse sin entender muy bien qué es lo que ha ocurrido.

¿Parker Taylor acaba de huir despavorido de mí?

¿El mismo Parker Taylor que es el rey lanzando palabras hirientes como si fuesen armas arrojadizas?

Y, ahora que lo pienso, su respuesta no ha sido un no.

Puedo trabajar con eso.

PARKER

Cuando llegamos a la puerta de la *suite*, juro que me pregunto cómo he acabado ahí.

Por supuesto, no he podido convencer a mi hermana para que me acompañe. No debí gastar esa baza tan pronto. Si llego a saber que la siguiente ocurrencia de Connor iba a ser que fuésemos a dormir a un hotel, habría utilizado a mi hermana para hacer de intermediaria aquí, en vez del otro día. En comparación con esta situación, cenar a solas con él es un juego de niños.

Muevo la mirada por la estancia y no puedo más que quedarme boquiabierto. El lugar es un sueño. Parece una habitación sacada de una película o de un palacio. Tiene un recibidor abierto que da a un gran salón con unos ventanales de pared completa desde los que se puede ver toda la ciudad. El sitio es moderno y está decorado en tonos claros. Creo que solo en el salón podría entrar toda la planta baja de mi casa.

La recorremos por completo y yo solo puedo flipar. Hay un par de habitaciones, dos baños con todo tipo de lujos y una cocina con barra americana.

Me siento un poco abrumado.

Paramos en el dormitorio principal, que es el sueño de cualquier persona.

—Voy a hacer un directo para que mis seguidores puedan ver todo. Lo reconozcas o no, este sitio es una pasada —comenta feliz, como si fuese un niño con sus regalos el día de Navidad.

Se mete en Instagram y hace una foto de la habitación. Luego pone unos *stickers* para anunciar que en una hora hará un directo.

Acto seguido, regresa al salón y se tumba en el sofá. Lo sigo e imito su gesto, más que nada porque no sé qué coño hacer. Saco el teléfono, pero no estoy atento a lo mío. Podría ponerme a leer, pero me desconcentro todo el rato.

Mi mirada traicionera se dirige hacia él.

Me quedo mirado cómo escribe mensajes a todo el que le habla. Me atrevería a decir que le encanta su trabajo y que disfruta sobremanera de él. También me atrevería a decir que considera a sus seguidores amigos y que se siente responsable de su bienestar. Darme cuenta de ello choca tanto con la imagen que tenía de Connor en mi cabeza que me cuesta un esfuerzo enorme procesarlo.

Es como descubrir de repente que la Tierra es plana, que la ley de la gravedad repele en vez de atraer, que por la noche hay luz y por el día, oscuridad. Es como si los cimientos sobre los que está estructurado mi odio hubiesen dejado de golpe de ser tan sólidos como lo eran antes. Como si no hubiesen sido más que un espejismo, más que lo que yo quería ver.

No es algo que se pueda asimilar con facilidad.

En algún momento, Connor se ha quitado los zapatos y coloca las piernas sobre mi regazo, devolviéndome a la realidad. Últimamente me asaltan pensamientos que no quería tener en la vida. Le aparto los pies de un manotazo, pero él los vuelve a subir al instante, lanzándome una mirada divertida.

—No seas así, Parker. Haz algo bueno y dáme un masajito.

—Estás drogado si crees que voy a hacer eso.

Su respuesta es golpearme el estómago con el talón.

—Te vas a enterar —le digo, y dejo el teléfono a un lado.

Connor se preocupa ante el brillo en mis ojos y trata de apartarse, pero yo soy más rápido. Le agarro los pies y comienzo a hacerle cosquillas, disfrutando de la manera en la que se mueve y sufre. Lucha entre carcajadas y, después de unos segundos, consigue zafarse de mí. Literalmente se tira al suelo para apartarse y se levanta de golpe.

—Esto es la guerra —anuncia, con la respiración acelerada por las risas.

Se toma unos segundos para tranquilizarse mientras nos medimos con la mirada.

Me duele la boca de sonreír. Es un imbécil.

—No voy a caer sin luchar y sabes más que de sobra que soy mucho mejor que tú.

—Eso ya lo veremos.

Pero, justo antes de que podamos enzarzarnos en una pelea, empieza a sonar la alarma de su móvil, que en algún momento ha acabado tirado en el suelo, y se lleva toda su atención.

—Es la hora —anuncia, y recupera la compostura.

Yo tardo unos minutos más en volver a mi estado normal. Desde luego, no ayuda que tenga que actuar como si estuviese encantado de encontrarme frente a miles de personas y «mi novio», enseñando la habitación donde vamos a pasar la noche.

Durante la hora que dura el directo, desconecto todo lo que puedo y sonrío en los momentos que toca, o por lo menos eso es lo que creo. Al final, me doy cuenta de que no es tan horrible como había pensado en un principio. Connor es un tío interesante y la verdad es que sus seguidores se portan de maravilla con él. Y él con ellos, algo que no reconoceré en alto jamás de los jamases.

Lo último que les enseñamos es el dormitorio.

—Ahora os dejamos, chicos. Parker y yo vamos a hacer cosas de mayores —dice, subiendo y bajando las cejas antes de despedirse con la mano.

Pronuncio un seco «hasta luego» y entiendo de golpe lo que quería decir.

—¿Acabas de insinuar delante de miles de personas que vamos a follar?

—Sí —responde sin vergüenza, con una sonrisa enorme—. Es lo que haríamos si fuésemos novios.

—Te voy a matar —aseguro, y me lanzo encima de él.

Mi gesto lo pilla tan por sorpresa que consigo reducirlo. Me tumbo sobre su cuerpo y agarro sus muñecas con una mano para inmovilizarlo del todo. Las levanto por encima de su cabeza y la sonrisa de Connor desaparece, dejando paso a una boca ligeramente abierta y sorprendida. Me inclino hacia delante y abajo, lo que nos deja frente a frente.

—No quería molestarte —dice, y su aliento golpea mis labios.

Tiene las pupilas dilatadas y está temblando ligeramente debajo de mí. Su reacción a mi muestra de fuerza desata en mi interior una serie de calambres y placer.

—Para no tener esa intención, lo haces mucho —le respondo en un susurro.

Estamos tan cerca que, con algunas de las palabras, nuestros labios hacen el más ínfimo contacto y solo ese pequeño roce es la sensación más fuerte que he tenido en mi vida. Anula todo lo demás. Mi cerebro no es capaz de enfocarse en nada más.

—Parker —deja escapar mi nombre, y es como la explosión de una bomba nuclear.

Estoy a dos milésimas de segundo de cometer una locura.

Suena el teléfono y juro que doy gracias a Dios.

¿Qué cojones me pasa?

Me aparto de él como si me hubiese quemado y salto de la cama. Después de unos segundos, veo por el rabillo del ojo cómo Connor reacciona y coge el móvil.

Necesito algo de aire. Salgo de la habitación y escucho en un lejano murmullo su conversación con Emma. Seguro que le está diciendo cómo ha visto el directo. No es algo que me interese.

Tras tomarme unos minutos viendo la ciudad por las cristaleras, me siento mucho más bajo control. Creo que incluso podría estar cerca de Young por un tiempo.

—Se me ha antojado cenar *pizza* —anuncia Connor, entrando en la sala y sobresaltándome. No lo había escuchado salir de la habitación.

—¿No se supone que tú eres un chico *healthy?* —le pregunto, levantando una ceja.

—En ocasiones, es bueno saltarse la dieta. Eso hace que sea más fácil de llevar. Hay veces que es importante hacer lo que a uno le apetece sin pensar en las consecuencias —reflexiona mientras trastea con su teléfono, y me pongo tenso. ¿De qué estamos hablando?—. ¿Te gusta con *pepperoni?*

—¿Qué? Sí —respondo al darme cuenta de que se refiere a la *pizza.*

—Pido dos. Tienes pinta de comerte una tú solo.

—Piensas bien.

La cena no tarda en llegar. La sube un botones, pese a que yo me había ofrecido a bajar a por ella para estirar las piernas. No es que esté deseando huir.

Connor va corriendo a recogerlas y se mete en la habitación principal con las cajas. Lo sigo, pero sin muchas ganas.

—Comer en la habitación es una cerdada.

—Gracias por la observación, don Perfecto.

—Pues vamos a la sala de estar.

—No, aquí la televisión es mucho más grande y la cama es supercómoda —dice, y acompaña sus palabras lanzándose al centro del colchón y apoyando la espalda contra el cabecero.

Odio lo relajado que se le ve. Me gustaría darle un puñetazo solo para poder alterar su tranquilidad. Me resigno, sabiendo que tratar de convencerlo de otra cosa sería malgastar tiempo y energía, y me siento en una butaca a su lado.

Es necesario mantener la distancia.

Connor pone un canal de deportes y vemos jugadas de partidos que nos hacen gritar de emoción. Sí, señor. Esto sí que es vida.

Justo cuando ese pensamiento se me pasa por la cabeza, me pongo tenso. Mierda. Se me está friendo el cerebro.

—Voy a dormir en la otra habitación —le anuncio cuando terminamos de cenar. Ya no hay ningún motivo para que estemos juntos.

—Me parece bien. —Su contestación me hace entrecerrar los ojos con sospecha—. Sé que tienes miedo de no poder resistirte. Entiendo que te supone demasiado autocontrol no lanzarte sobre mí si estamos los dos juntos en la cama.

—Sigue soñando, Young.

Se ríe encantado.

—Ven a ver una serie y luego te largas —me dice, encendiendo la tele y accediendo a Netflix.

Dudo durante unos segundos, pero luego decido que no tengo nada mejor que hacer y que luego me iré a dormir.

—¿Qué propones? —pregunto con desconfianza. Cualquiera sabe el gusto que tiene este hombre.

—¿Te parece bien *Miércoles*? He oído maravillas de ella.

Yo también lo he hecho.

—De acuerdo —respondo, y doy la vuelta a la cama para subirme por el otro lado.

Connor observa mi gesto y me sigue con la mirada y una sonrisa de gilipollas.

—No te preocupes, que no muerdo.

—Te crees más tentador de lo que en realidad eres.

—Venga. Estoy seguro de que te apetece descubrir a qué sabe este cuerpazo —bromea, guiñándome un ojo.

Me quedo parado al borde de la cama y lo observo.

—¿Qué? —pregunta descolocado.

—Que no pienso tumbarme en la cama mientras estés hablando de cochinadas.

Connor estalla en carcajadas y tengo que hacer uso de todo mi autocontrol para no dejarme arrastrar por su diversión. Su sonrisa es contagiosa.

—Venga, ven —dice, golpeando el hueco a su lado cuando se calma—. Que no te voy a molestar. Sé respetar cuando alguien no quiere mis atenciones.

Su comentario me parece tan sincero que me encuentro haciéndole caso. Me siento a su lado en la cama, con la espalda apoyada contra el cabecero, solo que mucho más lejos de lo que él había señalado.

Por supuesto, Connor se fija y sonríe con diversión, pero se guarda el comentario para sí mismo. Chico listo.

La serie empieza y yo poco a poco me voy relajando, aunque hacerlo a su lado me resulta imposible. Me gusta el humor ácido de *Miércoles*.

El problema es que, pasada media hora, no puedo concentrarme en la serie. La forma en la que la luz de la pantalla destella contra la cara de Connor es hipnótica. Me encuentro analizando cada una de sus reacciones, cada pequeño gesto que hace.

Me siento incapaz de apartar los ojos de él.

Lo deseo casi con la misma fuerza con la que lo odio.

Y no me gusta nada darme cuenta.

CONNOR

Me despierto envuelto en un aroma masculino y calor. Mucho calor.

Cada átomo de aire de la habitación está cargado con el olor del *aftershave* de Parker y juro que eso solo hace que me ponga todavía más duro.

Estoy en el paraíso. En ese momento del despertar en el que te encuentras a caballo entre el mundo onírico y el real. Donde puedes modelar a tu antojo lo que estás viviendo.

Quizás por eso tengo esta maravillosa sensación de placer. Me encanta sentirme envuelto en un cuerpo fuerte. Me encanta que Parker me abrace.

¿Qué?

No puede ser.

Los ojos se me abren como platos y comprendo de golpe que no estoy soñando. Me pongo tenso al darme cuenta de que la fuente de calor a mi espalda es el dueño del maravilloso olor. Me he metido en problemas. Cuando Parker percibe mi movimiento, contrae el brazo, que de alguna manera ha terminado colocado sobre mi cintura, y me aprieta contra él.

Guau.

Madre mía.

Ahora que nuestros cuerpos se han juntado un poco más, puedo notar a la perfección su miembro contra mí. Uf. Tengo que morderme el labio con fuerza para tragarme el enorme gemido que amenaza con salir de mi boca. Si mientras estaba dormido la sensación de su enorme cuerpo a mi espalda y rodeándome era erótico, ahora, sabiendo que es él el que me está abrazando, se multiplica. Creo que es un buen momento para que me dé cuenta de que me atrae mucho.

Jamás había deseado tanto que una persona me acariciase. Me desease. A mí. Que me diese placer.

Tengo el cuerpo en llamas. Una corriente eléctrica recorre cada milímetro de mi piel. Me cuesta pensar de la excitación.

Esto no es lo que había pensado que pasaría cuando le dije que no había ningún peligro en que durmiésemos juntos. No lo es, por mucho que una voz molesta en el fondo de mi cabeza diga que soy un mentiroso.

Parker vuelve a empujar hacia delante, golpeando su enorme erección contra mi trasero. Madre mía. Como siga haciendo eso, voy a terminar corriéndome.

Mi cuerpo reacciona por sí solo cuando Parker vuelve a arremeter contra mí y echo el culo hacia atrás, tratando de alargar el contacto. Nos mecemos durante unos segundos así hasta que se queda muy quieto.

Se ha despertado. No tengo ninguna duda.

—Te mataré si no terminas lo que has empezado —logro decir a duras penas en un gemido alargado mientras me froto con la erección de Parker, que está burlándose de mi trasero.

Se tensa, pero no se aparta.

—No es buena idea —dice con un gemido que hace que su negativa tenga poca fuerza.

—Me da lo mismo. Sé diferenciar entre sexo y amor. Voy a reventar.

—Joder —exclama, y antes siquiera de que me dé cuenta de que se está moviendo, me encuentro bocarriba con Parker tumbado sobre mí.

Me mira con ojos vidriosos durante unos segundos y luego procede a frotar su erección sobre la mía de forma tan perfecta que me hace sentir que es un experto. Como si lo hiciese todos los días. Como si encajásemos a la perfección.

Estoy muy caliente.

Dejo escapar un gemido y los ojos de Parker destellan con deseo, sube la mano por mi cuello y me tira del pelo para girar mi cabeza. Luego se lanza hacia delante y me lame el cuello, me lo muerde, respira sobre él y me vuelve loco. Está atacando sin saberlo mi punto más sensible y yo solo quiero que esta sensación dure para siempre. Quiero explotar del gusto.

PARKER

Estoy sumido en una nube de placer. El cuerpo caliente y duro de Connor se siente increíble contra el mío. Sus gemidos, su forma de moverse; ver cómo se está deshaciendo con mis toques me vuelve absolutamente loco. No puedo morder lo suficientemente fuerte su piel, no puedo lamerla todo lo que quiero. Lo necesito todo de él.

Supongo que no se podía alargar la tensión entre nosotros durante más tiempo. Ayer quedó claro que, cuando pasamos más de dos segundos solos, terminamos el uno sobre el otro de alguna estúpida manera. Quizás esto es lo que nos hacía falta para deshacernos de ese eterno tira y afloja y volver a nuestro estado de siempre.

Desde luego, lo que voy a hacer ahora es darle lo que me pide.

Meto las manos entre nuestros cuerpos y tiro de sus pantalones cortos para liberar su erección. Mis dedos se dirigen a su miembro, desesperados por descubrir cómo se siente. Cuando toco la piel sedosa y noto lo duro que está, tengo que morderme la lengua para no dejar escapar un gemido.

Hago unos cuantos movimientos tentativos y me encanta lo poderoso que me siento. Pero no me encuentro en condiciones de pasar mucho más tiempo disfrutando de ese poder. Estoy demasiado excitado para ello.

Tiro de mis calzoncillos para liberarme y, cuando nuestras erecciones entran en contacto, tengo que cerrar los ojos con fuerza y pensar en jugadas de fútbol para evitar correrme en este mismo instante. Es la sensación más brutal que he experimentado en la vida.

¿Por qué cojones todo tiene que ser tan intenso con Connor?

¿Por qué me hace papilla el cerebro de esta manera?

—Parker —deja escapar mi nombre con dolor, como si necesitase mi contacto. Como si me necesitase para alcanzar el clímax.

Y yo deseo dárselo con todas mis fuerzas. Deseo borrar cada roce que haya tenido en su cuerpo antes que el mío. Deseo que solo sea capaz de pensar en mí cada vez que se acaricie. Soy la peor clase de cabrón. Un cabrón que nunca antes había tenido estos pensamientos tan bárbaros.

Cuando me aseguro de que no voy a terminar con el más mínimo movimiento, me separo de Connor y me coloco a horcajadas sobre sus muslos. Me siento justo a la altura perfecta para coger nuestras erecciones a la vez y comienzo a masturbarnos.

No puedo apartar los ojos de su cara.

Quiero ver cada expresión de placer que le provoque.

Es increíble notar todo su cuerpo en contacto con el mío. Apenas puedo pensar, pero aun así soy capaz de continuar el movimiento con ambas manos. Me siento como el jodido rey del mundo. Cuando las cabezas de nuestros miembros se tocan, alcanzo el cielo con los dedos y dejo escapar un gemido brutal que reverbera por toda la habitación. Ambos empezamos a humedecernos, lo que hace que la fricción sea todavía más brutal.

La estancia se llena de jadeos y mi cuerpo, de placer. Nunca me había sentido más perdido en la vida. Después de unos minutos, Connor comienza a retorcerse debajo de mí y sus ojos se desenfocan, perdidos en el placer. Sé, aunque no lo haya visto antes, que está a punto de dejarse llevar.

Joder.

Poco tiempo después, estalla con un grito ahogado y es lo más erótico que he presenciado en la vida. Observo fascinado cómo su miembro brota. Ver la muestra de su placer salpicando su estómago y mi mano hace que llegue al abismo. Nada me ha puesto más caliente nunca. Bajo la cabeza cuando comienzo a tocar el cielo para apreciar la mezcla de nuestras dos liberaciones.

Al terminar, me desplomo sobre él con la respiración acelerada.

Durante unos segundos, ambos comenzamos a relajarnos. Pero es en este instante también en el que lo que acabamos de hacer comienza a golpearme.

Las implicaciones que tiene.

Lo mucho que me ha gustado.

Joder.

Me separo de él como si me hubiese quemado, pero no soy capaz de llegar muy lejos. Siento el cuerpo como si no tuviese huesos. El pedazo de orgasmo ha absorbido toda la energía de mi organismo, por lo que solo consigo quedarme bocarriba, mirando al techo.

Joder.

No sé qué cojones me está pasando.

Nunca me había imaginado que las cosas pudieran complicarse tanto.

19

Quizás no sea tan mala idea tener un león con nosotros. —Timón

CONNOR

Definitivamente, las cosas se han vuelto muy raras entre nosotros. Me doy cuenta de repente. No porque lo tenga delante, sino porque noto una especie de tensión alojada en la boca del estómago que no se me quita con nada. Creo que es el efecto secundario de acostarse con alguien.

Desde luego, no era la primera vez que se me pasaba por la cabeza —tener sexo con Parker, quiero decir—, pero no pensaba que fuese a suceder realmente. Al igual que no pensaba que las cosas se complicarían tanto. Me cuesta mantener una conversación con él sin estar todo el rato deseando que me toque, que me bese.

Puff.

Es complicado estar a su lado.

Ahora, después de unos días y con la mayoría de la sangre de mi cuerpo corriendo por mis venas en vez de estar concentrada en mi miembro, soy consciente de que él tenía razón: no era una buena idea.

Mientras estoy tomando el café sentado en la silenciosa mesa de la cocina, mirando al infinito, comprendo que nuestras vidas son completamente opuestas. Nuestras casas. Nuestras familias. Nosotros.

No tengo ni idea de cómo vamos a sobrevivir a los próximos meses.

No tengo ni idea de cómo salir intacto de este trato.

Pero la cuestión es que tengo que hacerlo.

Decido dejar de darle vueltas a la cabeza y arrancar de una vez con mi día. Grabo unas historias mientras desayuno y luego me preparo para ir a la universidad. Cuando salgo al garaje, me encuentro con mi madre allí.

—Buenos días —saludo parándome de golpe, aún sujetando la puerta.

—Ah, hola —dice ella mientras levanta la vista del bolso, en el que está buscando algo.

Me llevo la mano al cuello, agobiado. ¿Eso es todo lo que me piensa decir?

—¿Está todo bien? —indago, pero también intento sacar algo de conversación.

Sería interesante conocer un poco a mi madre. Sería todavía más interesante que ella quisiera conocerme a mí.

—Oh, sí. Ha surgido un trato muy importante en Francia y tengo que irme. Salgo de viaje en dos horas. Ahora te iba a dejar una nota. Estaré fuera una semana —dice, alejándose de su coche y caminando hacia la puerta de entrada—. Hablamos.

Pasa por mi lado corriendo y se interna en la casa como si yo no estuviera allí plantado como un tonto. Vale que soy una persona adulta, que puedo cuidarme solo y eso, pero no sé, estaría genial que se molestara en informarme de sus asuntos en persona en lugar de tener que enterarme por una triste nota.

A veces, me pregunto si soy invisible. Si mi propia madre no me ve, ¿quién va a hacerlo?

Estoy seguro de que hay algo malo en mí.

PARKER

Cuando llego al estadio y veo que Connor está haciendo el tonto con mis compañeros de equipo, el estómago me hace un triple mortal con tirabuzón incluido. Tenía la esperanza de no encontrármelo hoy.

Si es que soy un gilipollas.

¿Por qué he permitido que Connor sea mi primera vez con un hombre?

¿Por qué?

Soy consciente de que no ha sido una buena idea. Le he dado demasiado poder. Mi cerebro ha cortocircuitado y ha relacionado el sexo con un hombre y el placer máximo con el maldito Connor Young.

Tengo jodidos sueños eróticos con él.

No ayuda a la situación tener que fingir que somos pareja, cuando lo que de verdad me pide la cabeza es que me aleje de él durante por lo menos tres meses.

Necesito una desintoxicación completa.

¿Y qué sucede? Pues que ahora mismo tengo que volver a estar con él sin que se note que pienso en follármelo a cada instante.

Sí, todo va de maravilla por aquí.

Me acerco al banquillo para ganar un poco de tiempo, tratando de pasar todo lo inadvertido que es posible para un tío tan grande y tan odiado en la universidad. Dejo el botellín de agua. ¿Que mi actuación es patética? Puede que sí. Pero, sinceramente, me importa una mierda. Lo único que quiero es mantener la máxima distancia con Connor durante el tiempo que sea capaz.

Sí.

Me parece un objetivo de la hostia para los próximos dos meses.

Remoloneo, pero la voz del entrenador me devuelve a la realidad cuando nos llama a gritos para que nos acerquemos y comenzar entrenamiento. Dejo de hacer el idiota y corro hacia el centro del campo, donde los compañeros van formando un corro.

—Hola —me saluda Connor cuando pasa a mi lado antes de abandonar el césped—. Pensaba que te gustaba llegar con mucho tiempo.

—Algunos trabajamos, ya sabes, no tenemos la vida resuelta desde la cuna —le suelto, pero las palabras me salen más como una broma que como un auténtico reproche. ¿Se puede saber qué cojones me pasa?

—Perdona, Scar, se me había olvidado que tú eres mucho más digno que cualquier niño rico como yo —me devuelve con sorna, pasando de largo por mi lado. Me tengo que tragar la carcajada cuando por el rabillo del ojo veo que se le ha dibujado una sonrisa en la cara. El muy capullo está disfrutando de lo lindo con nuestro intercambio.

Cuando llego al centro del campo y empiezo a estirar, me descubro sonriendo también y mucho más alegre de lo que lo he estado en semanas. Mi humor mejora todavía más cuando mis compañeros me lanzan miradas de interés, parece que han superado eso de tratarme como si no existiese.

La vida, de repente, se ha vuelto mucho más guay.

Me siento motivado y esperanzado.

CONNOR

Ver el entrenamiento de esta tarde está siendo un espectáculo. Parker casi parece uno más del equipo y tengo una muy buena vibración.

Quiero que las cosas le vayan bien.

Cuando acaban con la fase de calentamiento, tras ensayar algunas estrategias, juegan un pequeño partido entre ellos. El entrenador reparte los petos para que se puedan diferenciar y hace los equipos.

No aparto los ojos del campo en ningún momento. Es una maravilla verlos correr a toda leche sobre el césped, luchando por coger el balón, por hacer el mejor placaje. Son muy buenos y, si se les metiese en la cabeza de una vez por todas que Parker es uno más, esta temporada serían imparables.

No voy a agobiarme, tarde o temprano sucederá. Pienso asegurarme de ello.

Contengo el aliento cuando veo la oportunidad de que pase justo en este mismo momento. Parker corre solo por la banda y es la mejor opción para anotar. Contengo el aliento cuando Wyatt lo mira y, como a cámara lenta, le lanza el balón.

—¡Sí! —exclamo emocionado, levantando el puño en señal de triunfo.

Me giro para agarrar a Riku y que me preste atención.

—¡¿Has visto eso?! —le grito—. ¡Le acaban de hacer un pase a Parker! —exclamo, zarandeándolo.

—Sí, tío, lo he visto. Parece que todo está saliendo muy bien.

—Pues la verdad es que sí —digo, notando cómo una enorme sonrisa cruza mi cara—. ¡Míralo ahí, tan feliz!

Riku me observa divertido, con una ceja levantada por el asombro.

—Estoy muy sorprendido. Cuando Emma propuso que hicieseis el trato de colaboración, pensaba que os ibais a matar, pero estaba equivocado. Al final, os habéis hecho amigos. Parece que te importa mucho —comenta despreocupado, como si con su observación no hubiese puesto todo mi mundo del revés. Como si sus palabras no cambiasen nada y no dibujasen una nueva realidad delante de mis narices.

El comentario de Riku es una flecha directa a mi corazón.

Me quedo helado.

De todo lo que podría asustarme en esta vida, darme cuenta de cómo me hace sentir Parker es algo que no había pensado que sucedería nunca.

Una señal de peligro dispara todas las alarmas de mi cerebro cuando me descubro sonriendo porque él sonríe, siendo feliz porque él también lo es.

No puede ser.

No.

Me quedo en el más puro y absoluto estado de *shock*. El tiempo empieza a pasar a mi alrededor, pero yo no soy capaz de avanzar con él. Todavía estoy tratando de procesar cómo me siento.

Y continúo haciéndolo cuando terminan el entrenamiento.

De hecho, solo salgo de mi estupor al ver a Parker acercarse corriendo. Viene directo hacia mí.

Me tenso. No quiero que nada en mi lenguaje corporal o en la forma en que lo miro delate cómo me siento en este momento.

No sé cómo acabarían las cosas entre nosotros si alguna vez lo descubriese.

—¿Lo has visto? —pregunta, parándose justo delante de mí.

Sé que espera una respuesta por mi parte, pero todavía estoy asimilando la forma tan bonita en la que me mira. Tiene una sonrisa enorme y preciosa en la cara. Joder, qué guapo es el muy capullo.

—Mmm —hago un ruido vago, que no es ni un sí ni un no, porque no tengo ni idea de lo que dice.

Y estoy yo como para ponerme a pensar.

—Es que casi me muero cuando Wyatt me ha pasado la pelota. ¡Menuda flipada de tanto! —comenta emocionado, pareciendo muy joven, muy feliz y muy guapo.

—Ha sido increíble —confirmo, sintiendo cada una de las palabras.

—Estoy de acuerdo —afirma, y duda durante unos segundos, pero parece que el subidón que está experimentando le hace decidirse—. Todo esto es posible gracias a nuestro pacto. Al final, va a resultar que no era tan mala idea.

Me llevo la mano al pecho porque juro que noto como si el corazón se me fuese a escapar.

—No me puedo creer lo que acabo de escuchar.

—Que no se te suba a la cabeza, Young —me advierte con una sonrisa, y acto seguido pasa por mi lado camino del vestuario, golpeándome con el hombro al pasar.

En su gesto no hay nada de hostilidad como hace unas semanas, sino más bien un aire juguetón y retador.

Me doy la vuelta, con la mano todavía sobre el pecho, observando cómo se aleja. En este momento sé que, aunque cayese una bomba nuclear en mis morros, no sería capaz de apartar la vista de él.

Solo tengo clara una cosa: no voy a sobrevivir a este nuevo Parker.

20

CONNOR

Llego al edificio de Empresariales y corro por el pasillo gris hasta la clase de la que está a punto de salir Parker. Para sorpresa de nadie, voy bastante justo de tiempo.

Respiro aliviado cuando llego un par de minutos antes de que acabe. Si es que estoy evolucionando, es una pena que no lo valore nadie más que yo.

Saco el teléfono del bolsillo y aprovecho para contestar un par de mensajes pendientes, pero, cuando la puerta se abre, toda mi atención se centra en ella. Contengo el aliento mientras espero a que salga Parker.

Tarda unos segundos en verme. Segundos que yo utilizo para observarlo. Lleva una sudadera negra con capucha que le sienta de maravilla y está despeinado, como si se hubiera pasado toda la clase enredándose el pelo con los dedos. Tengo que tragarme una sonrisa. No sé si es consciente, pero es una persona muy intensa. Muy muy intensa. Me hace gracia. Nunca lo habría dicho antes de conocerlo. De hecho, pensaba que su cabeza estaba más vacía que la de Homer Simpson.

Cuando me ve, sus ojos se abren de forma cómica, sorprendidos, hasta que, después de unos segundos, se recompone y me fulmina con la mirada.

Vaya, parece que toda la efusividad y cercanía de la tarde anterior se han esfumado de su sistema. Bien. Me resulta mucho más sencillo lidiar con un Parker ácido y distante que con el cercano y sonriente de ayer. Cualquiera sabe cómo podría acabar eso. Seguro que bien no.

—¿Qué haces aquí?

Abro la boca para hablar, pero me interrumpe.

—Espera, olvídate de que he preguntado. No quiero saberlo, muchas gracias. Que tengas un buen día —dice, y trata de alejarse de mí.

—Eh, quieto ahí —le ordeno, agarrándolo del antebrazo para pararlo antes de que pueda analizar lo que estoy haciendo.

Por la mirada de Parker, que se dirige inevitablemente hacia el lugar donde se juntan nuestras pieles, diría que está tan sorprendido por mi reacción como yo mismo.

Puede que mis pensamientos estén fuera de lugar, pero se siente de la leche este contacto entre los dos. Me ha parecido un gesto natural. Me da la impresión de que en algún momento de la última semana se ha derribado de golpe una de las barreras que estaba alzada entre nosotros y tengo el derecho de tocarlo. Pero, a juzgar por el gesto de malas pulgas que Parker me está dedicando, él no piensa lo mismo. Me encojo de hombros mentalmente. Pues vale.

Aparto la mano, momento que él elige para hablar.

—¿Hay alguna manera de que pueda librarme de esta conversación? —pregunta, pero su tono de voz me indica que está más resignado que otra cosa.

—Por supuesto que no —respondo con una sonrisa reluciente.

—Pues hagámoslo rápido. Tengo clase en media hora.

Cierra la boca y frunce los labios. Lo sabe. Sabe que la ha cagado con su elección de palabras.

—No es que disfrute particularmente de los rapiditos, pero puedo hacer una excepción contigo —le digo, guiñándole un ojo.

—Esta te la paso por alto porque te lo he puesto a huevo, Young, pero mi paciencia está descendiendo hasta niveles alarmantes.

—Pues sí que estamos buenos. Como no hay diferencia con tu estado normal ni me había dado cuenta... —contesto, poniendo los ojos en blanco.

—Connor —me advierte—. Deja de perder mi tiempo.

—Vale, vale. Pero esto es culpa tuya. Si fueses más amable, me resultaría más fácil contarte las cosas.

—Como si mi amabilidad te hubiese supuesto alguna vez un problema.

—Ya. Vale. Te lo digo —comento, acercándome un poco a él para que la gente no me escuche. Con un poco de suerte, si hablo bajo, Parker estará menos alterado cuando se entere—. Nos han invitado, este fin de semana, a una reunión con algunos de los creadores de contenido que están nominados a los premios.

Cuando las palabras salen de mi boca, me siento un poco más tranquilo. Hala, pues ya está dicho. Una cosa menos.

—¿Eres consciente de que el fin de semana es mañana?

—Sí. —Acompaño la respuesta con un asentimiento de cabeza.

—Y solo para que me quede claro: ¿qué implica esa reunión?

Joder. Es demasiado listo. Esperaba que se hiciera la pregunta cuando estuviéramos metidos en el autobús y lejos de cualquier lugar habitable.

—Esto... Pues...

—Connor, desembucha.

—La idea es pasar el finde todos juntos en una casa para conocernos un poco mejor...

—Estás de coña, ¿verdad? Dime que estás de coña.

—Es más bien una mansión, en serio. Y juro que duermo en el sofá —le aseguro, levantando las palmas de las manos para que vea que soy de fiar.

—Hostia, Connor. ¿Eres consciente de lo mala idea que es lo que me estás proponiendo? —pregunta inquieto, como si estuviese nervioso. No tengo muy claro si lo dice por convivir entre nosotros o con el resto de las personas, pero la verdad es que ninguna de las dos cosas es buena.

Ninguna.

Lo sopeso durante unos segundos, pero decido ser honesto.

—Soy absolutamente consciente, pero no puedo evitarlo. Tenemos que asistir.

—Connor, esta vez me niego a ser arrastrado a tu locura.

—No acepto un no por respuesta.

—Pues me temo, Young, que no te va a quedar más huevos que hacerlo.

Dudo durante unos segundos sobre si debo seguir presionando, pero veo demasiada determinación en su mirada como para comprender que es gastar energía a lo tonto.

Tengo que pensar otra estrategia.

—Te dejo en paz. Por ahora —le advierto, antes de darme la vuelta y alejarme de él.

En este momento, lo mejor que puedo hacer es poner distancia entre nosotros y dejarle un rato para que lo vaya asimilando. Mientras, voy a trazar mi plan.

Si algo me define como persona, es que soy cabezota, determinado y un sinfín de palabras que vienen a significar que no me rindo con facilidad.

Y es por eso mismo que, unas horas después, termino en un lío que es potencialmente una batalla campal.

—No me puedo creer que esté haciendo esto. Es una idea terrible, Connor.

—Qué va, es una idea maravillosa. Ya lo verás —me defiendo.

—Permíteme que lo dude —dice Nala, observándome con desconfianza.

—¿Sabes que te pareces mucho a tu hermano cuando me miras mal?

—¿Te refieres a ese hermano que me va a dejar de hablar cuando descubra que te he traído a casa?

Se me escapa una pequeña carcajada.

—Te juro que, si eso pasa, yo seré tu mellizo a partir de ahora —aseguro con una sonrisa culpable, puesto que sé que Parker se va a enfadar mucho cuando me vea aquí. Por alguna extraña razón, molestarlo se ha convertido en mi pasatiempo favorito del mundo.

PARKER

Esto no puede ser real.

Me he tenido que dar un golpe en la cabeza. O a lo mejor se trata de un sueño, porque la escena que me muestran mis ojos no puede ser cierta.

Acabo de bajar de mi habitación, donde hasta hace unos minutos estaba terminando un trabajo de la universidad, para ayudar a mi madre a preparar la cena, y me encuentro a Connor en la cocina de mi casa, haciendo lo que yo me proponía. ¿Vivo en una realidad alternativa o algo? En mi día a día están empezando a pasar cosas que nunca habría imaginado.

Estoy plantado en la puerta de la cocina como un gilipollas.

—Hola —saludo, porque ninguno de los presentes ha reparado todavía en mí. Están haciendo el tonto con Connor.

—Ah, hola, hijo —contesta mi madre, girándose para mirarme—. ¿Ya has acabado de estudiar? Tu hermana ha dicho que no te molestásemos todavía, que estabas ocupado.

Desvío la mirada hacia la susodicha y levanto una ceja. Ella hace un gesto de disculpa, pero la verdad es que no se la ve muy arrepentida.

—Sí, acabo de terminar ahora mismo.

—Hola, cariño —dice el jodido Connor con una sonrisa divertida.

Si es que se ve a leguas que uno de sus deportes favoritos es tocarme los huevos. No sé cómo sentirme, la verdad. Debería estar la hostia de enfadado, pero la realidad es que me estoy divirtiendo. ¿Qué coño hace aquí? ¿Qué se le habrá ocurrido?

—Hola —repito todo lo seco que puedo, para que por lo menos sienta un poco de presión, y me interno en la cocina.

Me pongo a su lado, donde está preparando la ensalada de pasta, y cojo un cuchillo para ayudarlo. Ni mi madre ni Nala nos quitan los ojos de encima. Tratan de ser disimuladas, pero no se les da del todo bien.

—Tu madre me ha dicho que es tu plato favorito —comenta Connor en un tono bajo, aclarándose la garganta. Se le ve nervioso. Bien. Me alegro de que esté sintiendo la tensión.

—Sí, lo es —ratifico, lanzando una mirada a mi progenitora y hermana para que nos dejen un poco de intimidad—. ¿Se puede saber qué estás haciendo aquí, Young? —le pregunto, inclinándome hacia delante para susurrárselo al oído.

No sé por qué coño lo hago, pero no he sido capaz de controlarme. Cuando mis labios rozan por accidente el lóbulo de su oreja, se le cae el cuchillo al suelo, armando un escándalo que llama la atención de todos. Un escalofrío de placer recorre todo mi cuerpo y se me dibuja una enorme e involuntaria sonrisa en la cara al haber provocado eso en él.

—Mierda —dice avergonzado, y se agacha para recogerlo.

Giro la cara para ocultar mi felicidad. No quiero que mi hermana se dé cuenta.

—¿Estás bien? —pregunta mi madre preocupada.

—Oh, sí, claro —responde Connor apurado.

Me divierte muchísimo verlo con esa aura tan de bueno y vergonzoso. Nada que ver con cómo es él en realidad. Me dan ganas de provocarlo hasta que me suplique que pare. Joder. Me estoy excitando.

Debo de perder el hilo de la conversación que se está manteniendo en la cocina, porque lo siguiente que sé es que mi madre dice mi nombre para llamar mi atención y Connor me mira con una cara de culpabilidad que me da escalofríos, pero esta vez es de terror, porque estoy seguro de que me ha liado alguna.

—¿Qué, mamá? —le pregunto con la esperanza de que se apiade de mí y lo repita.

Escucho la risa de Nala y me anoto mentalmente recordar matarla luego cuando estemos solos.

—Te decía que Connor me ha comentado que os han invitado este fin de semana a una casa con unos amigos.

Conque eso era.

—Ah, ¿sí? —le pregunto, lanzando a Connor una mirada acusadora—. Qué majo es, siempre cascando.

—Sí, porque la verdad es que tú no me cuentas nada. —Se me escapa una carcajada seca, porque el tío es muy listo. ¿Cómo es posible que en dos visitas se haya metido a mi madre en el bolsillo de esta manera?—. Me parece una idea maravillosa. Necesitas descansar, te esfuerzas demasiado. No sé esa obsesión que tienes con ser profesional y cuidarnos a todos. Lo primero que tienes que hacer es cuidarte a ti.

—Mamá tiene razón en eso —añade Nala, y le lanzo una mirada mortal—. ¿Qué pasa? —se defiende—. Es cierto. Deberías darte cuenta de que estamos muy bien y de que queremos que te diviertas.

—Con eso vale, hijo —añade mi madre, y se acerca a mí para darme un abrazo de medio lado, ya que tengo las manos ocupadas con el cuchillo y sucias de los ingredientes que he ido cortando.

Pongo los ojos en blanco, pero me dejo querer.

—No te preocupes, Emily, que yo me encargo de que esté bien —asegura Connor en un tono de voz suave que hace que me crea sus palabras.

Y lo peor de todo es que consigue que quiera que sean de verdad.

Estoy muy jodido.

Cuando mi madre me suelta, me quedo de pie como un idiota con las manos pringosas durante un rato, hasta que me doy cuenta de lo que estoy haciendo y me vuelvo a acercar a Connor para seguir preparando la ensalada.

Me cuido mucho de no mirarlo en todo el rato. Me preocupo de eso y de no centrarme en lo que estoy disfrutando de hacer algo tan cotidiano a su lado. Definitivamente, se me ha frito el cerebro.

Connor me lo ha cortocircuitado.

Un rato después, cuando acabamos de preparar la cena y poner la mesa, mi madre trata de convencer a Connor para que no se vaya.

—Deberías quedarte a cenar. Sería un placer —le dice mi madre con una sonrisa enorme.

El jodido le gusta. Se la ha ganado. A ella y a toda mi familia. Es que es muy fuerte.

—Te lo agradezco un montón, pero no puedo. Me están esperando en casa —dice, consultando su reloj digital—. Se ha hecho tarde. Gracias por todo, Emily, he estado muy a gusto.

Se despide con un beso en la mejilla de mi madre y Nala y luego despeina la cabeza de mis hermanos al pasar a su lado. Las cejas se me disparan a lo alto de la cabeza. ¿Cómo es posible que actúe de forma tan natural con ellos? ¿Cómo es posible que les guste tanto? ¿Cómo es posible que parezca que pertenece a esta casa? ¿Cómo es posible que me esté planteando todo esto?

—Te acompaño —le digo antes de que salga de la cocina.

No tengo ni puta idea de lo que estoy haciendo. Solo sé que no estoy ni de lejos tan molesto como lo habría estado la semana pasada si se hubiese presentado así en mi casa. De hecho, para mi más absoluta sorpresa, me divierten su actitud y su valor.

CONNOR

Cuando Parker me acompaña a la puerta y sale conmigo al porche, tengo un *déjà vu*, y rezo para que las cosas no terminen como la vez anterior.

Cuando salimos es de noche, pero no hace frío. La única luz que nos acompaña es la procedente de las farolas, lo que le da a la escena un aire muy íntimo. Me estremezco, pero no tengo muy claro si lo hago de miedo o de placer. Solo sé que mis sentimientos son muy intensos.

—Reconozco que tienes un par de huevos, Connor. Has venido a mi casa, pese a que la última vez me comporté como un idiota.

Juro que noto cómo los ojos se me abren y alcanzan el tamaño de dos pelotas de baloncesto.

—Guau. ¿Lo reconoces? Eso sí que no me lo esperaba.

—No he terminado de hablar —me interrumpe esta vez él a mí, con un gesto travieso.

—Me callo.

Parker levanta una ceja como si dudase de mis palabras y yo le dedico mi mejor cara de bueno. Vamos, toda la cara de bueno que soy capaz de poner esbozando una enorme sonrisa de satisfacción.

—Has venido incluso aunque te he dicho que no pienso acompañarte. Has conseguido convencer a mi hermana, que hasta esta mañana por lo menos me era fiel a muerte, para que te vuelva a traer a mi casa, e incluso has conseguido que mi propia madre me obligue a ir.

—No sé si me estás haciendo un cumplido o no, la verdad. Estoy un poco liado —comento, juntando los dedos, incómodo y cohibido de repente.

Parker da un paso hacia mí y contengo el aliento.

—Si te soy sincero, yo tampoco tengo ni idea. Solo sé que has llegado a mi vida para ponerla del revés. Has venido para revolucionarlo todo.

Ante sus palabras, mis pies actúan por voluntad propia y dan un paso hacia él. Necesito estar más cerca. Me siento como si fuésemos dos imanes que hasta este momento se han repelido y ahora, de golpe, hubiesen cambiado la polaridad y se atrajesen de forma brutal. De forma imparable.

Levanto la vista y me doy cuenta de que estamos muy muy cerca, el uno en el espacio vital del otro.

De repente, Parker rompe el silencio.

—Vete a casa, Connor —dice con voz ronca, como si no la hubiera usado en meses en vez de hace apenas unos segundos. Un calambre de placer me recorre todo el cuerpo—, antes de que haga algo de lo que me pueda arrepentir.

—Pero… —empiezo a quejarme, y él me interrumpe.

—Pero nada. Mañana estaré allí a las siete.

Dudo. Quiero más de él. Noto que está a punto de ceder, quizás con una palabra mía lo haría. Su mirada viaja entre mis ojos y mi boca. Pero, si lo analizo fríamente, ahora que todavía puedo hacerlo —más o menos—, me doy cuenta de que solo quiero que lo haga si es lo que él desea. No quiero que lo considere un error, algo de lo que se siente incapaz de resistirse en vez de algo que quiere.

Con una última mirada, sabiendo lo que me estoy perdiendo, me doy la vuelta y me marcho en silencio.

He conseguido lo que venía a buscar, pero ahora me doy cuenta de que quiero mucho más de lo que había pensado.

21

Yo soy valiente cuando debo serlo. Simba, ser
valiente no significa buscarse problemas. — *Mufasa*

CONNOR

Antes de que el viaje comience, ya sé que va a ser duro.

Nos han juntado a un montón de *tiktokers*, que estamos compitiendo por ganar en nuestra categoría, en un mismo espacio porque quieren conseguir salseo. Tienen la esperanza de que, de una forma u otra, las cosas se vayan de madre y nos terminemos peleando o algo.

También sé que no va a ser fácil, porque mis compañeros de categoría en el premio, contrincantes —aunque no me gusta llamarlos así—, van a estar todo el rato pendientes de lo que haga y de cómo me pueden fastidiar, en especial Reed. Y yo, en vez de ir con alguien que me respalde, voy acompañado de Parker, que literalmente me odia y finge ser mi pareja en contra de su voluntad.

Sí, creo que lo inteligente sería dar marcha atrás y decir que estoy enfermo.

Así que, cuando salgo de casa y me monto en el coche para ir al punto de encuentro, siento como si alguien me tuviera que dar un premio o, como mínimo, una palmada en la espalda por estar actuando de forma madura. Claro que eso no es lo que pasa. En el mismo instante en el que llego al aparcamiento y me bajo del coche, la mirada marrón de Reed se clava sobre mí, y no precisamente porque me desee. Más bien, parece que quiera matarme.

Su mayor deseo es hundirme y quedarse con el premio.

Genial. Puede unirse a mi club de fans junto a Parker.

¿Es demasiado tarde para que dé media vuelta y salga corriendo?

PARKER

Connor me sorprende llegando a la hora. Parece que el chico está mejorando.

Cuando lo veo acercarse al autobús, me bajo del coche y me pongo a su lado.

—Parker —dice, llevándose una mano al pecho—, me has asustado.

—No era mi intención —aseguro con una sonrisa de medio lado con la que no intento ocultar que lo he hecho aposta.

Si no fuese por el placer de molestar a Connor, este trato no sería ni tan divertido ni tan ventajoso.

Lo acompaño hasta el lateral del vehículo y dejamos las maletas en silencio. Para mí, es normal estar callado. Sin embargo, que lo haga Connor me resulta francamente extraño. Pero no voy a indagar sobre el asunto. Me da igual. De verdad que me da igual. Tengo muchas otras cosas en las que centrarme.

Nos ponemos a la cola y sucede lo mismo que siempre que estamos en un espacio exterior juntos. La gente comienza a rodear a Connor y hablan con él. Parece que el tío es famoso e interesante incluso para los ya de por sí famosos e interesantes. Justo lo que le faltaba a su ego desmedido.

Juro que intento con todas mis fuerzas no fijarme en lo incómodo que se le ve. En lo mucho que parece querer salir corriendo de allí, pero, para mi desgracia, termino reventando de curiosidad cuando nos quedamos solos.

—¿Qué te pasa? —le pregunto en bajo, con cuidado de que nadie nos escuche.

—Nada.

—No me jodas, Young. Tienes cara de desear estar en cualquier lugar menos aquí.

—Bien. Puede que sí que me pase algo.

—No jodas.

—No me apetece hablarlo.

—Pues a mí sí, así que ya estás desembuchando.

Aprieta los labios en una mueca cabezota y yo debo usar mi autocontrol para no reírme ante su gesto infantil y tan poco propio de él.

—Está bien. Lo que me pasa es que este fin de semana es una trampa mortal.

Su admisión hace que se me escape una carcajada y las miradas del resto de personas vuelven a posarse sobre nosotros, llenas de curiosidad.

—No hay que ser muy listo para darse cuenta.

—Ya —dice mirándome mal, como si yo tuviera la culpa de que estuviésemos aquí—. Quiero marcharme.

—Pero a pesar de ello me has arrastrado aquí.

—Una cosa es que no quiera estar y otra muy diferente, que no sepa que tengo que hacerlo.

—Si al final sí que te vas a tomar esto en serio. —El cumplido sale de mi boca antes de que me dé cuenta.

Connor también parece sorprenderse, porque de repente se tropieza con sus propios pies y está a punto de comerse el suelo.

Alargo los brazos para cogerlo y evitar la fatal caída. No es que lo haga por él. No me importa que se deje los dientes. Lo habría hecho por cualquier otra persona. Tengo tan mala suerte que, con el movimiento, se le ha levantado el jersey y mis manos terminan sobre su cálido, duro y terso estómago. Mi primer impulso es apartarlas como si me hubiese quemado, pero evito hacerlo por los pelos. Por pura fuerza de voluntad, me mantengo firme hasta que, unos segundos después, se estabiliza. Esa es mi oportunidad para deshacer el contacto a toda leche y, por si acaso, dar un paso hacia el lateral para separarme de él.

Nada es sencillo estando con Young.

Desequilibra todo mi mundo. Me pone los pelos de punta.

Subimos al autobús en silencio, cada uno sumido en sus propios pensamientos. Cuando veo la distribución del espacio, comprendo que es uno de lujo. En nada se parece a los que utilizan los simples mortales. Los asientos son enormes, de cuero marrón, y tienen pinta de ser el sitio más cómodo donde he puesto el culo nunca. Se distribuyen en grupos de butacas enfrentadas, por lo que es imposible estar solo con Connor —lo que me faltaba—. Con lo poco que me apetece tener que fingir que somos la pareja del año incluso durante el trayecto.

De puta madre.

Connor elige el mismo lugar que habría escogido yo y me dejo caer a su lado.

Pues sí que tenía razón, los asientos son la leche de cómodos. Puede que el viaje no esté tan mal. Estoy seguro de que, si me relajo, todo será más fácil.

Mi estado zen dura como unos treinta segundos.

Cuando un tipo se sienta frente a nosotros y Connor se tensa automáticamente, se me disparan todas las alarmas. Puede que no sepa qué sucede, pero la cuestión es que noto que sucede algo. Lo observo con atención porque me suena su cara, pero no tengo ni idea de quién es.

—Reed. —Connor saluda al tipo con un asentimiento de cabeza.

Es tan frío para ser él que me sorprende. ¿Tendrá más enemigos mortales por el mundo aparte de mí?

—Hola —añado de forma educada pero distante. No quiero ser demasiado cercano y que me esté hablando durante todo el viaje, pero tengo que mantener las formas.

—Soy Reed —se presenta a pesar de que no hace falta, Connor ya ha dicho su nombre—. Aunque entiendo que ya lo sabrás. —Evito por poco levantar las cejas. Pues sí que se lo tiene creído el tío—. Seguro que Young está hablando todo el día de su máximo rival.

Por eso me sonaba, debo de haberlo visto unas mil veces cuando Emma nos da los avances del concurso.

Me parece escuchar cómo Connor dice «estúpido», pero lo cubre con una tos. Madre mía, aquí hay mucha tensión. Cómo tiene que ser el tipo este para que Connor, al que nunca le escucho decir nada malo de nadie, aparte de mí, deje tan claro con su actitud que no le gusta.

—La verdad es que no, hablamos de otros muchos temas más apasionantes —le respondo, y a mi lado Connor casi se ahoga con una enorme carcajada que, de nuevo, cubre con una tos.

Se echa hacia delante y yo le doy unas palmadas en la espalda, siguiéndole el juego. Miro a Reed y veo que nos observa con el ceño fruncido y cara de mala leche. Aunque, cuando se da cuenta de que lo estoy observando, dibuja una enorme sonrisa, como si estuviera encantado con la situación. Vaya tipo más peligroso y calculador. Tendremos que tener cuidado con él durante el fin de semana.

—Es broma —comento, poniendo mi mejor cara de bueno. Gesto que ninguno de los dos se traga.

No esperaba menos de ellos. Si han llegado tan lejos en la vida, es porque son inteligentes.

—Ya me había dado cuenta. Me imagino que por eso está Connor contigo, ¿no? Porque eres un chico divertido.

—Es lo que más me llamó la atención de él —contesta mi falso novio, y es mi turno de reír. Veo que no pierde la oportunidad de lanzarme una pulla.

Bien. Que la diversión no decaiga.

Nos observamos en silencio durante unos segundos más, hasta que Reed rompe el momento. Ambos lo miramos.

—Estoy muy sorprendido con vuestro noviazgo. No es que no entienda que alguien quiera estar con Connor —comenta, lanzándole una mirada traviesa que me da mucho asco—, es muy guapo. Pero, teniendo en cuenta que no os llevabais bien, se me hace raro que hayáis terminado juntos. No sé, parece como demasiado conveniente para el concurso, para que nadie hable de otra cosa.

La acusación flota en el ambiente. La madre que lo parió. ¿Acaba de insinuar que estamos fingiendo una relación? Vale que lleva razón, pero hay que tener poca vergüenza para decírselo a alguien. Supongo que lo que le pica es que Connor sea más popular que él. Se va a enterar el tonto este. Me voy a encargar de la situación personalmente.

—La verdad es que llevo muchos años enamorado de Connor, pero no sabía cómo confesárselo —comento, y me deleito en la forma en que sus labios se aprietan en una fina línea, molestos—. Me resulta difícil acercarme a los chicos guapos —digo en bajo e inclinándome hacia delante, como si fuese nuestro secreto.

Cuando me echo para atrás y me acomodo en la butaca, me encanta ver que los ojos de Connor brillan divertidos.

—Ah, qué bien. Me alegro mucho por vosotros, entonces — dice con una voz y una cara que dan a entender todo lo contrario.

—*Sip*. Estamos muy felices —añade Connor, dedicándole una sonrisa que es todo dientes.

Es un provocador el cabrón. Puedo respetar eso. De hecho, lo respeto mucho. Me gusta la gente que tiene pasión por lo que hace y las cosas claras.

No encabezo el club de fans de Connor —me irrita y molesta cada cosa que hace—, pero lo que tengo claro es que, si alguien tiene derecho a meterse con él, soy yo. No pienso permitir que el gilipollas de Reed le dé caña. ¿Quién se ha creído que es? Connor solo discute conmigo.

—Me he preocupado de que las cosas no os fuesen muy bien cuando te he visto llegar con tan mala cara —le comenta con una sonrisa asquerosa.

—Es que me dolía la tripa. Pero ya estoy mucho mejor.

—Mil gracias por tu interés —añado. Y, por acto reflejo, tontería o yo qué sé, alargo la mano y la pongo sobre el estómago duro y perfectamente formado de Connor.

¿Cómo cojones es posible que se le noten los abdominales a través del jersey? Y, sobre todo, ¿por qué coño tengo que estar pesando en sus músculos? No es que me muera por volver a verlos en toda su gloria. No es que piense todos los días en ellos por lo menos en un par de ocasiones. ¡Qué va!

Creo que lo mejor es que me centre en Reed. De verdad que pienso que es un gilipollas. No sé si está molesto porque intuye que estamos fingiendo una relación, y eso le desfavorece al acaparar Connor toda la atención, o simplemente porque se quiere meter en sus pantalones. No lo tengo claro. Juro que es prácticamente imposible deducirlo.

—Bueno, chicos. Os dejo disfrutar a solas del viaje, que veo que tenéis muchas ganas de estar juntos. —Nos mira con desprecio antes de levantarse y largarse.

—¿Es cosa mía o el gilipollas este no se cree que seamos novios? —le pregunto, quitando la mano de golpe y llevando la mirada a la ventanilla.

En este momento me vienen muy bien unos segundos de tranquilidad y contemplar el paisaje para ponerme bajo control.

—A ver, lo ha dejado muy claro. Yo creo que no hay ninguna duda.

—Ya, también es verdad.

Nos lanzamos una mirada en la que los dos parecemos un poco desubicados, o puede que yo sea el único que se sienta así y quiera ver eso en sus ojos. Luego, cada uno se sume en sus pensamientos. Cuando se me ocurre una cosa graciosa, no dudo en romper el silencio.

—Estoy muy sorprendido, Connor.

—¿Por?

—Porque pensaba que eras el tío más egocéntrico del mundo y ahora resulta que este chico te deja a la altura del betún. Creo que no le gana nadie.

Connor se ríe con ganas, y si me complace haberlo conseguido yo, no es asunto de nadie. Tampoco es que sea algo tan raro. ¿A quién no le gusta ser divertido? Desde luego, no tiene nada que ver con que me encante la musicalidad de sus carcajadas.

—Es un pedazo de cumplido viniendo de ti —bromea cuando se calma.

—De nada —respondo, y regreso a lo mío. No quiero que piense que me muero por hablar con él cuando no es cierto en absoluto.

Una película, dos discusiones y tres horas después, llegamos a nuestro destino.

Nos bajamos del autobús y yo me giro para observar nuestro entorno. Aunque parece que estamos en medio de la selva por toda la vegetación que hay en los jardines, el lugar tiene un toque artificial.

La casa en la que vamos a pasar el fin de semana es un puto sueño. Es exactamente como sería un castillo construido en nuestro tiempo. Moderna, enorme y de un blanco impoluto. No sé qué tiene la gente con dinero que ama ese color. A mi modo de ver, le da a la construcción la sensación de frialdad. Me transmite poca vida y cero calor de familia.

Cuando entramos, analizo el interior. Todo está construido con el concepto de espacio abierto. En la planta baja al menos no veo divisiones entre las salas. Rezo porque no suceda lo mismo arriba y haya habitaciones.

Es una pedazo de mansión de la hostia.

No es un lugar que se pueda permitir cualquier persona, y es en este momento cuando caigo en que la publicidad da mucho dinero. Me siento idiota, porque ya debería haber pensado en ello hace tiempo.

Según entramos, empiezan a acercarse a nosotros una serie de ayudantes que pretenden cargar mi maleta, a lo que me niego.

—Muchas gracias, pero puedo cuidar de mí mismo —le digo con una sonrisa al chico. No quiero ofenderlo, es solo que no me gusta ser ostentoso. Puedo hacer mis propias cosas.

Por el rabillo del ojo veo que Connor también rechaza ser ayudado, y me gusta. No sé si lo hace por seguir mi ejemplo o por elección propia, pero, sea como fuere, las dos opciones me complacen.

Mi hilo de pensamientos se esfuma cuando veo que Reed nos está observando desde el centro de la sala.

No contaba con tener a una persona vigilando todos mis pasos. Pero vamos, que yo al tío este no le doy nada con lo que pillarnos, como que me llamo Parker. Voy a ser el mejor puto novio de la historia.

Doy un paso para acercarme a Connor y le pongo una mano en la espalda baja.

Reed va a tener un espectáculo.

Y yo voy a obviar el calambre que recorre todo mi cuerpo cada vez que toco a Connor.

CONNOR

Nada más entrar en la casa, los chicos de la organización nos indican que tenemos una hora para dejar nuestras cosas e instalarnos antes de que hagamos una reunión todos juntos en el salón. Van a explicarnos la dinámica del fin de semana.

Cuando, sin venir a cuento, Parker me coloca la mano en la espalda, necesito hacer un esfuerzo consciente para no pegar un salto ante el contacto. La leche. Lo miro de reojo y veo que está observando una esquina de la sala. Sigo la dirección de sus ojos y lo entiendo todo de golpe. Está fingiendo.

Lo sé, pero eso no evita que su cercanía me ponga muy nervioso. Soy consciente de que lo hace para darle en el morro a Reed, pero la cuestión es que yo no soy de piedra, y la mano en mi espalda me quema como si estuviese en llamas. Por si fuera poco, ese gesto me recuerda a la forma en la que me he sentido cuando me ha tocado el estómago en el autobús y sí, debería pensar en otra cosa en este preciso instante. Voy a necesitar una puñetera ducha fría para no hacer una tienda de campaña en mis pantalones. Ya podía haber elegido mi miembro otro momento para despertarse y volverse hiperactivo. Si es que cualquier pequeño roce me excita. ¿Será porque es Parker el que me toca? No, por Dios. No puede ser.

—¿Qué dices? —pregunta de repente mi torturador, haciendo que comprenda que he hablado en alto en vez de pensar.

Sería un momento estupendo para que el filtro cerebro-boca me funcionase.

—Nada. Que el sitio es muy grande.

—Pues si te parece eso a ti…, imagínate al resto de simples mortales.

Salimos de la sala y subimos las escaleras, siguiendo a uno de los mayordomos que nos acompaña hasta nuestra habitación. Cuando entramos y veo que, por supuesto, solo hay una cama, estoy a punto de salir corriendo. No puedo con un solo sentimiento más. Estoy al borde de explotar.

Si a Parker le molesta que tengamos que compartir cama, desde luego no lo dice. Supongo que ha sido más listo que yo y ya venía mentalizado de casa y, a diferencia de mí, sí que tiene autocontrol y no piensa abalanzarse sobre mi cuerpo.

Bravo. Enhorabuena para él.

Cuando la puerta se cierra tras el mayordomo y nos quedamos solos, la frase que me ha dicho antes de que nos subiésemos en el autobús me da vueltas en la cabeza. «Si al final sí que te vas a tomar esto en serio». Creo que son las palabras que más he deseado escuchar en la vida. Me siento demasiado sensible, con todas las emociones a flor de piel. Emociones que no había experimentado antes. A pesar de ello, trato de relajarme y comienzo a deshacer la maleta. Dejo el cargador y el trípode sobre la mesilla de noche, en el lado que Parker me ha dejado libre. Cuando noto cómo los ojos se me calientan y se me vuelven acuosos sin venir mucho a cuento, salgo corriendo y me encierro en el baño.

La intención que tengo al entrar es tranquilizarme y lavarme la cara, pero, por más que trato de relajarme, no puedo. Un sinfín de imágenes de la última noche con mi padre, sus palabras e incluso el olor de la colonia que cargaba el ambiente en el velatorio se abalanzan sobre mí y soy incapaz de pensar en otra cosa. Estoy abrumado. Daría cualquier cosa por que alguien me abrazase ahora mismo y me dijese que soy importante para él. Que alguien me dijese que me ve. Que me quiere. Que cree en mí.

¿Por qué tienen que estar viniendo esos recuerdos a mi mente en este preciso momento? ¿Por qué esa frase siempre es un disparador para mi memoria? ¿Por qué, si he estado conteniéndome hasta ahora, soy incapaz de seguir haciéndolo?

Trato de tararear *Hakuna Matata*, pero no puedo concentrarme. Me parece un pésimo intento de no explotar y perder el control.

Toda esta situación con Parker, el concurso y la vida en general me está superando. Cuando comprendo que no me voy a tranquilizar, abro el grifo para que no se me escuche y me siento sobre el váter. Lloro durante largos minutos. Me sirve para vaciarme y alcanzar algo de paz.

No era esto lo que quería que sucediese, pero ha sido inevitable. Me seco la cara y me sueno la nariz antes de lavarme. Me aseguro frente al espejo de que no se me nota que hace nada estaba hecho un mar de lágrimas. Luego, respiro profundo un par de veces, infundiéndome valor con las manos apoyadas sobre el lavabo y la vista fija en mí mismo.

Bien. Estoy lo suficientemente pasable.

Cuando salgo y veo a Parker tumbado en la cama, y lo único que deseo es acostarme a su lado para que me envuelva en sus brazos, sé que estoy en serios problemas. Mierda. ¿Por qué deseo precisamente eso de él, que nunca me va a dar lo que necesito?

Dejo de mirarlo cuando levanta la vista de su teléfono móvil y la clava en mí.

—¿Bajamos ya? —pregunta, y asiento con la cabeza—. Bien. Cuanto antes lo hagamos, antes terminará esta locura. Por hoy, vamos a sobrevivir al día. Mañana, ya veremos qué hacemos.

Su plan me parece perfecto y no me quejo de que tome el mando de la situación cuando yo me siento con tan poco control.

—Perfecto.

Bajamos y nos sentamos en uno de los sofás. No somos los últimos en llegar, pero tampoco los primeros.

Me digo que todo va a salir bien.

La escena en la sala es cuando menos curiosa, ya que hay un montón de personas hablándoles a sus teléfonos y enseñando la casa a sus seguidores en directo.

Cuando entra el organizador del encuentro, todo el mundo deja lo que está haciendo para atenderlo. Los envidio un poco. Ojalá pudiese yo apagar mi cerebro un rato para dejar de pensar.

—Bienvenidos —nos saluda, abriendo los bazos en cruz de forma exagerada. Su gesto me hace tensarme. Todo esto es un espectáculo y no puedo olvidarlo. Es la prueba de fuego para seguir manteniendo a la gente de nuestra parte. Es muy importante y no me siento con ánimo como para estar a la altura—. Lo primero que quiero hacer es daros las gracias por venir a este encuentro. Juro que nos lo vamos a pasar en grande. Hemos pensado que, ya que todos los aquí presentes sois creadores de contenido, vamos a dejaros el día de hoy para que diseñéis una fiesta que se pueda preparar en unas pocas horas —explica, y se escucha un murmullo de sorpresa—. Mañana a las diez de la mañana nos reuniremos para poner todas las ideas en común y votar entre todos cuál es la mejor. La que gane será la que llevaremos a cabo. De ahí que uno de los requisitos del juego es que no se necesiten demasiados preparativos.

—Suena difícil —comenta uno de mis compañeros.

El organizador sonríe.

—Esa es la gracia de asunto. No estaríais aquí si no tuvieseis unas mentes brillantes. —Sus palabras son seguidas de unas cuantas risas encantadas—. Ahora, os paso a relatar algunos puntos que debéis tener en cuenta.

Me gustaría decir que escucho atentamente lo que dice, pero lo cierto es que no lo hago. Tan pronto como empieza a explicar, desconecto. No sé cómo narices se me va a ocurrir algo brillante en unas horas.

Cuando la reunión termina, sin cruzar ni una palabra con Parker, ambos nos levantamos y nos dirigimos a la habitación. Parece que mi falso novio tampoco tiene muchas ganas de estar rodeado de gente.

Subimos a la planta superior.

—Puedo echarte una mano con lo de la fiesta. No sabes la cantidad de veces que he ayudado a mi madre a organizarlas para mis hermanos. Soy especialista en gastar poco y sacarle mucho partido. Ventajas de ser parte de una familia tan numerosa. —Es lo primero que dice Parker cuando cierro la puerta tras de mí.

—Esto... —empiezo a decirle, porque la verdad es que su ofrecimiento me ha dejado sin palabras—, más que ayuda, necesito un milagro. No se me ocurre nada.

Los ojos de Parker brillan ante mi comentario.

—No te preocupes. Si quieren espectáculo, se lo vamos a dar.

Lo miro con sorpresa.

—Me das miedo.

—Haces bien. Digamos que soy una persona muy competitiva y el idiota este de Reed no nos va a ganar. Vamos a organizar la mejor fiesta de todas, y también vamos a ser la pareja perfecta. ¿Estás dentro?

22

*Fijaos en vuestro aspecto, con razón estamos al final
de la cadena alimenticia. —Shenzi*

CONNOR

Cuando nos despertamos y descubro que cada uno está tan formal en su lado de la cama —tenía miedo de acercarme a él como un gilipollas—, respiro aliviado. Solo hiere ligeramente mi orgullo que a Parker se la pele mi cercanía. No es como si secretamente hubiese fantaseado con la idea de que nos despertásemos de la misma forma que lo hicimos en el hotel. No, eso no se ha pasado por mi imaginación en ningún momento.

Todo está de maravilla, y el vacío que siento en el centro de mi pecho es hambre y no decepción. No puede serlo.

Me levanto de la cama tratando de no despertar a Parker, pero, cuando nota que las sábanas se levantan de su cuerpo, se mueve hasta ponerse bocarriba. Parpadea somnoliento y sus ojos marrones se posan sobre los míos. Así, recién despertado, parece mucho más joven, tierno y accesible. Casi siento como si me pudiese olvidar de la mala leche que tiene y de lo mucho que me odia. Como si me pudiese olvidar de que está aquí a mi lado por el trato.

Se incorpora al darse cuenta, a la vez que yo, de lo vulnerable y *sexy* —para qué negarlo— que es su postura, estando yo levantado. El gesto hace que las sábanas se deslicen por su pecho y mi mirada siga su recorrido hasta sus muslos. Mis ojos se posan en el bulto que tiene entre las piernas. Un bulto que está muy duro y que parece querer darme los buenos días. La leche. La boca se me hace agua, como si acabase de ver un delicioso helado que estuviese ansioso por devorar, y esa es la señal que necesitaba para salir de aquí por patas.

—¿Ves algo que te guste, Young? —pregunta divertido, con la voz ronca por acabar de despertarse, pero que a mí se me antoja el tono exacto en el que debe de sonar en mitad del sexo.

—Más quisieras. Sigue soñando, Parker.

—Parece que eso es lo que estás haciendo tú con mi chica —dice, llevándose la mano a la entrepierna, pero no me quedo a verlo. No quiero. Salgo corriendo.

Mientras huyo hacia el baño, escucho su risa. Maldito engreído. Seguro que ahora piensa que lo deseo. Lo que me faltaba. Me meto en la ducha y trato de quitarme de encima la vergüenza y la indignación.

Cuando salgo, me visto tratando de no mirar a Parker, porque su sonrisa es tan petulante que me entran ganas de darle un puñetazo y sé que, como mis manos hagan contacto con su cuerpo, voy a terminar cachondo perdido y devorándolo. Así que no. No pienso girarme a mirarlo.

Veinte minutos después, salimos de la habitación, vestidos y sin que haya pasado nada sexual de milagro. Lo celebro como un triunfo.

Desayunamos con el resto de los invitados en una enorme mesa en la sala, sobre la que han dispuesto todo tipo de delicias. Hay desde cruasanes a tortillas. Dulce y salado. Cafés y zumos. El festín es digno de un hotel de cinco estrellas y, pese a que todo el mundo lo devora con ganas, el ambiente está un poco cargado de tensión. Sabemos lo que nos jugamos este fin de semana. Y también sabemos que queremos ganar la votación de la fiesta. Cada uno de nosotros quiere que sea su idea la que finalmente se lleve a cabo. Es como tener el poder de decidir las normas y que sean los demás los que se deban adaptar a ellas.

—Nunca había visto a tantas personas juntas que sacasen fotos de su comida —me comenta Parker al oído, y consigue que un escalofrío me recorra todo el cuerpo, pese a que sus palabras me hacen gracia y tienen cero sensualidad.

—Sabes que es demasiado tarde para que salgas corriendo, ¿verdad? —le contesto, continuando con la broma.

Le brillan los ojos de diversión. No me dice nada más, porque todos los reunidos en la sala parecen pendientes de cada uno de nuestros movimientos.

El desayuno transcurre sin más incidentes, si quieres obviar que siento cómo me arde la parte derecha del cuerpo, porque Parker está tan pegado a mí que su calor corporal y la electricidad que emana se cuelan bajo mi piel.

Así no hay quien se concentre en nada.

Al acabar, nos reunimos en el salón y cada persona o pareja propone su idea para la fiesta. Cuando llega nuestro turno y Parker se levanta para hablar, aparte de dejarme de piedra porque era lo último que pensaba que iba a hacer, me siento muy orgulloso de la forma en la que se explica.

Sé mucho antes de que la votación se lleve a cabo que vamos a ganar. La idea de Parker está a millones de años luz de cualquier otra. Esta gente, que está acostumbrada a tener miles de recursos a su alcance, hace tiempo que se olvidó de cómo hacer cosas enormes con muy poco, y eso es exactamente lo que ha logrado Parker.

Cuando se cumple lo que había anticipado y su idea sale elegida, lo que más felicidad me produce es ver cómo le brillan los ojos. Eso y que lo primero que mira cuando lo descubre es a mí. Madre mía. El corazón me hace un triple salto mortal y tengo que apartar la vista para que no se me note, porque me hace sentir como si mi opinión le resultase importante y eso es lo más jodidamente embriagador que he experimentado en la vida.

Tengo que tener cuidado, porque estoy muy cerca de empezar a preocuparme por Parker y permitirlo sería uno de los errores más garrafales que podría cometer en la vida. Soy absolutamente consciente, pero no sé cómo pararlo. No tengo ni idea de cómo dejar de sentirme así.

Se reparten las tareas y cada uno se encarga de hacer lo que le ha tocado.

Horas después, no tengo muy claro si estoy en una realidad alternativa o lo que me muestran mis ojos es lo que de verdad está sucediendo.

Parece que Parker está en su salsa y no me lo puedo creer.

Cuando pensaba que iba a vivir un fin de semana espantoso y sufriendo como un loco, con miles de flechas saliendo de todos lados para incrustarse en mi cuerpo, va él y me sorprende siendo un tío superamistoso, sociable y jodidamente seguro de sí mismo.

Estoy viviendo el momento más surreal de mi existencia. ¿Dónde está el Parker que conozco? ¿Qué voy a hacer con este otro que es una versión supermejorada y muy *sexy* de mi falso novio?

¿En qué punto mi día a día se ha convertido en semejante locura?

Aunque mi cerebro hubiese tratado de ofrecerme todas las posibilidades de mi futuro, en ningún momento habría concebido un escenario en el que Parker y yo estuviéramos juntos en una fiesta de *tiktokers*. Bueno, eso habría sido una posibilidad más fácil de imaginar, lo que no soy capaz de procesar es que precisamente él esté siendo la jodida alma de la fiesta. En serio, ¿se ha roto el universo o algo?

—Tu novio es la leche —me dice Reed, que parece que, después de dos días con nosotros, se ha tragado la trola de que somos pareja. Mira hacia la puerta por la que acaba de entrar Parker con cuatro bolsas enormes a rebosar de pijamas de cuerpo entero con formas de animales.

Sí, esa es una de las locuras que se le ha ocurrido. Eso y hacer una yincana de pruebas, a cual más absurda y divertida.

Lo observo moverse por la sala con soltura, entregando un pijama a cada uno, y no soy capaz de frenar las mariposas que se agolpan en mi estómago. No puedo dejar de mirarlo y anhelar. Es como si él fuese un imán de máxima potencia y yo, tan solo una simple tuerca metálica que no tiene la menor oportunidad de escapar de su atracción.

Cuando veo que se acerca a mí —lo descubro rápido, ya que no he apartado los ojos de él ni un solo segundo—, me hago el despistado y me pongo a ahuecar unos cojines, porque sí, ya puestos a ser patético, por lo menos hagámoslo hasta el final.

Lo siento colocarse a mi espalda y lo que hasta este momento era un enjambre de mariposas volando nerviosas se convierte en una manada de gremlins que quieren atravesarme las tripas y llegar hasta mi cerebro para controlarme y devorar a Parker. Una imagen preciosa, ¿no?

—Connor —dice mi nombre, y me sobresalto.

Luego me doy la vuelta como a cámara lenta. O, por lo menos, así es como yo lo siento.

Cuando hacemos contacto, me tiende un pijama de león, solo mirándome un segundo a la cara, y casi se me escapa una sonrisa. Es un capullo. Un capullo que parece que me ha escuchado todas las veces que he hablado de *El rey león*.

—Parker —le digo, cogiéndolo y haciendo como si no estuviese afectado para nada.

Necesito que se vaya a la otra parte de la casa o esto va a acabar mal. No me hago responsable de si termino lanzándome sobre él y comiéndole la boca. Y, gracias al cielo, es lo que sucede. Parker se centra en encargarse de los preparativos, vigilando que la comida y las pruebas estén perfectas y, cuando todo parece a su gusto, comenzamos la fiesta.

Pasamos las siguientes horas realizando diferentes retos. Algunos de ellos son divertidos a más no poder. Como, por ejemplo, el del juego del *Tragabolas*, que consiste en tumbarse en el suelo, mientras tu pareja te agarra por las piernas y te empuja hacia el centro para que caces la mayor cantidad de bolas posibles. Definitivamente, ese es mi momento favorito.

Luego hay otro en el que tenemos que hacer tres en raya sobre tostadas untadas con crema de cacahuete, que están colocadas sobre la encimera. Hay que lanzar la bola desde el borde de la mesa y encestar con un bote. ¡Es increíblemente difícil!

Y la más espeluznante de todas es la de encestar galletas Oreo desde una distancia de dos metros en vasos en los que hay diferentes salsas, sin tener ni idea de cuáles son ¡y que luego tienes que comerte!

Créeme, después de tragarte una Oreo sumergida en kétchup, no ves el mundo de la misma forma. De hecho, no creo que pueda pensar de nuevo en ese sabor sin acabar con la cabeza metida dentro de la taza de un váter. Es más, no he vomitado el primer mordisco sobre los pies de Parker únicamente porque me estaba retando con la mirada. Pero ese asqueroso sabor me perseguirá por el resto de mis días. Es del material del que están hechas las pesadillas.

A medida que la noche avanza, la cosa se va calentando. Los pequeños roces que han aparecido de la nada entre nosotros —y que estoy moderadamente seguro de que ha comenzado Parker— dan paso a tocamientos descarados. Nuestra rivalidad alcanza su punto álgido cuando somos los dos últimos en enfrentarnos en el concurso de pulsos. Ambos hemos ganado a todos con los que nos hemos enfrentado hasta el momento.

Aquí llega la parte dura de verdad. Y lo que llevaba deseando mucho rato.

Nos sentamos el uno frente al otro y, mientras nos observamos, el mundo se para. No hay nada que desee más que dominar a este hombre. Quiero ganarle. Quiero que me diga que soy mejor que él. Quiero que me admire.

La noche está siendo demasiado intensa.

Justo antes de que nos midamos, se levanta de la mesa y va hacia la isla de la cocina, caminando como si fuese no solo el dueño de la mansión, sino también de todo el jodido mundo.

Mis ojos no lo abandonan un solo segundo. Mierda.

Cuando lo veo sacar un cuchillo del cajón y rajarse las mangas del pijama, juro que la boca se me abre a más no poder.

Es un neandertal.

Un neandertal que está más bueno que un dios.

Joder.

Ni yo ni ninguno de los presentes en la sala podemos apartar la mirada de todos esos músculos dorados que poco a poco quedan expuestos. Esos músculos que se abultan con cada uno de sus movimientos. Para cuando Parker termina de dar el espectáculo más jodidamente *sexy* que he visto en la vida, estoy duro como una roca y agradecido de encontrarme sentado y de que nadie pueda ver la prueba de mi idiotez.

Ni siquiera creo que deba decir que pierdo el pulso.

Cuando veo la sonrisa triunfal de Parker al ganarme, el brillo diabólico en sus ojos, soy consciente de que ha montado todo el numerito solo para provocarme y que se me vaya la cabeza.

—Lo has hecho a posta —le susurro al oído cuando todos están más o menos lejos, ya con la mira puesta en la siguiente prueba.

—Claro. Y ha funcionado, niño rico —me dice, alzando un lado de la boca al sonreír.

Quiero pegarle un puñetazo para borrarle la sonrisa. O no, lo que quiero hacer es darle un mordisco en la boca.

—Acabas de iniciar un juego que no puedes ganar —le advierto con voz sugerente, y sonrío cuando lo veo tragar saliva—. Cuando me estés suplicando clemencia en la cama, recuerda que tú has sido el que ha empezado esta guerra —le aseguro. Y, antes de irme de su lado, le pongo la mano en el paquete y aprieto con la presión justa para llevarlo al punto exacto entre el placer y el dolor.

Suelto una carcajada cuando escucho un gemido escapar de su boca. No sé de dónde están saliendo estás ganas de provocarlo. No debería querer hacerlo, pero no puedo parar. Quizás sea porque estamos lejos de casa —es la única persona de todas las presentes de la que me fío...—, pero me siento como si estuviésemos a millones de años luz de nuestra vida real. Como si estuviésemos atrapados en nuestra propia burbuja en la que nada es real y en la que simplemente podemos dejarnos llevar por nuestros deseos sin que nada cambie.

Después del enfrentamiento, cada uno vuelve a su lado en la fiesta sin perder de vista al otro. Nos divertimos, pero la distancia entre nosotros se siente como si estuviera cargada de electricidad. De atracción.

Somos dos imanes a punto de juntarse. Siempre somos dos imanes. La cuestión es: ¿nos atraemos o nos repelemos?

Una hora después, no puedo más. Mi paciencia y mi aguante han llegado a su límite. Ya no me sirve con observar a Parker de lejos. Quiero tocarlo. Quiero darle placer.

Tengo una misión y sé cómo llevarla a cabo.

Me separo del grupo de chicos con los que estoy bromeando y me acerco a las escaleras que llevan a las habitaciones. Y, tal y como esperaba, los ojos de Parker no se pierden mi movimiento. Veo cómo camina hacia mí por el rabillo del ojo y sonrío con deseo. Subo al piso de arriba. Sé que me va a seguir. Asciendo poco a poco, sintiendo un cosquilleo en el estómago y en la entrepierna. Mi corazón bombea sangre a toda leche. Estoy hasta arriba de adrenalina y deseo. Parker no me hace esperar.

—¿A dónde vas? —me pregunta justo cuando llego al final de las escaleras, acercándose mucho a mí.

Por la forma en la que su pecho sube y baja con fuerza, sé que él también está muy afectado.

Todavía no sabe hasta dónde tengo intención de llegar.

—A la habitación. A hacerme una paja. No puedo seguir mirándote sin explotar. —Me inclino hacia delante para susurrarle la última parte al oído. Parker se estremece cuando mis labios acarician su oreja por accidente.

—Joder —dice por toda respuesta.

Me trago el placer que me produce haberlo alterado y me separo de él para seguir caminando hacia nuestro cuarto. Doy unos pasos antes de girar la cabeza de forma sugerente.

—Estás invitado a mirar —lo provoco, y un calor muy placentero se desliza desde mi estómago a mi miembro, que en este momento pasa de estar a media asta a ser una erección completa y dolorosa al ver cómo sus pupilas se dilatan con mi proposición.

No responde nada, pero, cuando alcanzo el pomo, escucho sus pies acercándose por el pasillo.

Abro la puerta de la habitación y entro. No me molesto en cerrarla porque sé que me sigue. Camino hasta el baño y me pongo delante del espejo sin apartar los ojos de Parker. Me encanta verlo en el reflejo, es muy erótico. Su mirada me hace estremecerme por la voracidad que desprende. Me desea y no es capaz de ocultarlo. No sé ni siquiera si en este momento le importa.

Me bajo la cremallera y mi erección salta orgullosa y a punto de reventar. Los ojos de Parker aterrizan sobre ella al segundo y su boca se entreabre. Comienzo a acariciarme sin apartar la mirada y se me escapa un gemido cuando veo cómo se lame los labios. Se coloca a mi espalda y después de dos tirones me doy la vuelta. No puedo más.

—¿Te gustaría probarla? —lo incito con una voz tan ronca que apenas reconozco como mía.

Parker me mira durante un segundo con los ojos ardiendo de deseo antes de dejarse caer de rodillas frente a mí.

Cuando me mete en su boca casi me desmayo por el placer de su lengua húmeda y perfecta alrededor de mi miembro dolorido. Gimo y suelto maldiciones durante unos segundos antes de ser capaz de controlarme. He estado muy cerca de alcanzar el cielo con ese gesto. Casi tan cerca como lo estoy cuando abro los ojos y lo veo arrodillado mirándome, con la boca extendida alrededor de mi erección y succionando con avidez. Me siento poderoso y deseado.

Nunca he necesitado tanto a nadie como lo necesito a él. Nunca nadie me ha hecho sentirme al borde de la locura únicamente con su presencia. Solo Parker.

Me siento como un rey mientras lo veo darme placer. Se entrega con ganas y anhelo. Y eso me vuelve todavía más loco.

Llevo las manos a su pelo y tiro de él, arrancándole un gemido que sé que es de placer. Cómo no, le gusta que lo trate con dureza. Luego, llevo las manos a su cara y se la agarro antes de empezar a empujarme en su interior una y otra vez.

—Lo estás haciendo muy bien —lo alabo entre jadeos, y él cierra los ojos como si le gustase que se lo dijese—. Estoy a punto de terminar —le advierto, y no puedo parar los gemidos que se me escapan.

Pero, a pesar de mi aviso, Parker no se separa, por lo que, después de unas cuantas estocadas, termino en el fondo de su garganta.

Siento tanto placer, sobre todo cuando lo noto lamer hasta la última gota, que tengo que agarrarme al lavabo para no desmayarme. Madre mía. Ni siquiera pensaba que se podía tener un orgasmo tan intenso.

Unos minutos después, abro los ojos y me doy cuenta de que Parker se ha puesto de pie y que me mira todavía como si quisiera devorarme. Pero es mi turno.

Llevo la mano a su muy evidente erección, arrancándole un gemido largo y profundo, y luego me inclino hacia delante para poder susurrarle.

—Me toca. Prepárate, porque voy a llevarte al paraíso —le digo al oído antes de arrodillarme y devolverle el favor.

Y, a pesar de que acabo de liberarme, me vuelvo a excitar.

Me arrodillo y le bajo la cremallera. Cuando su erección se libera y la frota contra mi cara, pierdo la cabeza. Estoy deseando sentirlo. Se la agarro con fuerza y me la llevo a la boca. Ambos gemimos a la vez. Dios. Es lo más delicioso que he saboreado en la vida. Desde luego, es la vez que más he deseado hacerlo.

No sé qué es más placentero: si dejar que me la chupe o chupársela yo a él.

PARKER

Estamos jugando con fuego y no soy capaz de encontrar en mi interior la energía para que me importe. Estoy demasiado nublado por el deseo. Además, ¿qué hay de malo en dejarse llevar por una vez?

«Es que no es la primera vez» me susurra mi cerebro traidor, pero lo ahogo. Quiero disfrutar de esto. Me vuelve loco cómo se siente el tacto de Connor bajo mis manos. Su piel contra la mía y su boca envuelta alrededor de mi miembro.

Estoy en el jodido paraíso y no quiero despertarme.

No es el momento de pararme a analizar lo que está sucediendo.

23

Si no fuera por esos leones, seríamos los jefes del cotarro. —Shenzi

PARKER

Reed nos odia.

Lo noto por cómo me observa mientras desayunamos. Lo bueno del asunto es que ya se ha dado cuenta de que nuestra relación es real. Quiero decir, que él lo piensa. No que Connor y yo seamos novios. Que no lo somos. Pero lo importante es que él lo crea, y se lo ha tragado hasta el fondo. Ahora lo que le toca los huevos es nuestra existencia.

Pues buena suerte con eso, amigo. Connor te va a machacar en el concurso.

Estoy seguro de que, durante la noche, ha estado planificando nuestra muerte. Es posible que piense que, si no nos hubiesen invitado al evento, él habría ganado popularidad, pero está equivocado. Cualquiera de las personas de la casa brilla mucho más que él, sobre todo porque es un envidioso incapaz de concentrarse en otra cosa que no sea en tener celos de los demás. Si gastase toda esa energía en crear contenido, le iría mucho mejor.

Puede que me esté dedicando a centrarme en otros problemas en vez de en los míos propios —que tienen nombre y apellido—, pero la verdad es que me importa una mierda.

No voy a pensar en lo que sucedió anoche y me da igual si es sano o no. No voy a hacerlo y punto, hostia.

De hecho, ya me he olvidado de cómo se sienten los labios de Connor envueltos alrededor de mi miembro. O de cómo se siente tenerlo a él dentro de mi boca. O de si es o no la mejor experiencia que he tenido en la vida.

Ya no me acuerdo.

Cuando escucho pasos bajando las escaleras, mi vista se desvía hacia allí y al ver a Connor me da un vuelco el corazón.

Sí, esta mañana al levantarme he huido de la habitación. Las cosas ayer por la noche se salieron de madre. Claro ejemplo de lo peligroso que es jugar con fuego.

La verdad es que estoy agradecido de que sea el último día del fin de semana y de que nos vayamos a largar después del desayuno. Así no puedo cometer ninguna equivocación más.

Esto es igual que Las Vegas. Lo que pasa en la casa rural, se queda en la casa rural.

Tengo que volver a la vida real y alejarme de Connor.

Me está lavando el cerebro tenerlo tan cerca.

24

Hakuna Matata. qué bonito es vivir.
—Timón y Pumba

PARKER

Entro corriendo al vestuario y, nada más hacerlo, me agarran entre cuatro personas y me desnudan.

Me revuelvo.

Al principio estoy asustado de que me quieran hacer algo, pero, cuando veo que son los subnormales de mis compañeros, me relajo un poco.

—¿Qué cojones estáis haciendo? —grito, y ellos se ríen.

Ninguno me contesta y observo con incredulidad cómo se llevan mi ropa y mochila delante de mis ojos.

—¡Eh, eh! —grito, pero no me hacen caso.

—No seas llorón, Taylor —me dice Wyatt mientras él y otros dos me atan las manos a la espalda y a su vez a la puerta de una taquilla—. Si quieres ponerte la equipación, solo tienes que ir al despacho del entrenador a cogerla —explica, y se descojona.

Unos segundos después, me sueltan y se largan corriendo.

—Sois un atajo de gilipollas —grito, pero seguro que ya no me escuchan—. Joder. No me puedo creer que esto esté pasando de verdad.

Forcejeo con los brazos y, gracias a que son unos inútiles haciendo nudos, consigo zafarme en menos de un minuto.

Observo el vestuario, pero no hay ni una sola prenda a la vista. Voy hasta las duchas a por una toalla. Se las han llevado todas.

Joder. Si es que, o salgo en pelotas, o no voy a conseguir vestirme.

Después de insultarlos de todas las maneras que conozco, decido que voy a por la ropa.

Me asomo por la puerta del vestuario y miro a ambos lados del pasillo para asegurarme de que el entrenador no está a la vista. No hay ni rastro, por lo que corro hasta su despacho. Respiro aliviado cuando giro el pomo y descubro que la puerta se encuentra abierta. Aunque si los anormales de mis compañeros han podido dejar la ropa dentro, lo más lógico es que lo estuviera. Pero nunca se sabe. Juro que los voy a desmembrar uno a uno cuando me ponga unos puñeteros pantalones.

Escucho a alguien entrar a mi espalda y me encojo ligeramente a la espera de la bronca que me va a caer.

—¿Qué cojones se supone que estás haciendo en mi despacho y en pelotas, Taylor? Te juro que, como te la estés pelando sobre el escritorio, voy a arrancarte la cabeza y colgarla en mi pared como si fuera un trofeo —grita el entrenador.

Me doy la vuelta a cámara lenta, apretándome bien fuerte las pelotas con la mano para que estén lo más protegidas posible. El entrenador tiene demasiada mala leche como para que me encuentre cómodo con mi tesoro personal colgando desprotegido. Y, justo cuando lo hago, se escuchan las risas de mis compañeros y pasos acercándose al despacho.

—Prometo que esto tiene una explicación —comienzo a decir, y él me observa como si fuese un microbio molesto, lo cual es digno de admirar teniendo en cuenta lo grande que soy.

—Ya. —Se gira para ver a las tres figuras que acaban de entrar en su espacio descojonándose de la risa.

Voy a matar a Wyatt, a Liam y, sobre todo, al jodido Connor Young, que ha salido de la nada. No sé si antes estaba en el ajo, pero ahora sí que lo hace.

—Estos gilipollas me han quitado la ropa —los acuso, fulminándolos con la mirada.

—¿Habéis sido vosotros? —pregunta con tranquilidad.

—Sí, señor —contesta Wyatt, aguantándose la risa a duras penas.

—Entiendo —dice, y se gira para mirarme—. Bienvenido al equipo, Taylor —añade, y me sonríe. El muy cabrón me sonríe por primera vez desde el comienzo de la temporada.

—No sé qué decir.

No puedo negar que estoy emocionado. Busco con la mirada a Connor, que me observa con ojos brillantes. ¿De verdad ya soy uno más? ¿Me han aceptado? Es difícil de creer cuando deseas tanto algo y por fin se cumple.

—Ni falta que hace —responde—. Y ahora, panda de anormales, salid de mi despacho y arrastrad vuestros culos hasta el campo u os vais a pasar todo el entrenamiento corriendo.

—Sí, señor —se escucha la misma frase desde diferentes puntos.

Cojo mi ropa a la velocidad del rayo y salgo pitando. No es buena idea tocarle las narices a una persona que tiene el poder de hacerte sufrir.

Cuando llego al pasillo, me encuentro con Connor allí plantado, mirándome con una sonrisa torcida y comiéndose mi cuerpo con los ojos. Me esfuerzo por pensar en otra cosa. No quiero tener una erección. ¿Por qué todo tiene que ser tan difícil cerca de Young?

—Parece que ya eres uno más. Enhorabuena —comenta, y no se me escapa el rastro de orgullo en su voz.

—¿Estabas compinchado con ellos? —pregunto mientras me pongo la equipación.

—No. Pero me alegro muchísimo de que te lo hayan hecho. El equipo entero ha pasado por esta broma.

—Suena tan maduro...

—No todos lo somos tanto como tú —me acusa, y sonríe—. Nos queda muy poco trabajo para que te hagas su amigo.

—Por ahora, lo que voy a hacer es largarme a entrenar. Sois una panda de idiotas. Por eso os lleváis tan divinamente.

—Que te vaya bien, cariño —me dice Connor cuando paso por su lado, y acompaña las palabras con un azote en el culo que hace que me tropiece.

Joder.

Su gesto y palabras desatan en mi interior un torrente de emociones. Si es que soy un subnormal. Me lo he buscado yo solito. Ahora mi cerebro asocia a Connor con el sexo y es un jodido desastre.

Al principio del entrenamiento estoy más despistado de lo que me gustaría admitir, lanzando miradas sin parar a las gradas y maldiciéndome por ello cada vez. Pero luego, a medida que mis compañeros me incluyen en el juego, me concentro. No quiero fallarles ahora que estoy tan cerca de conseguir su confianza, que es lo que he soñado desde el principio.

Y lo hago. Estoy enfocado, rindiendo como el que más, y es divertido y maravilloso. Incluso me gano una felicitación del jodido Wyatt. Voy a guardar ese gesto muy fuerte dentro de mí.

Cuando terminamos el entrenamiento, paso por al lado de Connor, y esta vez soy yo el que le guiña el ojo a él. Me encanta ver cómo lo desestabiliza. Chúpate esa, Young. No soy el único que está descolocado con este trato.

Entro a ducharme con una sonrisa.

Me siento mucho más seguro de mí mismo y de mi capacidad de controlarme.

Cuando salgo del vestuario, estoy relajado, con los músculos doloridos de una manera agradable. Los noto trabajados. Un poco de deporte y una buena ducha es lo que tienen. Pero, en cuanto Connor abre su bocaza, manda todo a tomar por culo. Mi tranquilidad, mi concentración y mi jodida seguridad.

Absolutamente todo.

—Es hora de que te devuelva el favor del fin de semana. Vamos a hacer algo que te va a encantar.

Miro a ambos lados.

Su frase, dicha sin el más mínimo tono sexual, hace que mi cabeza, de hecho, mis dos cabezas, se vuelvan locas. Al segundo siguiente, en mi cerebro desfilan un sinfín de imágenes de momentos eróticos vividos con él y otros tantos que, joder, me muero por experimentar. La madre que me parió. Juro que trato de poner cara de póker, pero sé que no lo consigo.

Estoy a jodidas millas de lograrlo.

CONNOR

—¿Por qué no vamos a tomar algo, chicos? —propongo de manera casual, como si no llevase desde que hemos vuelto del fin de semana planeando esto. Como si no me muriese de ganas de compensar a Parker por lo bien que se ha portado.

—Va. ¿Unas cervezas? —se anima Wyatt.

—Primero unas hamburguesas. Estoy famélico, joder.

Sonrío encantado porque ha sido muy fácil convencerlos.

Parker y yo vamos en mi coche hasta el restaurante, en un silencio tenso que se está volviendo normal entre nosotros. Trato de centrarme en la carretera y no en la enorme mano que descansa sobre su rodilla y que estoy a punto de rozar cada vez que cambio de marcha. ¿Cómo será agarrársela? ¿Cómo será entrelazar mis dedos con los suyos?

«No vayas por ahí, Connor», me advierto a mí mismo. Lo primero: no es lo que quiero y lo segundo: nunca, ni aunque mi vida fuese eterna, se podría llegar a propiciar la situación en la que Parker se enamorase de mí. Y eso de entrelazar los dedos solo lo hace la gente enamorada.

No los enemigos.

No las personas que se odian.

El único problema es que me está resultando demasiado difícil recordar que me odia. Porque, en el hipotético caso de que yo lo haya hecho en algún momento, ese sentimiento se ha pulverizado. Ha desaparecido de forma tan brutal que ni siquiera ha quedado un solo átomo.

Sip, estoy metido en problemas.

PARKER

No era así como me imaginaba que iba a terminar mi día ni de puta coña: rodeado de mis compañeros de equipo mientras me están tratando como a uno más y pasándomelo bien con ellos. Es fuerte de cojones. El mayor culpable, tanto de la situación como de mi diversión, es Connor. Si no llega a organizarlo, esta salida no se habría dado.

Y no estaríamos frente a la mesa de billar de un bar, tomando una cerveza importada, después de haber jugado una partida en parejas que ha estado más reñida de lo que querría admitir. Por supuesto, ha sido mi bando el que ha ganado.

—Vamos a darle más vida a esto —me propone Connor con voz seductora.

Lo que me hace pensar que, o bien él se ha pasado con el alcohol, o he sido yo quien lo ha hecho. ¿Se me está insinuando o es que estoy demasiado cachondo? Juro que mantenerme a su lado es todo un desafío para mi autocontrol.

—¿Qué propones? —le pregunto, imaginando mil escenarios en mi cabeza, en los que en todos ellos su respuesta acaba con nosotros abandonando el bar y enrollándonos salvajemente. Si mi voz sale ronca, a nadie le importa. Ni tampoco si mi mirada se desvía hacia el pasillo de los baños.

Sí, puede que esté tan desesperado por tocarlo que incluso se me haya pasado por la cabeza la idea de ir al baño a hacer guarradas.

—Casi que prefiero que me cuentes qué se te ha ocurrido a ti —propone, mirándome de medio lado y con un brillo en los ojos que deja claro que sabe lo que estoy pensando.

Ni muerto voy a reconocerlo.

—Connor —digo su nombre como una advertencia. Necesita saber que estoy al final de mi mecha. Que puedo estallar en cualquier momento.

Se ríe divertido.

No, si encima es que el cabrón se lo pasa bien sacándome de mi jodida zona de confort.

—Hay algo que me quiero apostar contigo. Algo que quiero que hagas. —Sus palabras no habrían podido ser más sugerentes ni aunque me hubiese tocado el jodido paquete mientras las decía.

Estoy demasiado caliente como para pensar con claridad.

—No sé si quiero saber lo que estás pensando.

—No quieres —me dice, guiñándome un ojo juguetón—, pero te lo voy a decir igual. Si pierdes, verás la película *El rey león* conmigo. —Antes de que pueda abrir la boca, me calla poniendo un dedo sobre mis labios. Gesto que consigue que hasta se me olvide lo que estaba a punto de decir—. No te niegues, por favor —pide con una voz a la que es imposible resistirse—. Me lo voy a ganar de forma justa.

—Ah, ¿sí? ¿Cómo?

—Con una partida de billar. Tú y yo solos. ¿Qué me dices?

—Que te vayas haciendo a la idea de que te voy a machacar —le replico, aceptando. Estaba claro que iba a hacerlo.

—Prepárate, Parker. El juego ha comenzado —advierte con voz sugerente.

Y, joder, yo trago saliva, porque cada cosa que sale por su boca me parece una insinuación. Y es que estoy deseando perderme en él.

Paso la siguiente hora aguantando pequeños roces y toques casuales que lo único que hacen es conseguir que pierda la cabeza. Cuando estamos al final de la partida, no tengo muy claro si le he dejado ganar o ha sido él quien lo ha logrado limpiamente. Pero la cuestión es que me da igual. Ambos sabíamos incluso antes de terminar que iba a acabar viendo la película de igual manera.

—He ganado —dice, mirándome con una sonrisa de felicidad que me encoge el puto corazón—. Mañana ya sabes lo que te toca.

Ahora mismo haría cualquier cosa por él. Y ese pensamiento debería de haber sido el que me hubiese hecho salir por patas, pero hago todo lo contrario.

No aguanto más.

Tras acabar la partida, agarro a Connor y lo arrastro hasta el pasillo de los baños, aunque decir que lo arrastro no es la definición exacta, ya que viene de buena gana. Cuando estamos lejos de las miradas curiosas, lo estampo contra la pared y lo beso. Con avidez, metiendo la lengua en su boca y jugando con la suya. Dios. Sabe a cerveza y a pecado.

Sus labios me responden encantados. Se separa de la pared, arrastrándome con él, y yo le dejo hacer. Caminamos por el pasillo sin dejar de besarnos. Casi como si pensásemos que al hacerlo se fuese a acabar el mundo. Paramos cuando Connor me aprieta contra una puerta, pero, en vez de quedarnos aquí, empuja la palanca de seguridad y al segundo siguiente estamos en un callejón.

Joder. Es lo más cerdo que he hecho nunca. Pero me da igual. Ahora mismo solo necesito sentir el miembro de Connor entre mis dedos. Y liberación. Necesito liberación. Estoy a punto de explotar.

Me separo de él y llevo las manos hasta su pantalón. Le desabrocho el cinturón y luego el botón y la cremallera mientras él me lame el cuello, llevándome al jodido cielo. Gimo cuando su erección me golpea la palma y empiezo a acariciarla con avidez. Connor me muerde justo en el punto en el que se juntan el hombro y el cuello y deja escapar una maldición antes de encargarse de mis vaqueros. Me río sin poder evitarlo al escucharlo blasfemar. Yo me paso la vida diciendo palabrotas, pero es raro oírselas a él. Lo que habla de lo perdido que está en el placer en este momento. Y joder lo que me gusta.

Toda mi diversión se esfuma cuando Connor saca mi miembro y lo aprieta, antes de empujar la pelvis hacia delante y juntar nuestras dos erecciones. ¿Cómo cojones puede ser tan placentero esto? No me quiero ni imaginar lo que debe suponer acostarse con él.

Al visualizar esa posibilidad en mi mente, termino llegando al clímax vergonzosamente rápido. Lo único que me consuela es que Connor no tarda más de dos tirones en alcanzar el orgasmo después de mí.

Joder.

Cuando los dos nos hemos vaciado, apoyo la cabeza sobre su hombro y me arrepiento. Una cosa sería haber sucumbido una vez, en una habitación de hotel en la que estábamos solos y cachondos, cuando llevaba meses sin tener relaciones sexuales. Se podría decir que fue un error. Pero es que el jodido fin de semana pasado volvió a suceder. Vale que estábamos calientes, con la adrenalina a mil y de nuevo solos en la misma habitación. Pero hoy, la maldita tercera vez que terminamos corriéndonos juntos, no tengo una excusa para lo que ha sucedido. Estamos en un lugar público, cualquiera puede salir al callejón y vernos, y tampoco es que se haya esforzado muchísimo en calentarme. Han sido más las ganas que le tenía.

Joder.

Si es que soy un gilipollas.

¿Qué coño me está pasando con Connor Young?

25

Tiemblo de miedo. —Scar

CONNOR

—No tengo muy claro cómo he terminado en esta situación —comenta Parker, acercándose al televisor y encendiéndolo para que podamos enviar la película desde el teléfono.

Siendo sinceros, el que no tiene nada claro cómo ha conseguido convencerlo soy yo, pero no pienso quejarme para nada. Ganar esa apuesta me resultó muy sencillo. Pensaba que se iba a resistir mucho más.

El ambiente en el salón de la casa de los Taylor es cálido y superagradable. Y, aunque falta su madre, que esta noche tenía guardia en el trabajo y se ha marchado después de cenar con nosotros, casi me siento como si tuviese una familia. Casi. Ojalá que esta especie de sueño maravilloso que estoy viviendo no acabe jamás. Pero sé que va a hacerlo. De hecho, falta muy poco tiempo. Apenas un mes.

Cuando me paro a analizar estas últimas semanas, me doy cuenta de lo rápido que han pasado y de lo mucho que me han cambiado. Queriendo alcanzar mi objetivo de ganar el concurso, me he distanciado más que nunca de mi faceta como creador de contenido. He encontrado el cariño en estas personas que, por desgracia, van a salir de mi vida antes de lo que me gustaría. No quiero ni pensar en cómo me voy a sentir esta noche cuando llegue a casa, a la más fría soledad. A la más fría indiferencia.

«¡Ya basta, Connor!», me llamo la atención a mí mismo. Estoy a punto de ver mi película favorita con mi familia preferida y tengo que disfrutarlo. Para eso he venido aquí.

Barro la sala con la mirada para concentrarme en cualquier otra cosa que no sea los pensamientos que asaltan mi cabeza. Es sencillo cuando contemplo la escena.

En el suelo, sobre la alfombra que cubre todo el salón, a los pies del sofá donde nos encontramos Nala y yo, están tumbados sus hermanos pequeños. Esperan ansiosos a que les pongamos una película «antigua». Voy a pasar por alto que hayan hecho ese comentario sobre *El rey león* porque los adoro, pero si fuesen otras personas lo más seguro habría sido que, después de soltar semejante ofensa, no viviesen para contarlo. ¡*El rey león* nunca pasa de moda!

—Por lo que tengo entendido, ayer Connor te machacó al billar. —La mueca que hace Parker al escuchar la provocación de Nala es digna de recordar.

—Haces ese comentario porque solo tienes su versión, que estoy seguro de que ha adornado con todo tipo de detalles que le hacen parecer un tipo increíble.

Me río.

—No. Lo digo porque sé lo malo que eres —le contesta Nala.

Y lo que hasta hace unos segundos era una risa divertida se convierte en una carcajada, con la que casi me ahogo. La labor que lleva a cabo esta mujer molestando a Parker es invaluable. La adoro.

—He tenido que hacer algo muy malo en esta vida para que vosotros dos os hayáis conocido —dice, lanzándonos una mirada mortal—. Como me descuide un poco, cualquier día me despellejáis.

—Nos hemos aliado gracias a tu maravilloso carácter. Si es que da gusto hablar contigo —aseguro, haciendo que su cara de enfado aumente de forma proporcional a mi diversión.

Me encantan estos momentos. No los cambiaría por nada del mundo.

Si ahora alguien me preguntase dónde querría estar, no dudaría un segundo en decir que en este mismo lugar, con estas mismas personas. No modificaría absolutamente nada. Por mucho que una diminuta parte de mí esté preocupada por si a Parker le va a gustar la película.

—No me calientes, Connor, que me largo y no veo tu querido rey león —me amenaza.

—Ni de coña —niego, y tiro de él para que se caiga en el sofá. Gracias a mi arranque, termina sentado entre su hermana y yo. Notar el calor que desprende su brazo hace que la cabeza me dé vueltas—. Ayer gané la apuesta y tienes que cumplir tu parte del trato.

—Está bien —dice entre dientes—, pero que conste que lo hago por obligación —refunfuña.

No esperaba menos de él.

PARKER

—A ti lo que te pasa es que tienes miedo de que te guste —asegura Connor con una sonrisa tan engreída que me dan ganas de borrársela de la cara. El problema es que desearía hacerlo con la boca en vez de con mi puño, como habría querido hacer unos meses atrás.

Joder. Si es que se me ha roto el cerebro por su culpa.

Aprieto los dientes para no decir alguna burrada. Sé que, cuando me pongo tenso, saco a relucir mi peor versión y la verdad es que no quiero joder el momento. Hasta yo soy capaz de ver lo bonito que es. Mis hermanos están tirados en el suelo, emocionados con la película, lo cual no entiendo mucho, ya que con la animación que hay ahora lo cierto es que los trozos que he visto parecen bastante desactualizados, y lo único que se me ocurre es que están interesados por la pasión que muestra Connor. El muy cabrón se ha ganado a todos los miembros de mi familia.

Observo en silencio la pantalla y me empapo de cada detalle. Me jode reconocer que hasta a mí ha conseguido meterme *hype* con la película. Siento como si al verla descubriese una parte de Connor que permanece oculta para el resto del mundo. No es que tenga mayor interés, es solo que siento curiosidad.

Cuando empieza a sonar la canción central de la película y Connor se levanta del sofá para cantarla junto a Timón y Pumba, no puedo hacer otra cosa más que estallar en carcajadas junto a mis hermanos. Ellos lo observan con sendas caras de admiración. Parecen capaces de ver, al igual que yo ahora, que Connor tiene un aura brillante y muy atractiva. Un aura pura y magnética.

CONNOR

Cuando la película termina, no pierdo un segundo antes de asaltar a Parker.

—¿Y bien? —pregunto en bajo, ya que somos los únicos que seguimos despiertos. Luk y Dylan, entre cojines y Nala, sobre las piernas de su mellizo—. ¿Qué te ha parecido?

Pone los ojos en blanco.

—Bueno, no sé si tengo algo más que añadir a lo que mis hermanos han dicho ya. —Los señala acurrucados en diferentes posturas y sonríe de forma traviesa.

—No seas capullo, Parker. Están dormidos porque es muy tarde —le reprocho molesto—. Sabes que les estaba encantando. Es mi película favorita —digo, e incluso suena como una queja pueril para mis propios oídos—. Desembucha. ¿Qué te ha parecido? —repito.

Parker gira la parte superior de su cuerpo para que pueda verlo mejor. Cuando lo hace, me pierdo unos instantes en el brillo de sus ojos. Hay una chispa de diversión en ellos, pero también intensidad. Tiene algo que me atrae sin remedio hacia él.

Después de unos segundos, durante los cuales solo nos observamos, se aclara la garganta antes de hablar, rompiendo el hechizo en el que parecíamos haber caído los dos.

—La verdad es que, pese a que al principio creía que era una mala idea y me iba a aburrir, he de decir que, después de darle una oportunidad, me ha gustado mucho —explica justo antes de desviar la mirada a mis labios. Los observa durante un efímero segundo, pero es suficiente para desatar un tornado en mi interior.

Su respuesta me deja con el corazón tierno y al borde de lanzarme hacia delante y comerle la boca, porque se siente como si fuese mucho más que un simple comentario sobre la película. Se siente como si fuese a mí al que se lo estuviera diciendo. Como si estuviese reconociendo que, pese a que cuando esto comenzó me odiaba, ahora está empezando a apreciarme. Y eso es tan grande que juro que no sé cómo gestionarlo.

No tengo muy claro si salir corriendo de esta casa y no volver jamás, o lanzarme sobre Parker y no soltarlo nunca.

No sé cuál de las dos cosas es peor.

Tengo el corazón y la cabeza hechos un puñetero lío.

No quiero ni imaginarme cómo reaccionaría Parker si alguna vez descubre lo que me está empezando a hacer sentir.

26

¿Crees que puedes aparecer en mi vida
y decirme cómo vivirla?
No tienes ni idea de lo que he sufrido. — Nala

CONNOR

Hoy hago lo impensable.

Abro la página de Amazon, busco entre las figuras de *El rey león* y me compro la de Scar. Dudo durante unos segundos con el dedo sobre el icono del carrito, pero al final termino sucumbiendo. Nunca he querido completar la colección con él. Pero desde que lo he asociado con Parker... Después de cómo me sentí anoche... No he podido resistirme. Cuando me he levantado, simplemente la necesitaba. La necesitaba porque esa figura ahora es importante para mí.

Me doy cuenta de lo mucho que he bajado las barreras y no me importa reconocer que me muero de miedo. Me muero de miedo porque estoy seguro de que él no siente lo mismo por mí. Para él no soy más que una molestia que desaparecerá tarde o temprano y con la que tiene intención de divertirse el tiempo que dure. Por lo menos él sacará algo de todo esto. Yo tengo bastante claro que estoy cerca de sacar un corazón roto.

Si es que al final va a tener razón cuando dice que soy un idiota.

Quizás por eso la mentalidad y actitud que tengo cuando nos vemos esta tarde nos lleva a recordar el inicio, cuando solo éramos dos desconocidos que a duras penas se podían soportar.

Sé antes de que suceda que el día no va a terminar bien.

No con la tensión que siento sobre la piel. Con la electricidad que mana de mi interior y carga todo mi cuerpo. Con la frustración y la impotencia arañando mis entrañas para poder salir al exterior.

Jamás habría dicho que iba a ser yo el detonante de una discusión entre nosotros, pero, francamente, estoy muy asustado.

PARKER

La mañana arranca moderadamente bien para ser otro día de mierda más. Me levanto, voy a la universidad, luego hago un turno corto en la cafetería y, cuando termino el entrenamiento, me acerco a Connor para tocarle un poco los huevos antes de ir a la ducha.

Sí, podría haber pasado por alto esa parte. De hecho, Connor lleva toda la tarde distante y a su rollo, como si tuviera algo más importante de lo que preocuparse que de mí, pero ese es el principal motivo por el que necesito acercarme a él. ¿Qué coño le pasa?

—¿Te han bajado los seguidores en TikTok? —le pregunto con guasa y mi mejor tono burlón. Nadie puede decir que no me lo curro.

Connor levanta la mirada del móvil, en el que hasta hace unos segundos estaba escribiendo algo, y me mira con desconfianza. ¿Qué cojones?

Vale que no somos los mejores amigos del mundo, pero... tampoco somos dos jodidos desconocidos. Ayer por la noche estaba en mi casa, sentado en mi sofá, viendo su película favorita con mi familia. No es como si hoy pudiese tratarme como una simple mierda que usa cuando necesita.

Desde luego no voy a ser eso.

Pensaba que habíamos superado esa parte.

—No. Tengo cosas que hacer —me dice, y vuelve a mirar el móvil.

No me toques los cojones. ¿Quién se ha creído que es?

—Oh, ¿estás demasiado ocupado como para charlar con tu falso novio? —lanzo la pregunta, y me jode que suene como si fuese una pareja celosa.

¿Qué coño tiene Young que me saca de quicio con esa facilidad? Creía que las cosas estaban más calmadas entre nosotros. ¿A qué viene esta actitud distante cuando nunca se ha comportado así?

Mira hacia los lados para asegurarse de que estamos solos y que nadie ha escuchado lo que acabo de decir, pero el único que anda por aquí es Riku. Ya me había preocupado yo solito de ver que no era peligroso.

—Pensaba que a mi falso novio —dice la palabra con retintín— le encantaría que lo dejase tranquilo por un día. Me lo ha pedido en innumerables ocasiones.

La cosa se está calentando y no entiendo muy bien el porqué de su actitud, ni el porqué de la mía. ¿Cómo es posible que me moleste tanto que me trate como a un extraño cuando hace unos meses su actitud me habría gustado?

—A tu novio falso no le gusta que le toques los cojones —replico, elevando el tono de voz.

Eso hace que reaccione. Por fin.

Se levanta de la banqueta y se encara conmigo.

—No tengo la menor intención de volver a tocárselos. Tranquilo.

Me cago en toda su familia. ¿Está queriendo decir que se arrepiente de las cosas que hemos hecho? Él no se arrepiente. ¡Yo lo hago!

—Tampoco es que te fuera a dejar. Sé cuidarme yo solito.

—Bien.

—Pues de puta madre.

Dicho eso, me doy la vuelta y camino a pasos enormes. Piso el suelo con fuerza hasta llegar al vestuario.

¿Quiere que volvamos a estar como al principio?

Pues lo tendrá.

No es como si perdiese algo si no vuelvo a hablar con él en la vida.

27

La vida no es justa, ¿verdad? —Scar

CONNOR

Después de pasar todo el fin de semana sin estar ni hablar con Parker, me siento un poco más bajo control. De hecho, viendo ahora desde la distancia cómo me comporté el viernes cuando discutimos, me siento bastante culpable. Me asusté por nada. Tampoco es como si estuviera enamorado de él. No es eso lo que pasa en absoluto. Solo me he encaprichado un poco. Nada que no pueda manejar.

La verdad es que fue una pelea absurda.

Por eso, cuando a media tarde estoy casi relajado, me acerco a la cafetería en la que trabaja para tratar de resarcirme.

Cuando entro, me dirijo directo a la barra. En la cola hay unas tres personas delante de mí. Parker las atiende a su manera: correcto y con cero simpatía. Si es que todavía no tengo claro cómo el tío consigue mantener el empleo. No es que no sea trabajador —lo es y mucho—, es simplemente que en el reparto del don de gentes que hizo Dios él no estaba en la lista y se le pasó por alto ponerle ese ingrediente.

Cuando la chica que está delante de mí se va con su café, los ojos de Parker se posan sobre los míos, y lo que hasta ese momento era una mirada desinteresada —e incluso aburrida me atrevería a decir— se torna ardiente y furiosa.

Joder. ¡Cuánta intensidad!

Algo me dice que a él no le ha servido el fin de semana para tranquilizarse.

—¿Qué quieres? —Es su saludo inicial y casi agradezco que no me mande a la mierda directamente.

—Pues un café con leche. ¿Qué voy a querer? Estamos en una cafetería —le respondo, haciéndome el inocente, borrando de un plumazo y a posta nuestra discusión del viernes. Actúo como si nunca se hubiera producido. Sí, me gusta tentar a la suerte y cabrearlo. Me gusta demasiado.

Parker, poco impresionado por mi actuación, me fulmina con la mirada antes de hablar. Me tiemblan las piernas.

—Ahora mismo —dice entre dientes. Luego se da la vuelta y se pone a prepararlo.

Me sorprende que haya sido tan sencillo. También me siento un poco decepcionado por que no me haya seguido el juego, para qué nos vamos a engañar, pero espero tranquilo para no demostrar mi molestia. No pienso darle ese placer.

—Aquí lo tienes —me dice, dejando delante de mí un café doble sin una gota de leche.

—Esto no es lo que he pedido —me quejo.

—Son tres dólares.

—¿Qué?

—Que su café cuesta tres dólares, señor. —Nunca una palabra de respeto había sonado tan ridícula.

—Bien —digo sonriendo. El muy capullo se está vengando, sabe lo mucho que odio el café solo.

Pero me gusta que me rete.

Puedo trabajar con esto. Tal vez hoy no consiga que volvamos a tener una relación medio decente, pero lo lograré antes o después.

—Toma —digo, dejando el dinero sobre su mano. Cuando agarra las monedas para llevárselas, se la cojo para que no pueda largarse—. Volveré.

Tras esa amenaza, me llevo el café a la boca, le doy un sorbo y actúo como si fuese la cosa más deliciosa del planeta.

—Hasta mañana —me despido guiñándole un ojo y dejando a Parker con un cabreo monumental.

Bien. Mi trabajo por hoy está realizado.

MARTES

El césped del campo de fútbol está frío bajo mis manos.

—Parker no deja de mirarte —comenta Riku, captando toda mi atención.

Termino con las flexiones y me tumbo bocarriba para continuar con otra serie de ejercicios.

—¿Me mira como si fuese irresistible? —pregunto bromeando, pero lo cierto es que no me importaría que lo hiciese.

Riku se ríe de mi ocurrencia.

—Para nada. Te mira como si fueses el bicho más molesto que ha visto en su vida. Como si quisiera espachurrarte contra el suelo. Como si quisiera alejarte de su entorno para siempre.

—Vale, vale, ya lo he pillado —le aseguro a Riku. No es que sea demasiado sensible, pero escucharle decir eso me aprieta el estómago.

Sobre todo, cuando no se me ha ocurrido todavía la forma de volver a la normalidad. Por lo menos, a lo que nosotros llamamos normalidad. Vale que solo ha pasado un día, pero suelo ser mucho más imaginativo. Encima, esta tarde se me está terminando el tiempo. El entrenamiento está a punto de acabar y sé que, en el mismo momento en el que se monte en el coche con su hermana, todo habrá terminado por hoy.

No puedo permitirlo.

«Piensa, Connor, piensa», me digo.

Comienzo con el siguiente ejercicio y me paro en mitad de una sentadilla cuando una maravillosa idea viene a mi cabeza.

Joder. Es fantástica.

Barro el campo con la mirada y me aseguro de que ya han terminado. Es el momento perfecto.

—Voy a hacer un directo improvisado —le anuncio a Riku—. ¿Te encargas tú de grabar?

—Claro —responde él. No sabe en el lío en que lo estoy metiendo.

—Hola a todos —saludo cuando Riku me dice que estamos en el aire—. He pensado que os gustaría que le preguntásemos a mi maravilloso novio cómo ha estado el entrenamiento de hoy —propongo, y sonrío con diversión.

Riku, tras el móvil, abre mucho los ojos y empieza a negar con la cabeza. Por supuesto, no le hago caso. Soy un hombre al que le gustan los deportes de riesgo. En la pantalla empiezan a aparecer un montón de comentarios encantados con la idea.

—Me emociona que os haga la misma ilusión que a mí —les anuncio feliz—. Vamos a por él.

Me doy la vuelta y busco a Parker. Está parado delante de los banquillos, estirando los músculos para dar por finalizado el entrenamiento. Camino decidido hacia él sin poder apartar la vista del pedazo de monumento que es. Tiene unas piernas grandes y largas, depiladas, con unos cuádriceps bien formados que hacen que desee pasar las manos por ellas para asegurarme de que son reales. Sigo subiendo la mirada y mis ojos se atascan en su brazo derecho. En esa postura, con la mano sujetando el pie y tirando hacia atrás, se le marca el bíceps de una forma que debería ser catalogada como pornografía. Madre mía. Entre eso y la manera en la que la camiseta, húmeda por el sudor, se le pega al pecho, cuando llego frente a él estoy demasiado caliente como para usar la cabeza como es debido. Si es que me meto yo solo en unos líos...

—Cariño —digo para llamar su atención.

Necesito que entienda que estamos en directo para que no me mande a la mierda de forma instintiva.

Me mira con sorpresa y odio durante unos segundos, hasta que descubre a Riku siguiéndome, móvil en mano. Sé el segundo exacto en el que comprende que lo estamos grabando a traición por la forma en que sus ojos se entrecierran durante un segundo y me juran venganza.

Solo por ese gesto, las consecuencias a las que me enfrente después habrán merecido la pena. Las pagaré con gusto.

—Dime —pide entre dientes, colocando al final una sonrisa falsa en su cara.

Casi me da un ataque de risa.

—Mis chicos y yo queremos saber cómo te ha ido el entrenamiento —le digo, batiendo las pestañas en un gesto que sé que le va a molestar, antes de señalar el móvil con la mano.

—Fantástico. Ha estado muy bien. Estamos preparando el partido de este sábado y tengo muy buena sensación. Mis compañeros están jugando de forma impecable —responde con corrección. La verdad es que a veces se me olvida lo bien que sabe hacer las cosas con toda esa actitud dura que tiene.

Como me gusta tentar a la suerte —y se ve que no lo he molestado lo suficiente—, me acerco a él y le rodeo el cuello con un brazo, atrayéndolo hacia mi cuerpo. Su olor masculino inunda mis fosas nasales y miles de mariposas alzan el vuelo en mi interior con su cercanía.

Menos mal que estoy agarrado a él, que si no lo mismo me habría desmayado. Uf. Si es que tengo unas ideas terribles.

—Eres el mejor —digo en alto.

Parker, en vez de separarse de mi abrazo, mete la cabeza en el hueco de mi cuello, sorprendiéndome.

—Te voy a matar cuando nadie nos vea —amenaza.

Me río.

La vida es maravillosa.

Estoy otro paso más cerca de mi objetivo.

Para cuando Parker se quiera dar cuenta de lo que ocurre, estaremos de nuevo en el punto de partida.

MIÉRCOLES

El universo está confabulando para que consiga mis propósitos. O bueno, mejor dicho, yo estoy confabulando para poner al universo de mi parte.

—No seas ridículo, Parker, sube al coche, que te llevo a casa.

Puede —y solo puede— que haya liado a Nala para que no venga esta tarde a recoger a su hermano después del entrenamiento.

Ni que decir tiene que las cosas no han salido como esperaba. En el mismo momento en el que me he ofrecido a acercarlo a casa, no solo me ha mandado a la mierda, sino que se ha echado la mochila al hombro y se ha largado andando por la acera.

¡Es demasiado cabezota para su propio bien!

¡Es demasiado cabezota para mi cordura!

—No me pienso montar en el puto coche, Connor. Vete a tocarle los huevos a otro.

Bien. Voy a tener que usar la única arma que me queda y que no tenía ganas de utilizar. Cierro los ojos durante una fracción de segundo y cojo aire. Me estoy infundiendo serenidad.

—¿Y si te pido perdón por comportarme como un gilipollas sin venir a cuento? —pregunto. Y, en el mismo momento en el que la frase sale entera de mi boca, Parker se queda quieto.

Juro que, si no me sintiese tan expuesto, en este momento la situación sería cómica. Me mira como si de repente le hubiese dicho que soy un extraterrestre.

—¿Te estás disculpando? —pregunta, quizás valorando la posibilidad de que se lo haya imaginado.

Paro el coche y pongo los intermitentes para que nadie me golpee.

—Por desgracia, sí —comento, lanzando un suspiro.

Finge pensar durante unos segundos, pero, por la forma en la que se curva su boca hacia arriba y el brillo que nace en sus ojos, sé que va a aceptar.

—Bien. En ese caso, dejaré que me lleves —acepta, y me relajo un poco—, pero, como se te ocurra molestarme, me piro —amenaza.

Estoy tan aliviado de que haya accedido que me abstengo de vacilarlo sobre si piensa tirarse en marcha. Lo veo capaz.

Abre la puerta del copiloto, lanza su mochila a la parte trasera y se sienta.

Aunque vamos todo el camino en silencio, yo no dejo de sonreír ni un momento.

La situación se siente como un paso en la buena dirección.

La situación se siente como una pequeña victoria.

PARKER

VIERNES

Connor lleva toda la semana tratando de volver a llevarse bien conmigo y he de decir que me gusta más de lo que es saludable. No pensaba que me iba a encontrar jamás en semejante situación.

Antes de ayer estuve a punto de ceder cuando se disculpó. Me quedé tan alucinado que no pude seguir discutiendo. Pero hoy, mucho menos impactado, tengo claro que no pienso ponerle las cosas fáciles.

Me ha pedido perdón, pero quiero más.

Quiero que no se vuelva a comportar así.

No quiero volver a sentir que soy una molestia para él. No he disfrutado una mierda de la sensación.

Cuando llegamos al coche después del entrenamiento de hoy, nos quedamos mirándonos en silencio. Me siento agradecido de que por lo menos ya nos relacionemos, me produce mucha tensión estar a malas con Connor. Consume cada pensamiento que tengo. No es algo que quiera experimentar, pero lo cierto es que las cosas no han vuelto al punto exacto en el que estaban antes de aquella estúpida discusión de la semana pasada. Nuestra relación es cuando menos tirante. No sé si es porque los dos andamos con pies de plomo o hay alguna otra razón.

Pero es algo a lo que no pienso dedicarle ningún esfuerzo mental.

Él es el primero en romper el silencio.

En decir algo que yo llevaba unos días pensando. Un escalofrío me recorre todo el cuerpo. A veces, siento como si pudiera leerme la mente. Es espeluznante.

—Ya no te queda mucho tiempo para aguantarme. Solo falta la gala, que es después de Navidad, y supongo que durante las fiestas no nos veremos el pelo.

Su comentario me hace entrecerrar los ojos. Menuda cara tiene. ¿Le parece que puede entrar y salir de mi vida cuando a él le da la gana? ¿Cuándo tiene cosas mucho más interesante que hacer? Vaya morro. Define novio de mierda. Quiero decir: define falso novio de mierda.

—Ya veo. —Las palabras salen de mi boca bastante más fuertes de lo que tenía pensado—. Entiendo que los pijos celebráis la Navidad por todo lo alto. ¿A dónde vas? ¿A esquiar? ¿A Europa? —Yo qué sé lo que hace la gente con dinero. Ojalá que desde fuera no se me escuche tan patético como me siento desde dentro. Sueno... dolido, joder.

Connor deja escapar una carcajada seca y se le forma una sonrisa cariñosa en la cara. Su forma de mirarme desequilibra todo mi cuerpo. Nunca nadie me había hecho sentir tanto sin ponerme un solo dedo encima. Me da miedo.

—Piensas que mi vida es mucho más glamurosa de lo que en realidad es —contesta divertido—. La triste realidad es que voy a pasar la Nochebuena solo y comiendo una cena calentada en el microondas.

—¿Qué? —Su respuesta me deja descolocado—. ¿Y tu familia? —La pregunta se escapa de mi boca por voluntad propia y, en el mismo instante en el que la formulo, me arrepiento.

—Estarán fuera. Mi madre viaja por trabajo todos los años en estas fechas —responde él, como si no le hubiese parecido extraño que le preguntase.

—Ah, pues vale —comento, porque no sé qué otra cosa decir. Personalmente, creo que es una mierda de plan. Puede que sea porque mi familia es muy numerosa y cálida, pero creo que todo el mundo debería poder disfrutar de eso.

Desde luego, no es porque me parezca que Connor en particular no se merezca pasar esos días de fiesta de forma tan triste.

—Nos vemos mañana en el partido, Parker —me dice, y se larga.

Se marcha como si no hubiese provocado un terremoto dentro de mi cuerpo pronunciando mi nombre, o como si no me hubiese destrozado el corazón al decirme que va a pasar las Navidades solo.

Ni que decir tiene que me tiro toda la noche dando vueltas en la cama, incapaz de conciliar el sueño.

Puto Connor Young.

Si no me jode de una forma, me jode de otra.

28

CONNOR

Me comporto de forma contenida. Todo lo contenido que puedo, claro está.

La tregua entre Parker y yo todavía es muy reciente, y me ha costado una semana entera lograrla, como para tocarle las narices. Quiero decir tocarle las narices de verdad, no en el rollo vacile, de eso no se va a librar nunca. Si no puedo disfrutar de ese placer, ¿qué es lo que me queda?

Por eso he decidido ahorrarme todas las tonterías que me han venido a la cabeza hoy cuando los he ido a recoger a su casa para ir juntos al partido. Todavía no tengo muy claro cómo ha conseguido Nala convencer a su hermano de que fuera yo el que los llevase, pero me siento afortunado.

Cuando llegamos, aparcamos relativamente cerca de los vestuarios y nos despedimos de Parker. Está nervioso y su actitud me enternece. Me lanza una mirada intensa, que puede significar muchas cosas, antes de darse la vuelta y marcharse y, si no hubiese desatado en mi interior un millón de sensaciones, nervios en el estómago, una ráfaga de calor, una punzada en el corazón, me habría parado a analizarla. Por el contrario, lo que hago es observar su espalda mientras se aleja, tratando de ponerme bajo control.

Hay que joderse.

Nala y yo entramos al estadio y, después de comprar un par de perritos calientes, serpenteamos entre la muchedumbre hasta alcanzar los asientos que se encuentran detrás de los banquillos.

Desde nuestro lugar se puede ver el campo como si nosotros mismos estuviésemos jugando. Es el mejor sitio de todo el estadio y, por supuesto, mi favorito. Una de las ventajas que más disfruto de ser amigo íntimo de los chicos.

El partido empieza y yo me tenso, deseando que todo salga bien. Quiero que ganen, por supuesto que lo quiero, pero lo que más deseo es que cuenten con Parker y que pueda disfrutar del deporte que tanto le gusta y al que se quiere dedicar de forma profesional.

Gracias al cielo, las cosas van bien.

—Está siendo la leche —comenta Nala emocionada, después de medio partido.

—La verdad es que sí —me muestro de acuerdo.

No puedo borrar la sonrisa de mi cara, porque ante mí está sucediendo todo lo que quería. Están contando con Parker y machacando al equipo contrario. Me invade un sentimiento de alegría que apenas me deja escuchar nada. Solo puedo mirarlo a él. Tiene una sonrisa satisfecha tatuada en la cara y su juego es el de un auténtico profesional.

La tarde no podría ir mejor.

La tensión me invade durante todo el santo partido. No es hasta que no pitan el final que por fin me relajo del todo. ¡Ha sido increíble!

Cuando al acabar levantan a Parker sobre los hombros de todos para celebrar lo bien que ha jugado, el corazón se me hincha a más no poder. Me siento tan orgulloso de él. Se merece tanto ser uno más.

Ver que por fin ha logrado que lo acepten hace que la herida de culpabilidad que sentía en el pecho y a la que no quería hacer caso se cure.

Creo que es la primera vez en años que deseo haber jugado un partido. Es la primera vez en años que deseo estar sobre el césped en vez de en las gradas.

Me habría encantado disfrutar del momento con Parker.

Me da la impresión de que estoy viviendo una vida diferente a la que tenía hace unos meses. Me siento pletórico. Feliz. En paz.

Las cosas van bien con el equipo. Muy bien, de hecho; solo hay que ver cómo ha ido el partido de hoy. He sido uno más. Me han levantado en sus brazos cuando hemos terminado. Hemos ganado, joder. Y, pese a que parece que de repente todo cuadra, que por fin sucede lo que yo quería, comprendo que necesito más. En este momento de mi vida hay cosas importantes para mí más allá del fútbol. Esas cosas tienen nombre y apellido. El nombre y el apellido del que hasta hace unos meses era la persona que más odiaba del mundo.

La gran pregunta es: ¿ahora no lo odio?

Con esos pensamientos tan profundos, salgo del vestuario después de ducharme, con el cuerpo ejercitado y relajado.

Sintiéndome más o menos en paz, pero ansioso.

Me enternezco ante la imagen de mi hermana y Connor charlando animadamente en el pasillo mientras me esperan.

Ambos me sonríen cuando me descubren. Connor me mira fijamente y me parece detectar orgullo en sus ojos. Aparto la mirada al sentir cómo el corazón comienza a latir desbocado en mi pecho. Joder.

—No me gusta el fútbol, hermano, pero el partido de hoy ha sido un espectáculo —dice Nala en el mismo momento en que salimos del estadio junto a Connor y estamos lo suficientemente lejos como para que ninguno de mis compañeros la escuche.

—Ha estado muy bien —acepto.

Me gustaría pensar que no soy un tío vanidoso, pero debo admitir que pienso lo mismo que ella. Ha sido la puta hostia. Todos mis compañeros han jugado de maravilla y yo he contado como uno más. Juro que la sensación es intoxicante y estoy muy feliz. Miro de reojo a Connor, que camina entre Nala y yo. Tiene una sonrisa de satisfacción dibujada en la cara. Y como para no tenerla:

él es el culpable de que las cosas vayan bien. De hecho, debo recordarme que también es el culpable de que fuesen mal en un primer momento. Se ha metido bajo mi piel el muy cabrón.

Más me vale que no lo descubra nunca.

Cambio de tema de forma brusca. El problema lleva rondando en mi cabeza desde ayer.

—¿Al final pasas la Navidad tú solo? —La pregunta sale de mi boca y sé exactamente lo que estoy haciendo. Sé lo que va a provocar. Sé cómo va a reaccionar Nala.

También sé, por cómo me mira Connor, que mi pregunta le duele.

Todo es un movimiento calculado y por eso no me siento mal. Al final, lo hago por una buena causa. Lo que tenía absolutamente claro era que yo no lo iba a invitar.

Afortunadamente, tengo a quien lo haga por mí.

CONNOR

—Sí —respondo. Y, junto con la vergüenza que me da reconocerlo, siento sorpresa. ¿Por qué Parker está hablando ahora mismo de eso?

Es un tema que ya habíamos tratado. Acaba de salir de un partido increíble y debería estar contento en vez de machacarme.

Nala se para de golpe y me agarra del jersey.

—¡¿Cómo que vas a pasar la Navidad solo?! —pregunta gritando y abriendo mucho los ojos, como si no se pudiese creer lo que digo.

Su reacción es tan exagerada que me arranca una sonrisa. Me encanta. Lo que yo daría por contar con una hermana así, aunque, si soy sincero, regalaría todas mis pertenencias por tener una familia como la de Parker. A él sí que no lo quiero de hermano. Los sentimientos que despierta en mi cuerpo cuando lo tengo cerca no son para nada fraternales.

—No pienso permitir eso. Vas a pasar la Navidad con nosotros.

—¿Qué? —pregunto, pese a que la he oído perfectamente.

—He dicho que pasarás las fiestas con nosotros, que te vienes a casa y no se hable más.

Cuando Nala me obliga, pronunciando unas palabras que —para qué negarlo— soñaba con escuchar, miro automáticamente a Parker. Puede que a ella le parezca bien que pase esas fechas señaladas con ellos, pero eso no quiere decir que su mellizo piense lo mismo. Estoy seguro de que tiene algo que decir al respecto, pero, cuando mis ojos se posan sobre él, veo que no nos presta atención. Nos escucha tranquilo, pero está en su mundo, como si la invitación no fuera con él y no le afectase para nada.

Pues de maravilla. Si él no pone freno a esta locura, no seré yo quien lo haga.

Así es como termino en casa de los Taylor, colocando adornos por todos los rincones. Su madre ratifica la invitación.

Tengo planes para Navidad y podría llorar como un bebé por ello.

Soy feliz.

29

No se puede cambiar el pasado. —*Simba*

PARKER

Definitivamente, Connor ha desaparecido de la faz de la Tierra.

No ha subido una historia en todo el día, no ha ido a la universidad, no me ha mandado ni un mensaje ni tampoco ha venido a la cafetería... y su jodido teléfono está apagado. Sí, lo he llamado. ¿Algún problema?

Me pone tenso no saber nada de él, pero lo que de verdad me inquieta es haberme dado cuenta de que ha desaparecido. ¿Qué me importa a mí no tener ni idea de dónde está? Hace una semana, habría celebrado que me dejase en paz por un día. Que me diese un respiro supondría todo un alivio y, sin embargo, aquí estoy yo, preocupado por él.

Preocupado por si el jodido Connor Young sigue vivo.

Si es que no puedo hacer otra cosa más que cagarme en mi puta vida. De verdad. Porque lo peor de todo es que, por mucho que me esfuerzo, no soy capaz de pensar en otra cosa. Juro que, llegados a este punto, daría lo que fuese por pasar de la situación.

Pero ha sido del todo imposible.

Cuando termino mi turno, salgo con Nala y caminamos hasta el coche. Como siempre, me va a llevar al entrenamiento. Debería estar relajado —ya tengo casi todo el día hecho y a partir de ahora solo me queda disfrutar—, pero, cuanto más nos acercamos al estadio, más tenso me pongo.

—Esto... —digo, aclarándome la garganta y rompiendo el silencio cómodo en el que estábamos sumidos—. ¿Has visto a Connor hoy?

—No —responde y me mira con suspicacia. Exactamente como no quería que lo hiciese. Pero, una vez que ya he levantado sus sospechas, voy a aprovecharme para por lo menos descubrir qué coño le pasa a Young.

—Es que tenía que darle... —comienzo a explicar, a la vez que me devano los sesos para encontrar qué decir— la carpeta. Tenía que darle esa carpeta. —Señalo el plástico que sobresale de mi bolsa de deporte en la parte trasera del coche.

—Llámalo por teléfono, hermano —comenta, lanzando un suspiro como si le pareciese tonto. Da por hecho que no se me ha ocurrido llamarlo.

La situación y mi nivel de angustia están peor de lo que pensaba. He ido mucho más allá de lo que mi hermana esperaría de mí.

—Ya lo he hecho —respondo de mala gana, apretando los dientes.

—¿De verdad lo has llamado? —me pregunta, echándose hacia delante y girándose en el asiento para verme mejor.

Nala se ríe a carcajadas. Se ríe tanto que se agarra el estómago con las manos para no hacerse daño. Ojalá que se luxe la tripa. Sé que no es posible, pero en este momento me encantaría que lo fuera.

—Sí.

—Esta situación es bastante inesperada.

—Y tanto que lo es. ¿Sabes algo de él o no?

—La verdad es que no. Y eso que nos mandamos mensajes todos los días —dice, mientras toquetea su teléfono. Su admisión debería haberme sorprendido, pero no lo hace para nada; tengo claro lo cercanos que son mi hermana y Connor—. No ha subido ninguna historia desde ayer —comenta sorprendida.

Si es que cuando yo me estoy preocupando es por algo.

Marca el número de Connor y se lleva el teléfono al oído.

—Está apagado —me dice.

—Hasta este mismo punto había llegado yo.

—¿Le habrá pasado algo? —pregunta un poco angustiada, y su reacción solo hace que me inquiete más.

¿Qué necesidad tengo yo de que se me apriete el corazón por el jodido Connor? De verdad, ¿qué necesidad?

—Ya sé —dice de pronto Nala, moviéndose bruscamente y sobresaltándome—. Estoy segura de que Riku sabe dónde está. Voy a llamarlo.

Veo cómo Nala marca y espera impaciente. Medio escucho la conversación cogiendo solo algunas palabras al azar, pero, cuando cuelga el teléfono, toda mi atención se centra en ella, que se ha quedado inusualmente callada.

—¿Y bien? —la apremio para que me diga algo.

Tras mi pregunta, se queda unos segundos en silencio, lo que me saca de quicio. ¿Qué cojones?

—Está en el cementerio.

—¿Qué? ¿Cómo que en el cementerio? ¿Se le ha muerto alguien? Dime algo, Nala —le pido desesperado, tratando de que no tengamos un accidente. Estoy muy nervioso.

—No te puedo decir nada, hermano. Es algo que tienes que descubrir tú —contesta de forma críptica.

—Vaya si lo voy a hacer —aseguro.

Tengo claras tres cosas:

Hoy no voy a ir al entrenamiento.

Voy a dejar a Nala en casa.

Y voy a ir al puto cementerio a descubrir qué coño le pasa al jodido Connor Young.

CONNOR

No tengo muy claro qué estoy haciendo.

Ni tampoco sé muy bien cómo me siento.

No sabría decir las horas que llevo aquí. Solo sé que hoy es un día importante y que necesitaba venir. La angustia me aprieta el estómago y apenas me deja respirar. Soy un mal hijo. Eso es lo único de lo que soy plenamente consciente.

—Young —escucho decir a mi espalda, y me sobresalto.

Me doy la vuelta para asegurarme de que de verdad es la voz de quien creo que es y no un invento de mi imaginación.

—¿Parker? —pregunto, y lo observo entrar en el panteón.

Siento como si, en vez de ser realmente él quien en este momento camina hasta el banco de piedra marrón en el que estoy sentado, fuese un fantasma. Nunca, por más larga que fuese mi vida, habría imaginado estar con Parker en el cementerio.

—¿Qué estás haciendo aquí?

—Creo que lo mío es más evidente que lo tuyo —respondo, lanzándole una mirada desprovista de energía—. No tengo ganas de discutir, de verdad.

—Bien —dice, y se sienta a mi lado.

—¿Me vas a decir por qué has venido?

—Nala estaba preocupada por ti. No has dado señales de vida en todo el día, cosa rara en ti, con todo lo que te gusta llamar la atención, y supongo que se ha asustado —contesta. Pese a que sus palabras son una pulla, me da la sensación de que esconden una inquietud real detrás.

Lo miro de reojo. Observa tranquilo la pared donde descansan mis familiares, como si tuviera la intención de quedarse aquí. Como si fuera lo más normal del mundo. Como si fuera mi novio de verdad y quisiera acompañarme en este momento. Como si fuese capaz de ver que estoy roto por dentro.

De hecho, no creo que esté aquí por Nala. Si así fuera, habría venido ella misma.

—¿Te vas a quedar?

—Sí.

—No me apetece hablar.

—Ya somos dos.

Bien. Puedo trabajar con eso. Total, tampoco es como si estuviese llegando a algún tipo de conclusión. De hecho, con suerte, su presencia me distrae y consigo sentirme menos como una mierda. Ahora mismo noto como si tuviera un agujero negro en el centro del pecho que absorbe todo sentimiento positivo que se pueda originar en mi cuerpo. La culpabilidad es una mala compañera de viaje. «Quizás, si hubiese actuado de otra manera, hoy él estaría vivo», pienso. Cierro los ojos con fuerza y me mezo un poco hacia delante. Mierda, mierda, mierda, no puedo pensar en eso. No, no, no. Me lleva a una espiral de autodestrucción en la que no quiero volver a sumergirme. Tarareo *Hakuna Matata* y, si a Parker le parece extraño mi comportamiento, no lo dice.

Permanece callado a mi lado, como una figura que me aporta calor. Está aquí por mí, y estoy tan poco acostumbrado a ello que me vengo abajo. Es como si necesitase sacarlo de dentro. Compartir el peso con alguien. No voy a pararme a analizar por qué es con Parker con la primera persona con la que deseo hacerlo.

—Hoy es su cumpleaños.

—Suelen ser las peores fechas.

Su comentario me hace mirarlo de golpe. ¿Podría ser que entendiese lo que me pasa?

—¿Quién se te ha muerto? —La pregunta sale de mi boca por sí sola y me maldigo.

Pero Parker no se inmuta, no se le ve para nada molesto, lo que hace que me relaje.

—Todos mis abuelos lo están. Y la verdad es que es una mierda. Se siente mucha impotencia —comenta con voz pausada y muy madura, comprensiva.

Sigo observándolo mientras habla y la garganta se me cierra por la emoción. Lo dice de forma tan natural. Tan natural como si hubiese sido capaz de superarlo. De seguir hacia delante a pesar de ello. Siento una mezcla de admiración y envidia por él. Aunque estoy seguro de que él no alberga la misma culpabilidad en su interior. No puede hacerlo. Eso solo está reservado a quienes nos sentimos responsables por la muerte de un ser querido.

Gira la cabeza y me mira. Esboza un amago de sonrisa y me hace sentir que quiere que me abra, que quiere que le cuente. «Que le importa». Es mucho más de lo que puedo soportar.

—Esa noche, antes de que se marchase enfadado de casa y se matase en un accidente, discutí con él. —Hago una pausa para mirar a Parker. No sé qué es lo que espero encontrar en sus ojos, si juicio, asco o qué, pero todo lo que veo es la más pura comprensión. Me digo que por eso continúo hablando—. Le dije que no quería seguir jugando al fútbol, sino ser creador de contenido. No lo entendió, por supuesto que no lo hizo. Pensó que era otra de mis gilipolleces. Y ya puedes imaginarte todo lo demás.

—A pesar de que no creo que sirva para nada, me gustaría decirte que no tienes la culpa. —Debo mirarlo de forma extraña porque sigue hablando—. No hace falta que confieses que te sientes culpable, se ve de lejos, pero eso ni es real ni te sirve para nada. No es que me guste dar consejos, no soy una persona perfecta como para hacerlo, pero deberías ir al psicólogo. No tendrías que estar pasando por esto tú solo. Nadie debería hacerlo. —De alguna forma que desconozco, soy capaz de escucharlo sin romper a llorar.

No sé cómo puedo evitarlo cuando estoy tan abrumado, tan agradecido, tan sensible.

Parker, que ha decidido hacerse cargo de la situación y aportar más de lo que nadie ha hecho nunca, vuelve a tomar las riendas. Quiere saber más y es consciente de que yo no puedo dárselo si no es él quien me guía.

—¿Quién es?

Su pregunta me desconcierta durante unos segundos, hasta que me doy cuenta de que en el panteón hay un montón de personas más.

Me levanto del banco y me acerco a su lápida.

—Mi padre —digo, y elevo la mano. Dudo durante más de un minuto si de verdad deseo hacerlo.

Y sí, parece que quiero. Alargo la mano y barro la palma sobre su nombre. Luego, sigo con los dedos las letras y los números de su fecha de defunción. Es… Es liberador. Es como si fuese algo que necesitaba hacer. Y luego estallo en lágrimas. Lloro con la mano apoyada sobre su lápida, con la cabeza agachada y el pecho apretado. Parker no tarda en reaccionar: se levanta y me abraza. Me abraza con fuerza contra su pecho. No me dice que sea valiente y que no llore, simplemente me mece y me acaricia la cabeza, la espalda.

No sé si permanecemos así minutos u horas. Solo sé que es la primera vez en la vida que me siento tan apoyado, arropado, importante. Parker es la única persona que me ha hecho sentir así en mi vida. No tendría por qué haber venido, no tendría por qué haberse quedado, y mucho menos tendría por qué consolarme cuando ni siquiera mi propia madre lo hizo en su día. Y aquí está. A mi lado.

Ojalá pudiese ser para siempre.

PARKER

Mientras lo abrazo, con el corazón latiendo fuerte en mi pecho, asustado, preocupado, conmovido, no puedo dejar de pensar en que su padre murió el mismo día en el que Connor faltó al último partido de la temporada. Ese es el puto motivo por el que no fue.

Me siento como una mierda cuando todas las piezas encajan en mi cabeza. Por mi mente se pasan las innumerables ocasiones en las que se lo he echado en cara. La cantidad de veces que ha podido decir algo, excusarse, pero no lo ha hecho. No lo ha hecho porque cree que se merece sufrir, porque se siente culpable. Darme cuenta de eso consigue que se me apriete el corazón.

La noche que fui a buscarlo a su casa para desahogarme regresa a mi mente y de pronto comprendo el brillo de alivio que surcó su mirada cuando le di el puñetazo. Lo liberé. Joder. Odio que se sienta así. Ojalá fuese todopoderoso y pudiese hacer desaparecer el dolor que tiene que estar sufriendo.

Me siento completamente desequilibrado y conmovido.

—Prométeme que buscarás ayuda —le pido o le ordeno, ni siquiera sé lo que estoy haciendo.

—Lo haré —responde con un hilo de voz, antes de volver a enterrar la cara en mi cuello.

Y en este momento me siento tan en carne viva que siento la necesidad de abrirme a él. Nunca he tenido que contar mi propia historia porque todas las personas que me importaban ya la conocían, la habían vivido igual que yo, pero en este momento me puede el deseo de dejar entrar a Connor en mi círculo privado.

Me separo de él y me mira con los ojos rojos. No me lo pienso más y comienzo a hablar.

—Mi padre se largó de casa después de que naciera Dylan, ni siquiera se le había caído todavía el cordón umbilical. El cabrón tenía mucha prisa por abandonarnos —digo con rabia, y mantengo la mirada pegada a Connor durante unos segundos para tranquilizarme. Me mira como si fuese la primera vez que me ve. Como si no se pudiese creer que le esté hablando de mi vida—. Yo acababa de cumplir doce años. El padre de mi madre había fallecido unos meses atrás y nos encontramos totalmente solos de repente.

—Parker —deja escapar mi nombre, y sé que no sabe qué más decir, pero yo ya he cogido carrerilla y ahora necesito sacarlo.

—No te preocupes. Te aseguro que lo pasamos mal, pero estamos mucho mejor sin él. Mamá tuvo que volver a trabajar muy pronto en el hospital, Nala y yo nos turnábamos para cuidar de los dos pequeños y que ella pudiese hacer turnos extra. Por supuesto, su pasión por el dibujo y su sueño de exponer en una galería se fueron a tomar por culo. Y yo me juré que lucharía para que eso cambiase. Me juré que me esforzaría para ser jugador de fútbol profesional. Se me daba bien y se gana mucho dinero —le explico, encogiéndome de hombros—. Por eso es tan importante el fútbol para mí. Es la llave para ayudar a mi familia, para entregarles todo lo que se merecen. Nada me gustaría más que ver a mi madre cumplir su sueño. Que todos sean felices y no se tengan que volver a preocupar un solo día de su vida por llegar a fin de mes ni por pagar las facturas. Es en lo único en lo que me he centrado desde entonces. Es todo lo que me importa.

—Parker. Estoy seguro de que lo vas a conseguir. Puedes con todo —me alaba, y se lanza a abrazarme. Esta vez es él quien me sostiene a mí.

Trago saliva y lucho contra las lágrimas.

No sé si ha sido buena idea ir al cementerio a buscar a Connor, porque el Parker que ha entrado a descubrir qué coño le pasaba no es el mismo que ha salido a su lado horas después. Y no sé si estoy preparado para ello. No sé si quiero estarlo.

Después de conocer toda la verdad, después de conocer a Connor, después de abrirme a él en canal, me siento perdido. Me siento perdido porque todo lo que creía saber de él era una mentira y no sé cómo adaptarme a esta nueva realidad.

No sé cómo seguir odiando a Connor Young.

Y, si no lo odio, ¿qué es lo que siento por él?

¿Cómo se llama esta cosa tan fuerte que me aprieta el corazón?

30

Bueno. Simba, si es importante para ti, te apoyaremos hasta el final. —Timón

CONNOR

Lo primero que hago al levantarme es seguir el consejo que me dio ayer Parker: coger cita en el psicólogo. Sé que es un pequeño paso, pero a mí me parece gigantesco. Como si por fin estuviese preparado para superar la muerte de mi padre, mi culpabilidad. Me siento como si tuviera derecho a un nuevo comienzo.

El estómago se me llena de nervios cuando recuerdo la forma en la que se abrió a mí. Cuando pienso en cómo me contó lo de su padre, algo que nunca había creído que sucedería. Parker es prácticamente hermético. No deja que nadie se le acerque y mucho menos, que vea lo que hay en su interior. Puede que a fin de cuentas no seamos tan diferentes. Puede que ambos tengamos miedo al abandono. Solo que él cuenta con la suerte de ser parte de la mejor familia de todo el condado. El único problema es que ahora mismo no sé muy bien cómo me siento en relación con Parker.

Y tampoco es que tenga la intención de ponerme a analizarlo.

Quizás es por eso por lo que paso toda la mañana de tan buen humor. Casi como si fuese una persona normal. Se me ocurren mil ideas de vídeos para TikTok y la ausencia de mi madre en un día tan señalado no me hace tanto daño como lo habría hecho meses atrás.

Pero ni mi maravilloso estado anímico me libra de ponerme nervioso ante la noche que me espera. Quiero que todo salga perfecto. Se siente muy especial.

Cuando llego a casa de Parker, me doy cuenta de que estoy temblando. Me hace tanta ilusión pasar las Navidades con ellos que estoy acojonado de que no sea más que un espejismo y que cuando me abran la puerta me digan que soy un inocente y que me he tragado la broma.

—Connor —me saluda con alegría Dylan, el hermano pequeño de Parker, dándome un abrazo torpe en la cintura. Apoya su cabeza durante unos segundos en mi cadera y luego sale corriendo hacia dentro, dejándome en el umbral con el corazón más blando que un osito de peluche.

Creo que estoy demasiado sentimental para sobrevivir a esta noche.

Cuando entro en la casa de los Taylor, la escena que me encuentro parece sacada directamente de una película navideña. Todos visten jerséis a juego, huele a comida deliciosa, se escuchan villancicos de fondo, la chimenea está encendida y, sobre todo, hay mucho ruido y gritos de niños jugando. La imagen es tan perfecta que es como si la hubiesen arrancado de mis deseos más profundos. No veo a Parker por ningún lado y, por muchas ganas que tengo de saber dónde está, no pregunto.

Saludo a todos los que me voy encontrando y, antes de saber cómo ha sucedido, me encuentro en la cocina, picando cebolla bajo el mando de Nala y su madre. Me río con mi amiga, que ha robado unos huevos rellenos y tiene la boca a rebosar. Vigilo que nadie me vea y hago lo mismo. Por supuesto, es el momento exacto en el que Parker decide entrar en la cocina.

Me da un vuelco el corazón al verlo, no solo porque tengo la boca llena y debo de parecer una albóndiga, sino porque su mirada se clava en mí con intensidad. De repente, hace mucho calor aquí y ha desaparecido todo el aire. Es la única explicación que encuentro al hecho de que tengo la respiración acelerada y me cuesta horrores pasar el oxígeno por mis pulmones. Desde luego, no tiene nada que ver con cómo va vestido.

Lleva un jersey negro de pico, que se abraza a cada músculo de su cuerpo y muestra más cuello del que estoy acostumbrado a ver, y unos pantalones vaqueros que le quedan tan perfectos que parece que ha nacido con ellos puestos. Es una mole de músculos y virilidad.

Mi falta de aliento tampoco tiene nada que ver con la forma en la que me mira. Fijamente, con intensidad. Es como si él también me estuviera evaluando a mí. Tiemblo. Deseo tanto que me acepte, que le parezca bien que esté aquí, que el estómago se me retuerce en un manojo de nervios. Estoy hipersensible.

Demasiado consciente de mi cuerpo y de absolutamente todo lo demás.

—Connor —escucho decir a Nala, con un tono de voz que me dice que no es la primera vez que me llama—. Eoooo.

—¿Qué? —le pregunto, agradecido de que su intervención haya roto la conexión que se había formado entre Parker y yo, porque no iba a aguantar mucho más tiempo.

No sabría decir qué habría sucedido, si habría muerto por combustión espontánea, de por un derrame cerebral o si habría cruzado la habitación corriendo y me habría lanzado a besarlo.

Madre mía.

Necesito pensar en otra cosa y lo necesito para ayer.

La reacción que está teniendo mi cuerpo es algo de lo que no quieres que la madre y la hermana del sujeto que lo provoca sean testigos.

—Te preguntaba si los huevos rellenos son o no son los mejores que has probado en tu vida.

—Están más ricos incluso de lo que me había imaginado —respondo distraídamente, mirando cómo Parker entra en la cocina como si fuese el dueño de todo el universo.

—Lo sabía —se jacta Nala, y sigue a lo suyo.

La madre de Parker le da un beso mientras este se ata un delantal rosa con volantes que, en cualquier otra persona, resultaría ridículo, pero que a él no le resta ni un ápice de atractivo. Cuando los músculos de sus brazos se flexionan al atarlo, necesito apartar los ojos de golpe.

Madre mía. ¿Qué narices me sucede?

—No he comido mejor en la vida —digo, echándome hacia atrás en la silla cuando terminamos el postre. Hemos estado cenando más de dos horas.

Me he reído tanto que incluso me duele la cara.

—Pues ahora viene lo mejor —comenta Parker. Y, por la forma en que se levanta la comisura de su boca, sé que está bromeando.

—Ah, ¿sí? —le pregunto, ansioso por descubrir qué se propone.

—Sí, hay que jugar a las cartas a ver a quién le toca fregar —explica con diversión, se ve que está disfrutando—. Y te advierto que nunca pierdo.

—Eso ya lo veremos.

Juro que me habría ofrecido a hacerlo yo, pero la competitividad en sus ojos me hace desear jugar contra él a lo que sea. Me encanta su pasión.

—¿Qué va a ser este año, *blackjack*? —pregunta Nala.

—No, hermana. Déjanos a Connor y a mí. Solo puede quedar uno de nosotros. Jugaremos al póker. ¿O te da demasiado miedo enfrentarte a mí, cariño? —me reta.

—Nunca. Te voy a machar, amor —le respondo, con la emoción burbujeando con fuerza en mis venas.

Nos quedamos mirándonos como si viviésemos en el lejano Oeste y estuviésemos a punto de tener un enfrentamiento con pistolas.

—Oh, cortad el rollo, chicos. Dejaos de miraditas y poneos manos a la obra. Yo voy con Connor —añade Nala.

Sonrío encantado.

—Y yo —le sigue Dylan.

—Di que sí, campeón —le digo, chocándole los cinco.

—Pues yo, con Parker —se desmarca Luk.

—Bien, veo que eres el único hermano bueno que me queda —bromea él, agarrando a Luk y sentándolo en sus piernas. Lo abraza con cariño y le deposita un beso en la sien sin dejar de observarme, divertido.

—Pues yo traigo las cartas —propone su madre, levantándose de la mesa—. Pero no pienso posicionarme en ningún bando. No sé cuál de los dos tiene pinta de ser más cabezota. Hijo, parece que has encontrado la horma de tu zapato —bromea divertida.

Y sus palabras, pese a ser una broma, hacen que mi estómago se remueva emocionado. Suenan tan bien que ojalá fuesen verdad.

Muchos cruces de miradas, un montón de chivatazos de cartas por ambos bandos y un pulso después, me termina tocando fregar.

Parker y Nala se ríen de mí, pero la verdad es que no me importa. Cualquier precio que tenga que pagar por lo que he vivido esta noche merece la pena. Cuando uno ha crecido sin verdadero calor de hogar y sin Navidades en condiciones, sabe apreciar esas cosas.

—Yo te echo una mano, cielo —se ofrece la madre de Parker. El mote cariñoso me enternece sobremanera, pero no puedo aceptar su ayuda.

—No, para nada. Yo lo hago solo —aseguro, pero a la vez que yo también hablan Parker y Nala.

—Ni hablar, mamá. Tú descansa. Lo hago yo.

—Creo que ya pasas suficiente tiempo con Connor como para que te lo pueda robar un rato —bromea ella.

—No lo decía por eso —se excusa Parker.

—Déjate cuidar un poco, hijo.

Esa frase parece hacer mella en Parker, que asiente con la cabeza a su madre. Luego, mueve los ojos hacia mí y no sé muy bien cómo interpretar la mirada que me lanza. Lo que más puedo destacar de ella es la intensidad. Una intensidad que se cuela por los poros de mi piel y me atraviesa como una corriente, acelerándome el pulso. Evito por poco lanzar un suspiro.

Quiero. Quiero algo que no puedo tener.

Cuando llegamos a la cocina, Emily me tiende un delantal y se coloca otro. Me remango y la miro.

—¿Qué prefieres, fregar o secar? —pregunto divertido.

—Complicada elección —comenta, y se lleva la mano a la barbilla como si estuviese pensando profundamente con cuál de las dos opciones quedarse—, pero creo que prefiero secar.

—Tú sí que sabes —bromeo. Sus ojos se arrugan por las comisuras, divertidos.

Me quedo embelesado mirándola durante unos segundos. Es tan cariñosa con su familia y tan fácil estar con ella que me dan ganas de abrazarla muy fuerte y no soltarla nunca. Y, aunque no quiero dejarme llevar, me encuentro preguntándome cómo sería crecer con una madre como ella. Una madre que salta a la vista que se desvive por sus hijos.

Emily parece que se da cuenta de lo que estoy pensando, porque alarga la mano y me aprieta el brazo como si quisiera transmitirme su calidez.

Coloco mi palma sobre la suya y se la aprieto ligeramente, pero me separo rápido y me pongo a fregar. No me apetece emocionarme ni hacer que sea incómodo para ella.

Empezamos a fregar en un silencio de esos que solo transmiten paz, como si nos conociéramos de toda la vida.

Pasados unos minutos, Emily lo rompe.

—Como mi hijo no nos ha dejado pasar mucho tiempo juntos, y, entre tú y yo, es muy cerrado —comenta bajando la voz y acercándose a mí como si estuviéramos compartiendo un secreto, y yo no puedo evitar reírme—, tengo curiosidad por saber cómo os conocisteis.

La cuestión flota en el aire y hace que todas las alarmas de mi cabeza se disparen a la vez. Mierda. ¿Me lo está preguntando porque sabe que fingimos o de verdad tiene curiosidad?

Le lanzo una mirada para ver si consigo algo más de información, para evaluar el estado de la situación, pero al instante de observarla sé que no lo está preguntando con maldad. Simplemente está secando los vasos que acabo de pasar por agua y los está colocando en los armarios. Es una madre normal —por mucho que yo no tenga muy claro cómo funcionan— que se está preocupando sinceramente por su hijo.

Vaya marronazo.

Odio mentirle, pero ahora, después de haber pasado la Nochebuena con todos ellos, no tengo el valor suficiente para decirle la verdad, por lo que decido que lo mejor que puedo hacer es ceñirme todo lo que pueda a la realidad.

—Nos conocimos jugando al fútbol. Por supuesto, Parker se enamoró de mí en el mismo momento en que me vio —comento, porque no puedo evitar disfrutar de decir cosas molestas de él, incluso aunque nunca sepa que lo he dicho.

—No me cabe la menor duda —añade ella, siguiendo con la broma.

—Aunque lo cierto es que yo tampoco tardé mucho en fijarme en él. Y hace unos meses pues como que todo estalló. No se podía aguantar más.

—Ya veo. La verdad es que es muy fácil darse cuenta de lo enamorados que estáis solo con veros juntos durante un rato.

Ante su cometario, giro la cabeza en su dirección tan rápido que estoy a punto de romperme el cuello. Tiene que estar bromeando, pero, de nuevo, se la ve completamente concentrada en la tarea a realizar y en su rostro no hay el más mínimo indicio de diversión.

Va en serio.

—Gracias —respondo, sabiendo que lo que acabo de decir no viene a cuento, pero es que tampoco sé qué contestar.

—Estoy muy contenta de que Parker te haya conocido. Como bien sabes, siempre ha sido un chico muy serio y responsable y, cuando su padre se marchó, todavía se obsesionó más con cuidar de sus hermanos, con cuidar de mí. Trabaja demasiado, y me hace feliz que, desde que está contigo, parezca otro. Más risueño, más joven, más vivo.

Juro que me cuesta el mayor esfuerzo de mi vida no ponerme a llorar aquí mismo. Tengo tal mezcla de sentimientos bullendo en mi interior —vergüenza de estar engañándola, incredulidad por lo que me está diciendo, esperanza porque sea verdad— y un calor tan intenso en el corazón que no sé cómo no me ha explotado.

Y entonces hago lo único que puedo hacer. Me seco las manos en el delantal y envuelvo a la madre de Parker en un abrazo.

—Gracias. Gracias por todo. Sois increíbles.

Puede que haya sido la noche más intensa, entrañable y maravillosa de mi vida.

Adoro a la familia de Parker.

PARKER

No es que la Navidad sea mi momento favorito del año, ni siquiera el más especial. Siempre me han parecido unos días demasiado ruidosos y recargados como para serlo, pero solo por el brillo que desprenden los ojos de Connor mientras pasa el rato con mi familia y en mi casa, hace que sienta como si pudiesen convertirse en mis fiestas favoritas.

Creo que en las últimas semanas he pensado demasiado en que no quiero que Connor se dé cuenta del poder que tiene sobre mí, pero esta jodida noche me ratifico todavía más. Entre nosotros ha ido creciendo una bola de tensión con cada mirada, cada pestañeo, cada pequeño roce. Todo ha sumado y nos ha llevado hasta este momento en el que es insoportable. Solo sentir el cuerpo de Connor a mi lado hace que todo el vello del cuerpo se me erice. Noto como si tuviese la piel electrificada. Como cuando rozas un globo y tus manos se cargan de energía estática.

Sé que todo va a terminar explotando.

Cuando llega la hora de despedirnos, lo acompaño a la puerta.

¿Por qué coño lo hago? Pues no tengo ni puta idea. Ni la tengo ni me voy a parar a buscar la razón.

Cuando salimos al porche y cierro la puerta tras de mí, es como si estuviésemos en otro mundo. El ruido se ha quedado atrás, y en este momento y en este lugar solo quedamos Connor y yo.

Juro que me estrujo el cerebro por decir algo, por romper esta situación que se siente demasiado importante y que me pone nervioso a más no poder, pero no se me ocurre ni una sola idea.

Agradezco cuando Connor rompe el silencio.

—No pienso volver a hablar de esto, pero quiero que te quedes tranquilo. —Levanto las cejas porque no me ha dicho nada.

—O hablas más claro, o no te entiendo.

—Ya.

—¿Entonces?

—Hoy he pedido cita en el psicólogo. Gracias —dice con una sonrisa, y doy un paso hacia delante, recortando la distancia que nos separa.

—Bien —le respondo feliz.

Nos observamos en silencio y yo me siento demasiado nervioso para estar en mi propia piel. Necesito…

—Sé que no me vas a creer —dice Connor, rompiendo mi hilo de pensamientos y acercándose otro paso más a mí—, pero tienes la familia más maravillosa de toda la historia. La familia que a mí me encantaría tener.

Sus palabras pulverizan mi corazón. Su mirada anhelante suplicándome que le crea, que reconozca de una vez que le importa, hace trizas mi cerebro.

—¿De verdad? —le pregunto, tragando saliva solo para ganar tiempo. Solo para no dejarme llevar.

Pero fallo estrepitosamente.

Y lo peor de todo es que creo que no me importa.

Me inclino hacia delante y me como la distancia que nos separa en un pestañeo. Luego, me paro frente a él a escasos centímetros, en el lugar exacto en el que nuestros alientos se entremezclan y, si alguno de los dos hablase, nuestros labios se tocarían.

Los ojos de Connor se abren mucho cuando me ve tan cerca, para luego cerrarse ligeramente y comenzar a brillar con deseo. Puede que esté perdido en esta atracción, pero no soy el único.

—Hay una ramita de muérdago justo sobre nosotros —le digo, sintiendo un calambrazo cada vez que nuestros labios hacen contacto.

—Pues no podemos pasar por alto la tradición —asegura, y sus palabras salen temblorosas.

—No podemos —me muestro de acuerdo, sintiendo cómo todo mi cuerpo se estremece de anticipación.

Un segundo después, nuestros labios están unidos.

Nos damos un pico, luego otro y otro, mientras nuestros brazos se entrelazan y nuestros cuerpos se pegan como si estuviesen imantados. Recorro con las manos el musculoso y largo cuello de Connor y le agarro la mandíbula para poder besarlo bien. Meto la lengua en su boca y comienzo a acariciar la suya con delicadeza, pero con ganas. Nuestras lenguas comienzan a danzar y no nos separamos del otro ni siquiera para respirar. Su boca me parece un lugar celestial. Lamo, chupo y muerdo sus labios. Todo ello sin dejar de acariciar cada centímetro de su cuerpo al que tengo acceso. Unos cuantos latidos después —y sin que sepa muy bien cómo ha sucedido, ya que estoy perdido en el beso, en el mareo y en la excitación que recorren todo mi cuerpo—, me doy cuenta de que he empotrado a Connor contra la pared y de que le estoy mordiendo el cuello.

—O subimos a tu cuarto y me follas, o dejas de besarme ahora mismo —amenaza con un gemido lastimero que me vuelve loco.

Su voz tiembla y me hace estremecer.

Antes de que pueda decidir qué hacer, la puerta de casa se abre, ayudándome a tomar la decisión. Nos separamos de golpe.

Me salvo, pero me doy cuenta de que, si de mí hubiese dependido, la noche no habría terminado así. Soy muy consciente de que es solo cuestión de tiempo que acabemos en la cama follando. Llegará el día que nadie me pueda salvar de mí mismo.

Llegará el día en el que sucumba a Connor Young.

31

Siempre estaremos juntos, ¿verdad? —Simba

CONNOR

Sin que sepa muy bien ni cómo ni cuándo ha sucedido, llega el día anterior a los premios. Y estoy nervioso, muy nervioso. Pero poco tiene que ver con la gala y mucho con el chico que está sentado a mi derecha en el avión. Chico que, gracias al cielo, ha hecho como si no existiese desde que esta mañana lo hemos recogido en su casa. No estoy preparado para tener contacto con él. No puedo. Es que no puedo.

—Te he pasado el guion de mañana. Que no se te olvide leer las anotaciones del archivo —me explica Emma, que no ha parado de asegurarse de que todo, absolutamente todo, esté bajo control. Entiendo que los nervios también le afectan a ella, pero a este paso me voy a volver loco antes de que aterricemos—. La hora del desayuno, los eventos de la mañana, la prueba de vestuario...

Sigue hablando, pero yo desconecto. Necesito hacerlo o me va a dar un ataque.

Desvío la mirada de Emma hacia Parker y, para mi más absoluta sorpresa, está observándome. Hecho que logra que los nervios, que hasta este momento eran pasables, se multipliquen por diez millones. Fantástico. Estoy seguro de que no voy a sobrevivir a este fin de semana.

Desvía la mirada al segundo en que nuestros ojos hacen contacto y se pone a observar el paisaje por la ventanilla. Casi que lo agradezco. La tensión entre nosotros es insoportable. Apenas hemos estado juntos desde que el otro día me besase fuera de su casa.

Suceso que definitivamente lo ha cambiado todo. O, por lo menos, lo ha hecho para mí, porque no soy capaz de mirarlo sin recordar cómo es el tacto de sus labios.

Si es que la situación es una mierda. Con lo feliz que sería en este momento si solo fuese el chico de hace unos meses, cuya única preocupación era ganar un concurso de *tiktokers*.

Cuando llegamos nuestro alojamiento, un botones se ofrece a acompañarnos. Carga las maletas en un carrito y nos metemos en el ascensor, dejando atrás el bullicio de la recepción. El hotel está a rebosar de gente.

Una vez en cuarta planta, nos bajamos y caminamos por el pasillo enmoquetado hasta que llegamos a nuestra habitación.

De lo primero que me doy cuenta, cuando abre la puerta, es de que, en esta ocasión, la estancia no es tan lujosa como la *suite* que promocionamos. Cosa que agradezco; no me apetece estar en un espacio inmenso y frío, para eso ya tengo mi casa. Este es mucho más discreto y acogedor. Sé que es por la gala, somos demasiados participantes y las *suites* son limitadas.

En el momento en el que pienso en la noche que pasamos Parker y yo en el hotel, lo que sucedió en esa habitación se coloca en el primer plano de mi cerebro, entregándome, con todo lujo de detalles, imágenes del cuerpo desnudo de Parker sobre el mío. Mierda. Es lo último que necesito ahora mismo. Sobre todo cuando en algún momento vamos a quedarnos a solas. Uf. Espero que no se me note lo histérico que estoy. Tiro del cuello de mi jersey, nervioso. De repente, la temperatura del lugar ha subido como veinte grados y tengo las palmas de las manos empapadas. Juro que me va a dar algo.

—¿Dónde quieren que les deje las maletas? —pregunta el botones con una sonrisa agradable.

—Aquí mismo en la entrada, nos ocupamos nosotros —le responde Parker, haciéndose cargo de la situación y agachándose para ayudarlo a descargar el carro.

El botones trata de evitarlo, pero, con solo una mirada de Parker, se da cuenta de que no va a hacerle cambiar de opinión. Si es que el tío es una fuerza de la naturaleza.

Cuando el botones se va, Riku se tira en el sofá.

—Espero que mi habitación sea tan bonita como la vuestra —nos dice, encendiendo la tele.

—Pues si esta te parece bonita, tenías que haber visto la puta *suite* en la que estuvimos —comenta Parker. Y sé, por cómo se le tensa la espalda, el momento exacto en el que se da cuenta de que hablar de ese día no es una buena idea.

Esa es mi señal para agarrar las maletas y salir pitando al dormitorio. Camino tenso, y no me relajo hasta después de unos buenos diez minutos a solas, cuando comprendo que Parker me está dando mi espacio y que no va a venir ahora.

Perfecto. Por lo menos, tengo un rato para estabilizarme. Saco la ropa, el lector electrónico, el portátil y mis productos de aseo de las maletas y las coloco en su sitio. Cuando termino, me planto frente a la cama, desde donde puedo ver todo el dormitorio y el baño, y me siento contento con el trabajo realizado. Respiro tranquilo. Seguro que las cosas no son tan tensas como me parecen a mí. Estoy exagerando todo en mi cabeza. Bien. Esto puede salir bien.

Pero toda mi convicción y confianza se van a la mierda en el mismo momento en el que pongo un pie en la sala y veo a Parker tirado en el sofá con un brazo bajo la cabeza —posición en la que se le marcan todos los pedazo de músculos que tiene—, descalzo y mirando su teléfono.

Uf. Si es que voy a morir por combustión espontánea.

Me alejo del sofá y me pongo a pasear por la entrada y la sala como un demente. No sé qué narices hago.

—¿Estás nervioso? —me pregunta Capitán Obvio con la cabeza torcida de medio lado, analizando mi lenguaje corporal. Por supuesto, tiene que ser él precisamente el que se dé cuenta de lo raro de mi comportamiento.

A veces, lo mataría.

Pero a este juego sabemos jugar los dos.

¿Quiere alterarme? Pues no va a ser el único.

—La verdad es que me afecta bastante más compartir habitación contigo que la gala en sí.

Parker abre mucho los ojos ante mi admisión, como si fuera lo último que esperaba escucharme decir, y traga saliva. Luego desvía la mirada de mí hasta Riku, cerciorándose de que estamos acompañados.

—Muy gracioso.

—Pues métete en tus asuntos.

Y eso hace, tras lanzarme una mirada de muerte.

Media hora después, nos quedamos solos. En el mismo momento en que la puerta de la habitación se cierra a la espalda de Riku, la tensión, que hasta este momento se había mantenido en un nivel alto pero soportable, alcanza un pico que no es compatible con la vida.

Me cuesta hasta respirar.

Sé que me estoy comportando como un cobarde, pero me largo de la sala y entro en el dormitorio. Voy a ver la tele, jugar al ordenador o estudiar si hace falta, lo que sea. Me da igual con tal de no estar a solas ni con mis pensamientos ni con Parker.

Pero al esconderme no encuentro la tranquilidad que tanto ansío. No solo porque mi cuerpo esté rodeado de una especie de electricidad que hace chispear mi piel y mi estómago se encuentre repleto de nudos que apenas me permiten respirar, sino porque Parker decide seguirme.

Cuando lo escucho entrar en la habitación, me obligo con todas mis fuerzas a no darme la vuelta. A no mirarlo. Tengo miedo de lo que podría ver en mis ojos si lo hago. Tengo miedo de que sea capaz de leer en ellos lo que siento. Lo que anhelo.

Si eso sucediese, sería una catástrofe.

Nada está saliendo como pensaba entre nosotros. Puede que hacer este trato haya sido la peor decisión que he tomado en la vida.

Cierro los ojos y trato de ponerme bajo control. Pero estoy mirando hacia la pared y la situación es dolorosamente ridícula. Tiene que saber lo que está sucediendo.

—Connor —me llama de repente, con un tono bajo y rasgado que no esperaba y que me hace darme la vuelta para fijarme en él.

No digo nada, pero sé que en mi cara puede leer que le estoy preguntando qué es lo que quiere.

Hay demasiado silencio en la habitación y lo único que se escucha son nuestras respiraciones aceleradas. El corazón se me va a salir del pecho.

—Creo que tenemos que echar un polvo para que todo deje de ser tan... —me observa y veo en sus ojos que está tratando de encontrar la mejor palabra para definirlo— ¿tenso?

Juro que era lo último que esperaba que saliese de su boca.

Me río, pero no porque me haya hecho gracia, sino por la impresión, supongo. Creo que debería estar en desacuerdo, pero, desde el momento en el que la propuesta sale de su boca, la idea se expande por todo mi cerebro y ocupa cada uno de mis pensamientos. No puedo imaginar otra cosa, no puedo desear otra cosa. Lo anhelo. Tanto que debería estar más asustado y no tan ansioso por lanzarme hacia una piscina que, por muy bonita que sea, sé de antemano que está vacía y que me voy a dar un golpe del que saldré con secuelas. Pero es que la caída es tan hermosa y perfecta que no puedo resistirme. Quiero experimentar, aunque sea solo una vez, lo que es estar entre sus brazos. Sentirlo dentro de mí.

—Estoy de acuerdo —digo en voz baja, y trago saliva. Nervioso. Inquieto. Excitado.

Las fosas nasales de Parker se ensanchan ante mi respuesta y, durante unos segundos, se queda paralizado al otro lado de la cama, como si no fuese la respuesta que esperaba de mi parte. Como si estuviese sopesando cómo de mala idea es lo que tenemos en mente hacer. Como si hubiese pensado que yo sería el que le pusiese freno a esta locura que amenaza con ser la peor idea que hemos tenido en la vida. Una locura que va a consumirnos a ambos.

—A la mierda —dice finalmente, después de unos instantes. Creo que los dos hemos perdido la batalla.

Creo que los dos queremos saber lo que se siente estando con el otro antes de que nos separemos. Creo que todo es más intenso porque tenemos grabado en la piel, en cada respiración, que nuestra relación tiene fecha de caducidad y que ha llegado casi a su fin.

En el ambiente sobrevuela la sensación de «ahora o nunca».

Y es una sensación peligrosa.

Antes de que pueda hacer o decir algo, Parker recorre la habitación y se coloca delante de mí. Abro la boca y dejo escapar un grito de la impresión, no esperaba que fuese tan directo. Parece que tiene muchas ganas, y eso hace que todo mi cuerpo hormiguee. Parker desvía los ojos a mis labios y levanta las manos. Las coloca a ambos lados de mi cara de forma firme, como si estuviese exigiendo toda mi atención. Lo que no sabe es que no necesita hacerlo. Ya la tiene.

—Estás seguro de esto, ¿verdad? —pregunta. Y su preocupación, incluso llegados a este extremo, me calienta el corazón. ¿Qué está haciendo conmigo?

Asiento con la cabeza porque en este momento tengo tal cóctel de sentimientos en mi interior que no soy capaz de hablar. Estoy excitado, conmovido, nervioso, ansioso, necesitado...

Ante mi aceptación, Parker se inclina hacia delante y me besa. Sus labios son exigentes pero suaves, delicados, y no se parece en nada a ninguno de los otros besos que nos hemos dado antes.

El corazón empieza a latirme alterado en el pecho y levanto las manos para agarrarme a sus hombros.

Desde este mismo instante, sobran las palabras y lo único que puedo hacer es sentir.

Y es la puta experiencia más maravillosa de mi vida.

PARKER

«Necesitaba esto», es lo primero que pienso cuando beso a Connor. Sus labios son suaves, húmedos y receptivos. Me muevo con fuerza, pero despacio. Quiero tomarme mi tiempo, saborearlo, sacarme de dentro estas ganas y este anhelo.

Tengo que hacerlo porque sé que es la única vez que va a suceder. Lucho contra la voz dentro de mi cabeza que me dice que me estoy engañando. He dicho que es la primera y la única vez que va a suceder, hostia.

Cuando meto la lengua en su boca y acaricio la suya, Connor deja escapar un gemido que va directo a mi entrepierna. Me vuelve loco. Tanto que, si no tengo cuidado y me relajo, esto va a terminar antes de empezar, y no pienso permitirlo. Quiero disfrutar de él, lo necesito.

Después de muchos minutos saboreando sus labios, deslizo la boca por la columna de su cuello, dejando besos codiciosos que le arrancan nuevos gemidos. Mis manos recorren todo su cuerpo, deleitándose en cada músculo que encuentran, en cada trozo de piel expuesta. Pero no es suficiente. Nada lo es con Connor.

Acabo acariciándole el culo, y tras apretárselo y gruñir por lo perfecto que es, lo elevo en el aire para llevarlo a la cama. Él, obediente y dispuesto, me rodea la cintura con las piernas. Me subo sobre el colchón y lo deposito en el centro. Cuando lo dejo caer y trato de erguirme, se agarra a mi cuello, impidiendo que me aleje. Me río. Cómo no lo voy a desear si es que es jodidamente perfecto. Le beso y le muerdo el labio antes de acercarme a su oído.

—Necesito que me sueltes, leoncito, para que pueda adorarte como te mereces —le susurro de forma sugerente tras lamer su oreja.

No tengo ni puta idea de dónde ha salido ese mote cariñoso, pero no es algo que haya pensado ni que vaya a pararme a analizar. En este momento solo quiero sentir. Sentir yo y hacerle hacer sentir a Connor.

Me subo a horcajadas sobre su cintura y comienzo a desabrochar los botones de su camisa sin dejar de mirarlo. Tiene los ojos brillantes y llenos de deseo. Me mira con los labios entreabiertos y con lo que solo se puede definir como adoración. Joder. Si es que no voy a sobrevivir a esto. Cuando tengo la camisa abierta ante mí, deslizo las manos por su pecho para apartársela, y ahí está mi premio. Me inclino hacia delante y lamo sus pequeños pezones, arrancándole gemidos. Ese es el sonido que alimenta todas mis fantasías. Sigo con mi paseo descendente por su cuerpo y me deleito con sus abdominales. Luego con su camino de vello, que desaparece bajo el botón de su pantalón. Lo desabrocho sin apartar la boca de su piel, besando y lamiendo cada nuevo centímetro que voy descubriendo. Bajo los pantalones por sus piernas y sigo tocando su cuerpo. Se los quito junto con los calcetines. Luego llevo las manos a la ropa interior, donde se ve una enorme erección que me está pidiendo a gritos que la saboree. Le bajo los calzoncillos y su miembro salta furioso delante de mí. Tiene la punta muy roja y una gota de semen se escapa de su abertura. Se me hace la boca agua. Me inclino hacia delante para saborearla. Connor se deshace entre gemidos mientras se retuerce debajo de mí. Cuando comprendo que está tratando de quitarse por completo los calzoncillos, se los arranco y vuelvo a inclinarme para alcanzar mi premio. Connor lleva las manos a mi pelo mientras sus suspiros inundan la habitación.

—Desnúdate —me ordena con deseo en la voz—. Quiero sentir tu cuerpo.

Su petición hace que la cabeza me dé vueltas y obedezco encantado. Me arranco el jersey y la camiseta y me pongo de pie sobre la cama, con las piernas abiertas a ambos lados de su cuerpo para poder quitarme el resto. Imagino que parezco un puto salvaje comportándome así, pero es como me siento. Estoy fuera de mí mismo. Los ojos de Connor me miran con lujuria y se relame mientras me observa como si quisiera devorarme.

El fuego de su mirada aviva todavía más mis llamas.

Cuando he lanzado toda mi ropa, me vuelvo a tumbar sobre él y los dos gemimos al mismo tiempo. El contacto piel con piel es de otro puto mundo. Me dedico a besarlo y a frotar mi erección furiosa contra él.

Me separo, porque no voy a aguantar mucho más. Por desgracia, no puedo seguir alargando esto. Maldigo cuando me acuerdo de algo.

—¿Tienes lubricante? —le pregunto, y él asiente con la cabeza.

—Hay un sobre en mi cartera.

—Menos mal, joder.

Doy gracias al cielo. Llegados a este punto, no sé qué coño habría hecho sino.

Me bajo de la cama para cogerlo y, una vez que lo tengo en la mano, me coloco de nuevo sobre Connor. Abro el sobre con la boca con cuidado y me embadurno los dedos antes de llevar la mano a su entrada. Primero acaricio su nudo de nervios y luego, cuando se ha relajado lo suficiente, meto primero un dedo y después otro. Me inclino hacia delante y tomo su miembro en mi boca. Quiero darle el mayor placer posible. Quiero hacer bien esto para él. Quiero que lo recuerde toda la vida. Me afano tanto que no me doy cuenta de que Connor está temblando de placer hasta que lleva las manos a mi pelo.

—Necesito... Necesito que pares o voy a llegar —pide entre gemidos.

Me hace sentir muy poderoso conseguir que se deshaga de esa manera.

Suelto su miembro y saco los dedos de su interior. Trepo por su cuerpo y lo beso con fuerza antes de coger mi pantalón del suelo y sacar un condón de la cartera. Aparto mis ojos de los suyos el menor tiempo posible, no quiero perderme ni una sola de sus expresiones.

Me pongo el preservativo y le levanto las piernas para poder penetrarlo. Esta no es la postura más cómoda para darle placer, pero tengo la necesidad de mirarlo a la cara cuando esté dentro de él. No sé qué coño me está pasando.

Me agarro y me coloco en su entrada, deslizándome con cuidado hacia su interior. Cuando atravieso el nudo de nervios, ambos dejamos escapar sendos gemidos de placer. Llegado a este punto, me suelto y me inclino hacia delante para poder besarlo mientras lo penetro. No sé si Connor está cómodo, pero necesito sentirlo cerca.

Desde ahí todo es instinto animal. Entro y salgo tratando de ser cuidadoso, pero muy pronto mis estocadas se vuelven irregulares y apenas soy capaz de hilar dos pensamientos seguidos. Solo tengo la suficiente lucidez para meter la mano entre nuestros cuerpos y encargarme del miembro de Connor, que yace duro y abandonado sobre su estómago. Lo acaricio de forma descuidada y, justo cuando estoy muy cerca del orgasmo, lo siento tensarse. Abre la boca, dejando escapar un grito de placer, y acto seguido brota en mi mano. Solo soy capaz de dar un par de estocadas más antes de alcanzar el puto cielo. Me dejo caer sobre su cuerpo, con la cabeza dándome vueltas por el orgasmo y la increíble sensación de su piel pegada a la mía.

Jamás, en toda mi vida, me había sentido más pleno y perfecto.

Solo cuando nuestras liberaciones se empiezan a derramar entre nosotros y amenazan con caer sobre la cama, logro separarme de él.

¿Cómo voy a poder vivir de ahora en adelante sin tener esto nunca más?

32

Sé lo que tengo que hacer, pero si regreso tendré que enfrentarme al pasado y llevo tanto tiempo huyendo de él... —Simba

CONNOR

Puede que sea por lo sucedido ayer que la gala de esta noche me parezca poco brillante e importante. O puede que lo que estaba buscando con este premio, que era que la gente viese que me tomaba en serio ser creador de contenido, ya se haya cumplido. Lo ha hecho de la forma más inesperada. Al darme cuenta de que las personas que de verdad me importan sí lo ven. No necesito el reconocimiento de nadie más.

Estamos en la primera fila de asientos de un estadio, rodeados de famosos, cámaras y sonrisas, y en todo lo que puedo pensar es en cómo Parker se ha colocado detrás de mí hace un rato y me ha anudado la corbata. En cómo luego ha deslizado las manos por la parte delantera de mi traje, sobre mi pecho, y en cómo yo me he inclinado hacia delante para besarlo. Luego todo ha sido necesidad. Manos en el pelo, gemidos y besos. Estoy seguro de que habríamos terminado en la cama si Riku no llega a llamar a la puerta.

¿Cómo voy a concentrarme en el premio después de eso?

Si ya nada tiene sentido en esta cabeza y en este corazón.

PARKER

Cuando anuncian el nombre de Connor, me alegro. Lo juro, no soy tan cabrón como para no hacerlo, pero con esa alegría también llega una pena que inunda cada rincón de mi alma, porque imagino que nuestro trato se da por finalizado. Ya no me necesita a su lado para nada y lo que es peor de todo: estoy seguro de que ya no me quiere aquí. ¿Por qué iba a hacerlo si lo único que he hecho ha sido quejarme y decirle tonterías?

Odio sentirme tan mal y tan vacío cuando me merezco su indiferencia. Me la he ganado a pulso.

Connor se queda paralizado durante unos segundos, antes de que Riku se lance a su cuello y lo abrace. Eso parece que le hace procesar que sí, que de verdad han dicho su nombre, que es el ganador. Cuando se separa de su amigo y me mira, con la sorpresa todavía dibujada en su increíblemente atractiva cara, no puedo evitar reírme. Nadie sabrá nunca lo dulce y poco creído que es, al igual que yo no lo sabía antes de conocerlo. Y lo hago por acto reflejo, porque es la forma en la que me sale darle la enhorabuena: me inclino hacia delante y lo beso en los labios. Es un contacto casto para el nivel de fogosidad que nosotros gastamos, pero está cargado de sentimiento.

Me sonríe cuando se aparta y luego se levanta para ir al escenario. Desde ese mismo momento, todo es profesionalidad. Connor saluda a la gente y da un discurso tan perfecto que muchos presidentes desearían tener la mitad de su carisma.

El estadio al completo vibra de emoción. Y yo también. Solo que con esa emoción hay una gran dosis de tristeza.

Siento que, al subirse a ese escenario, se ha separado de mí para siempre. Como si el suelo se hubiese abierto entre nosotros y cada uno nos hubiésemos quedado en un lado y fuese imposible saltar hacia el otro sin caer al abismo.

Pertenecemos a dos mundos diferentes.

CONNOR

La victoria no sabe tan bien como pensaba. Sabe a pérdida en vez de a triunfo. Me hace preguntarme si durante este tiempo todo lo que he buscado ha sido ganar o más bien que alguien me vea. Que alguien me vea como soy. Que alguien me quiera.

Lo que más me ha conmovido de toda la noche ha sido el beso que me ha dado Parker. Un beso que me ha parecido demasiado real, pero sé que solo es lo que quiero ver. No soy tan idiota como para no darme cuenta.

Cuando me subo al escenario, agradezco saberme de memoria el discurso, porque me tiemblan tanto las manos que me parece casi imposible hilar más de dos palabras seguidas.

Al finalizar la gala, pongo buena cara y sonrío a todo el mundo en los momentos en que hace falta, pero por dentro me siento desgarrado. Me siento dolido, perdido, insatisfecho.

El *flash* de las cámaras, los gritos de la gente, las felicitaciones. Todo me resulta descolorido y poco real.

En lo único en que pienso es en que cambiaría lo que estoy viviendo en este momento por volver a pasar una noche como la de ayer. Por volver a esa cama de hotel, a ese momento en el que parecía que Parker y yo nos estábamos fundiendo en un solo cuerpo. A ese momento en el que parecía que yo era el centro de su universo. Que él era el centro del mío. Que todo lo que necesitábamos para vivir estaba dentro de esa habitación.

Las cosas pintan mal para mí. En vez de hacer que alguien se enamore de mí al conocerme, he sido tan idiota que me he enamorado yo al conocerlo a él de verdad.

He tratado de huir del verdadero problema y, cuando he conseguido mi propósito, este me ha devuelto a la realidad de un dulce golpe. Me siento solo y poco importante. Poco querido. Pese a que tengo el cariño de miles de personas, no es el cariño que quiero. Siento que la gente que me conoce de verdad no es capaz de amarme, por lo tanto, no soy alguien al que se pueda querer.

Hay algo malo en mí.

Hay algo roto en mí.

PARKER

Agradezco que no nos quedemos durante mucho rato en la fiesta posterior al premio. Cuando llegamos a la habitación y entramos al dormitorio en silencio, observo a Connor mientras se quita el traje y lo coloca cuidadosamente en la butaca que hay a su lado.

Veo cómo los músculos de su espalda ondulan con los gestos y me pican los dedos por ponerme tras él y pasar las manos sombre su piel, por acariciarlo, por envolverlo entre mis brazos. No dejo de pensar en lo mucho que me gustaría repetir lo de ayer por la noche. Soy un puto subnormal por haber pensado que, si follábamos, esta necesidad que me araña dentro del cuerpo y que lucha por salir al exterior se aliviaría. Porque lo cierto es que, ahora que sé cómo se siente hacerlo con él, es como si lo necesitase para respirar.

Si es que soy idiota.

Cuando noto que se va a dar la vuelta para meterse en la cama, aparto la mirada de golpe y me centro en desnudarme. No me giro como él para quitarme la ropa. Por mí puede mirar todo lo que quiera, y si le apetece repetir estoy de acuerdo, por lo que no tiene sentido que me haga el tímido. Pero no sucede nada.

Cuando estoy desnudo y me subo al colchón, Connor yace de medio lado y en silencio. No sé cómo sentirme al respecto. Tengo un nudo de angustia en el jodido pecho y en la garganta. Es que esto se acerca a su fin y, en vez de sentirme feliz y ansioso, como se supone que debería estar, tengo un sentimiento de pérdida alojado en la boca del estómago.

Me tumbo bocarriba, con el brazo detrás de la cabeza, y me dedico a escuchar la respiración de Connor. Cuando se estabiliza, me tranquilizo. Está dormido. Se acabó la tensión. Pero en el mismo momento en el que me doy cuenta de que nunca más voy a estar en la cama así con él, me asusto. Así que, cuando me invade la necesidad de sentirlo cerca por última vez, cedo. Me giro y me acerco a su espalda. Cuando siento su cuerpo pegado al mío, me inclino hacia delante y huelo su pelo. ¿Por qué cojones me tengo que sentir tan pleno con él entre mis brazos? La vida es una puta mierda.

No sé lo que tardo en dormirme, solo sé que el último pensamiento que me cruza por la cabeza es que, en realidad, no me quiero separar de Connor nunca más.

Vaya mierda de contratiempo.

33

Quisiera ser sincero, no sé qué voy a hacer.
¿Decirle la verdad? Imposible.
Hay mucho que esconder.
—Simba_

CONNOR

Apenas registro ninguno de los acontecimientos del día.

Nos levantamos y desayunamos —un café y un bollo que no me saben a nada— mientras Riku no para de hablar de lo feliz que está y de todos los proyectos que se le han ocurrido para la cuenta. Yo lo único que puedo hacer es esforzarme para no mirar a Parker. Luego, demasiado pronto, nos metemos en un coche que nos lleva hasta el aeropuerto. Cuando nos montamos en el avión, Parker y yo apenas cruzamos unas pocas palabras. Lo noto reflexivo, como si estuviese pensando en lo que va a hacer cuando llegue a casa en vez de en que son los últimos momentos que vamos a pasar juntos. En vez de pensar en que, en cuanto aterricemos, ya no nos unirá nada. Y, sin embargo, es todo a lo que yo soy capaz de darle vueltas.

Me estoy empezando a encontrar muy mal.

Lucho con fuerza por no mirarlo todo el rato, lo que me cuesta horrores, pero es que, cada vez que lo veo asomándose por la ventanilla en vez de diciéndome algo, no dejo de pensar en que seguro que se está imaginando libre y feliz sin mí. Que ya está disfrutando de su nueva libertad. Y me duele. Me duele tanto que me parte el alma. Porque, por mucho que haya querido evitarlo, la realidad es que me he enamorado de él. Si es que soy un gilipollas. Si es que la culpa es mía. ¿Cómo me permito enamorarme de la persona que más me odia en el mundo?

«Porque eso no se elige», decide expresar mi mente. Pero, sea como fuere, nada evita que todo esto termine con mi corazón destrozado.

Cierro los ojos con fuerza y trato de dormirme, pero es un gesto ridículo, sé que no voy a conseguir pegar ojo. ¿Cómo voy a hacerlo con este dolor en mi interior?

Un movimiento a mi derecha llama mi atención y miro de reojo. Parker retira la mano de su cara y la coloca sobre su pierna. La desliza desde la rodilla hasta la ingle y, solo con ese gesto, a mí se me acelera la respiración. Porque me imagino que es mi mano en vez de la suya, porque sé cómo se sienten sus músculos bajo ese pantalón. Porque sé a qué sabe su piel. El anhelo es tan grande que se me aprieta el corazón.

Me encantaría cubrir sus dedos con los míos. Me encantaría inclinarme hacia él, darle un beso en la boca, dedicarle una sonrisa juguetona y luego apoyar la cabeza en su hombro. Lo deseo tanto que me duele.

Y esa es justamente la señal que necesitaba para darme cuenta de que tengo que protegerme. No quiero que note que siento algo por él y me destroce. No, gracias. Ya me doy cuenta yo solito. Saco el móvil del bolsillo, me conecto al wifi del avión y decido entretenerme. No puede salir nada bueno de estar aburrido. Tengo que estabilizarme, hacer control de daños. Si yo soy el primero en dejar claro que no nos une nada, Parker no podrá decirlo y destrozarme. Mi razonamiento es incuestionable. Tengo un plan. Nada puede dañarme de esta forma.

Para cuando aterrizamos, estoy al borde del ataque de nervios. Agradezco que a la llegada a la terminal no tengamos que pasar un control como a la ida porque, con lo alterado que estoy, no me quiero ni imaginar el *show* que podría montar. Recogemos la maleta de la cinta y, cuando cruzamos las puertas que nos dejan en la zona comercial del aeropuerto, me paro.

Parker tarda unos segundos en darse cuenta, pero acaba por detenerse también. Riku me mira, pero debe de ver algo en mi cara porque, en vez de acercarse a nosotros, se aleja, agarrando del brazo a Emma para que lo acompañe. No sé si me siento agradecido por el gesto o cagado por lo que estoy a punto de hacer. No me gusta en absoluto, la verdad. Ojalá esto pudiese ser un comienzo en vez de un final. Ojalá pudiera decirle todo lo que siento por él. Ojalá fuese el momento de una declaración de amor, aunque lo cierto es que, en caso de que fuese eso, me gustaría hacerlo en un lugar mucho más bonito. Pero supongo que estas cosas no se eligen.

Sin embargo, un aeropuerto sí que es un buen lugar para decirle adiós a tu falso novio.

—En cuanto a lo nuestro —digo, y me quedo callado. No quiero, pero me cuesta pasar las palabras por mi garganta—. Podemos dejar pasar un par de semanas para que la gente vea cómo nos vamos distanciando y luego quedar para poner fin a nuestro «acuerdo».

No me atrevo a mirarlo a los ojos. No quiero descubrir el alivio dibujado en los suyos. No quiero sentir esa decepción.

Me gustaría ser capaz de transmitir un aura de tranquilidad e indiferencia, pero estoy demasiado cansado y preocupado por dejar de verlo como para reunir la energía necesaria. En este momento no puedo fingir.

PARKER

Pese a que esperaba esa aclaración —es algo alrededor de lo que hemos estado bailando todo el día, e incluso el fin de semana, esa sensación de estar al final de algo—, me ha dolido escuchárselo decir más de lo que me habría gustado. Nuestro «acuerdo», como él lo ha llamado, ha llegado a su fin. Me siento completamente perdido. Confundido. Liado. Como si hasta este momento hubiera estado viviendo en una realidad alternativa que, pese a que al principio comenzó como una molesta pesadilla, a mitad de camino, o puede que incluso antes, resultó ser lo mejor que me ha pasado en la vida.

Levanto la cabeza y lo miro. Lo hago pese a que él no me mira a mí. Parece triste, pero seguramente es lo que quiero ver, porque si notase el más mínimo indicio de que él tampoco quiere que esto se termine, estaría dispuesto a decirle que yo tampoco. Me daría lo mismo. Ya ha destrozado todo mi mundo y ahora me siento incapaz de volver a la vida que tenía antes de él.

¿Cómo voy a hacerlo si ha pasado a ser lo único que quiero?

34

Nadie me necesita. —Simba

CONNOR

—Despierta, tío —dice Riku, meneándome el brazo y sobresaltándome.

Estaba tan dormido que tardo unos segundos en ubicarme. Abro los ojos y veo que estoy en mi sala de juegos. Tengo todavía el cerebro lento por el sueño. Me doy cuenta de que es de día. Un murmullo recorre la habitación, ya que la pantalla del ordenador está encendida y reproduce la imagen de un *streamer* que está echando una partida a un videojuego de moda. Ni siquiera recuerdo qué era lo que estaba viendo. Sobre la mesa descansa una caja de *pizza* con los restos de mi cena de anoche.

—¿Qué haces aquí? —le pregunto extrañado, una vez que me espabilo, incorporándome para poder hablar con él.

—Estoy preocupado por ti —comenta.

Y me dejo caer de nuevo en el sofá, llevándome las manos a los ojos para frotarme el sueño.

Lo que me faltaba.

—¿Cómo? —Es lo único que pregunto, pero Riku me entiende a la perfección pese a que no termino la frase.

—Tu madre me ha dejado pasar cuando se marchaba y me ha dicho que creía que estabas en la cama. Que no sabía si te encontrabas mal o algo.

Su explicación, que en otro momento me habría dolido muchísimo, porque mi madre ni se ha molestado en descubrir por sí misma si estoy enfermo, muerto o deprimido, ahora me deja vacío.

Lo cierto es que no puedo sentirme más desanimado que lo que ya lo hago.

—Bien —respondo, y me levanto del sofá para ir al baño.

No pienso charlar con Riku porque sé que quiere hablar de sentimientos. Y eso es justamente lo que yo no quiero. Si tuviera intención de hacerlo, no llevaría encerrado en casa todo el fin de semana.

Cuando, al salir de la habitación, noto que me sigue, pongo los ojos en blanco. Qué pesado. No tiene la decencia de esperar a que llegue al baño antes de atacarme.

—Tío, de verdad, estoy muy preocupado por ti —repite, y yo acelero el paso—. No has subido una historia desde ayer. No grabas un directo desde que volvimos de la gala. —Enumera todas las cosas que yo mismo sé—. ¿Es por Parker? —se aventura, y me paro de golpe.

No me esperaba que lo notase. Ni él ni nadie.

—¿Cómo has llegado a esa conclusión tan loca? —le pregunto, y se remueve nervioso sobre sus pies al escuchar el tono duro de mi voz.

—A ver, no es difícil darse cuenta de que lo único que ha cambiado en tu vida es que él ya no está. Si después de ganar un premio tan importante no das saltos de alegría y pareces claramente deprimido... —añade, mirándome de arriba abajo como si diese vergüenza ajena—. No es muy difícil sumar dos más dos.

—Como ya te he dicho, no quiero hablar —declaro, y cierro la puerta.

—No pienso marcharme —grita a través de la madera.

Maldigo y hago mis necesidades. Por supuesto, cuando salgo del baño, Riku me está esperando.

—Solo quiero tirarme en el sofá y estar tranquilo —le digo, y mis palabras suenan más como una súplica que como una advertencia.

Riku me mira a los ojos y, durante unos segundos, parece buscar algo en ellos.

—Bien. Es exactamente el mismo plan que tengo yo. Te voy a hacer compañía —asegura, y señala al fondo del pasillo, donde está mi sala de juegos—. Vamos.

Al principio dudo, pero luego me permito que su gesto me enternezca. Doy un par de pasos y lo abrazo.

—Gracias.

—Ya sabes que te quiero mucho, tío.

—Lo sé. Yo también a ti —le digo, apretándolo con fuerza y conteniendo las lágrimas. Ojalá no fuese el único que me quisiera.

Ojalá no me hubiese enamorado de Parker.

Ojalá sea capaz de aprender a vivir sin él.

35

Nadie sabrá lo mucho que amé.
Nadie verá mi llanto.
—Zazú

PARKER

Juro que pensaba que todo iba a ser más fácil.

Pero resulta que, desde que hemos vuelto a casa, me he estampado contra una pared de realidad. Odio mi vida. Me parece vacía e insulsa. Aburrida. ¿Quién iba a pensar que no a iba poder volver a la normalidad, si era todo lo que deseaba cuando empecé el trato con Connor?

O, por lo menos, eso era lo que creía. Pero ahora mismo tengo claro que soy un idiota. Me encuentro a millones de años luz de estar bien. Siento un vacío existencial en mis entrañas que no me deja ni pensar ni comer ni sonreír.

Me estoy volviendo loco.

Cada vez que se me pasa por la cabeza acercarme a Connor —porque sí, lo he pensado—, me obligo a recordar nuestra última conversación, cuando me dijo que en dos semanas quedaríamos para terminar nuestro «trato». Me lo recuerdo para no olvidar que, si fue capaz de decirme eso, es que no sintió las mismas cosas que yo ni durante nuestra falsa relación ni cuando nos acostamos juntos. Lo sé porque yo no habría podido hacer algo así. Tampoco es como si me hubiese declarado si no hubiera salido con eso —yo no hago esas chorradas—, pero habría estado dispuesto a decirle que quería que probásemos a estar juntos.

No sé qué coño me pasa.

—Estoy preocupada por ti —dice mi hermana, entrando en mi habitación a las jodidas siete de la mañana y dándome un susto de muerte. En esta casa no hay ni una pizca de intimidad.

A pesar de la queja inicial, una parte de mí se siente agradecida por que me haya sacado de mis pensamientos. Últimamente estar en mi cabeza es una mierda, pero luego, cuando vuelve a hablar, quiero descuartizarla igual que siempre.

—Mientras me vestía, he mirado el cuadrante que me has mandado con tus horarios para que nos organicemos con el coche y creo que tienes diez minutos al mediodía sin llenar en tu agenda —comenta, fulminándome con la mirada y poniéndome de mala hostia al segundo. Lo que me faltaba.

Aunque me cabrea, me trago la contestación de mierda que me ha venido a la cabeza. Lo hago porque eso es lo que busca. Quiere hacerme reaccionar. ¿Tan difícil le resulta dejarme en paz?

Sí, me estoy manteniendo ocupado para no ver a Connor en mi mente a cada puto segundo, ¿y qué?

No quiero pensar en él. No quiero. No quiero que nadie se dé cuenta de lo mucho que lo echo de menos. No quiero verlo ni yo mismo, joder.

—Gracias por la observación. Voy a darle una vuelta a lo que podría incluir a esa hora. Muy bien visto —le respondo, acompañando mis palabras con un guiño de ojo que la saca de quicio.

Bien. Me alegro de no ser el único molesto de la habitación. Es mi hermana y la amo, pero ha nacido para tocarme los huevos. Es su mayor don.

—Me largo porque al final te vas a acabar llevando una colleja. Estás ciego y no puedo contigo —me amenaza, y se aleja de mi habitación a grandes zancadas.

Pisa con fuerza para que sepa que es lo que le gustaría estar haciendo con mi cabeza. Estupendo. Mensaje captado. Que se ponga a la cola de mi puto club de fans. No es la única que desea darme de hostias. Aunque lo cierto es que, después de estar con Connor, eso ha cambiado mucho. Ahora soy uno más del equipo. Gracias a él.

Antes pensaba que era el causante de todos mis males, pero ahora sé que el único culpable era yo.

Dios, me siento como una mierda lejos de él. Y no quería ahondar en ello, pero, claro, mi hermana tenía que venir para obligarme a pensar.

Me quedo mirando al vacío con una sensación de hundimiento en el estómago que me marea. Odio sentirme así. Y, encima, al final voy a llegar tarde.

Cuando caigo en la cuenta, me visto corriendo y desayuno a toda leche mientras Nala me mira mal, café en mano. No sé qué coño quiere de mí. ¡No puedo hacer nada!

Cuando nos montamos en el coche, nos sumimos en un silencio de mierda. Un silencio de estos que arañan la piel y se sienten opresivos. Con cientos de palabras volando sobre nuestras cabezas, pero sin que ninguna de ellas sea pronunciada. Es una experta en castigarme. Pero yo soy más experto en aguantar. Aunque lo cierto es que respiro aliviado cuando llegamos al campus y se baja del coche. Me alejo de ella y de su influjo maligno con gusto.

El rato conduciendo de un lado a otro es mi único momento de tranquilidad.

Nada más aparcar en la universidad, el estómago comienza a hormiguearme. Miro a todos los lados en busca de Connor. No quiero hacerlo, pero mi cuerpo me traiciona. Tengo la sensación de que lo veré aparecer en cualquier momento, y eso me pone nervioso. Me hace sentir esperanza y me impulsa a seguir adelante, pero todo se esfuma muy rápido. Así que paso un eterno día de mierda.

Cuando vuelvo a casa esa noche y no sé nada de él, ni tampoco lo he visto —aunque sea de lejos—, mis ganas y motivación desaparecen de golpe. Los hombros comienzan a pesarme, como si tuviera una losa sobre ellos. La cabeza me dice que me haga una bola en la cama y no me mueva. Me dice que esa es la única manera de soportar el vacío que él ha dejado en mí. Y lo odio, pero me odio todavía más a mí. Me odio porque he tenido a mi lado a una persona maravillosa durante estos meses y me he negado a verlo. Quizás, si hubiese sido mejor, él también se habría fijado en mí. Y luego, cuando lo he visto, me he cagado en los pantalones. En el fondo, no soy más que un maldito cobarde.

Me acojono porque, a pesar de lo que me repito una y otra vez, sé que lo que siento por él es mucho más que atracción.

Estoy jodidamente enamorado de Connor Young.

36

Si fueras la mitad de rey de lo que Mufasa era...
—Sarabi

CONNOR

Levanto la cabeza de la bandeja de comida, donde estoy revolviendo una aceituna de la ensalada de un lado al otro desde hace media hora, y veo que Nala viene hacia mí. Me ha hecho mucha ilusión que me haya mandado un mensaje para quedar conmigo. La observo con cariño mientras se acerca. Me doy cuenta de que hay mucho ruido en la sala y creo que es la primera vez en mi vida que el sonido de otros seres humanos me molesta. Yo, que odio el silencio con toda mi alma. ¿Qué me está pasando?

—Hola —saluda en tono afable cuando se sienta a mi lado.

—Hola —le respondo, agarrándola de los hombros y dándole un beso—. ¿Seguro que no quieres que te coja nada de comer? —le ofrezco.

—No. Ayer por la noche Parker hizo unos macarrones deliciosos y los traigo en el táper —comenta Nala con despreocupación, levantando la bolsa térmica en la que los lleva para que la vea.

Trato de no parecer afectado por escuchar el nombre de su hermano, pero la realidad es que me ha dado un vuelco el corazón cuando lo ha mencionado.

No lo veo desde que volvimos de los premios y lo echo muchísimo de menos. Tanto que no quiero ni pensar en él. Si es que soy un tonto. Me gustaría continuar con mi vida como si nada hubiera cambiado. Como si fuese la misma persona que era hace unos meses cuando hicimos el trato, pero por más que me esfuerzo no puedo. Enamorarme de él, pasar tiempo a su lado, me ha cambiado. Y creo que me he vuelto adicto a Parker.

—Estás deprimido —asegura Nala, devolviéndome a la realidad.

No sé cuánto tiempo me he mantenido callado, porque al mirarla veo que ha sacado los macarrones de la bolsa, ha abierto el recipiente e incluso ha empezado a comer, a juzgar por la mancha de tomate que tiene en la comisura de la boca.

La verdad es que, desde hace unas semanas, vivo en mi propia cabeza. Pero quién podría culparme teniendo en cuenta que el mundo se ha vuelto un lugar horrible, frío y sin color. Es un lugar en el que nadie querría estar.

—Puede ser —respondo sin ser demasiado específico. No quiero que luego le diga nada a Parker y este ate cabos y se descojone de mí por haberme colgado de él.

No. No puedo permitir que se entere por nada del mundo. Por lo menos me siento agradecido de que ya no me odie.

—No te lo estaba preguntado, lo estaba afirmando. Pareces una cáscara vacía.

—No hay nadie como tú para hacer halagos —le digo, dejando escapar una carcajada seca y carente de humor.

—No era mi intención.

—¿Ofenderme?

—No, halagarte. La verdad es que te estaba diciendo la cruda realidad para ver si uno de los dos se da cuenta de que no podéis seguir así.

Giro la cabeza en su dirección, interesado.

—¿Hablas de tu hermano? ¿Está mal? —pregunto, y la esperanza es fácil de identificar en mi voz. Ante su sola mención, mi corazón empieza a latir a toda leche y en mi estómago surgen los primeros pinchazos de nervios. Espero no parecer desde fuera tan patético como me siento desde dentro.

—El mismo que parece un alma en pena, sí. A ver si alguno de los dos espabila.

Odio mantener esta conversación con Nala porque, muy a mi pesar, despierta una llama de esperanza. Una llama que brilla hermosa y que ahora tengo pánico de que desaparezca, por lo que me encierro todavía más en mí mismo. Estoy seguro de que nadie es capaz de quererme. Debo de estar roto. No puedo arriesgarme. Tengo mucho que perder y ni una sola posibilidad de ganar.

—Enseguida vuelvo —dice, segundos antes de levantarse de la mesa.

—Vale —respondo, y vuelvo a centrarme en la aceituna.

Puede que sí que esté un poco deprimido. Desde luego, no recuerdo la última vez que sonreí. Tampoco sé si quiero hacerlo.

PARKER

Llego a la cafetería por los pelos. He quedado con Nala. La busco con la mirada y, cuando la encuentro, me da un vuelco el jodido corazón. Connor está sentado a su lado. Jamás una visión me ha afectado tanto.

Lleva un jersey azul sencillo, pero que le hace parecer un puto Adonis. Aparto la vista de golpe. No necesito rememorar lo mucho que me gusta, para eso me bastan mis recuerdos. Lo que de verdad necesito hacer es olvidarlo. Joder. Voy a matar a Nala. Empiezo a caminar hacia la puerta para largarme, pero, antes de que la alcance, mi hermana me ve. Sigo caminando hacia el exterior. Si quiere hablar conmigo, tendrá que seguirme, porque ahora mismo, en lo más alto de la lista de mis prioridades, se encuentra salir por patas de la cafetería antes de que Connor me vea.

—Parker —me llama Nala cuando estoy ya en el pasillo. Ese es el único motivo por el que me paro. Porque me siento a salvo. Por eso, y porque estoy muy cabreado y necesito sacarlo de dentro.

—Me has engañado para que venga. —Es lo primero que le digo cuando está lo suficientemente cerca para que nadie me escuche—. Te voy a matar, hermana.

La acuso sin ningún tipo de duda. Sé lo que está haciendo. Joder. ¿Cómo me puede exponer de esta forma? ¿Es que no se da cuenta de que, si estoy cerca de él, me voy a derrumbar? ¿Que se me va a romper el corazón?

—Tenía que hacerlo, porque vosotros sois idiotas —responde, sin tratar de negar que lo ha orquestado todo. Nala no es una persona que se esconda de sus acciones. Tampoco me lo tragaría—. Me he cansado de verte mal. De verlo mal a él —añade, señalando la mesa donde Connor está sentado, ajeno, gracias al puto cielo, a este drama en particular. No estoy preparado para hablar con él, por mucho que una parte de mí sí que desee acercarse. Tengo que aplastar a esa parte.

—Nunca hemos sido amigos y tampoco lo somos ahora —le digo, apretando los dientes.

—No. Sois mucho más que eso —replica, dejándome alucinado.

—¿Qué? —le pregunto, porque me he perdido. ¿No estará insinuando que hay algo entre nosotros?

Solo esa posibilidad me hace sentir demasiado bien. Pulverizo la esperanza con fuerza en cuanto se atreve a asomar su traicionera cabeza. Pero ya es tarde, ella la ha leído en mi expresión. Es demasiado lista, joder.

—Me gustaría saber qué es lo que te impide luchar por él —me pregunta con cara de enfado.

—Nala.

—Ni Nala ni leches. De verdad que no puedes estar tan ciego. Si todo el mundo es capaz de ver que estás enamorado de él, ¿por qué tú no?

—Porque él no lo está de mí —estallo. Y ahí, delante de los dos, está la verdad que me he afanado por proteger. Tengo miedo de que Connor no sienta lo mismo que yo. Tengo miedo de que me rechace.

—No puedes ir en serio, hermano. Connor te quiere. Si no lo has visto, es que no has prestado atención durante estos meses. ¡Sois los dos unos imbéciles! —dice, y se lleva las manos a la cabeza.

—Me largo —afirmo, dándome la vuelta.

—Intenta huir todo lo que quieras, pero no vas a poder escapar. Tarde o temprano, te darás cuenta de que estás haciendo el tonto.

Sus palabras me acompañan mientras me alejo.

Luego me acompañan durante toda la tarde, en el trabajo, en el entrenamiento y en la cena. Por si fuera poco, también lo hacen cuando me tumbo en la cama y miro al techo. Si es que la cabrona es muy lista. Cuando me ha pedido que fuese a la cafetería, sabía lo que estaba haciendo. No puedo seguir alargando durante más tiempo la situación con Connor. Es insostenible.

Tengo que echarle huevos a la vida. Tengo que ser valiente.

Es verdad que puede que pierda el corazón en el proceso.

Pero, joder, ¿y si en vez de perderlo lo gano?

Tengo que arriesgarme.

Con toda esa energía en mi interior, y antes de que se me pase y me acojone, me levanto de la cama y voy a la habitación de Nala.

Abro su puerta sin llamar y la encuentro tumbada en la cama, tecleando en el ordenador. Levanta la vista según siente mi presencia.

—¿Estás bien, Parker? —pregunta, como si creyese que he perdido la cabeza.

—Te necesito. No tengo ni puta idea de qué hacer con Connor.

Cuando se lo digo, esboza la sonrisa más enorme y bonita que le he visto en la vida.

—Bien, hermano. Ahora sí que estamos hablando tú y yo.

37

Timón: Feliz final escrito está. es un gran error.
Pumba: Se perderá sus juergas de león.
Ambos: Y todo por amor.

CONNOR

> **¡Nuevo mensaje de Parker!**
> *¿Puedes quedar mañana por la noche para hacer el vídeo de separación?*

El mensaje parpadea en mi barra de notificaciones desde que me he despertado. Se repite en mi cabeza una y otra vez. Lo tengo grabado en las retinas. Lo veo cada vez que saco el teléfono. Es, quizás, la frase que más temía leer y no soy capaz de reaccionar. No estoy preparado para esto.

He perdido la cuenta de las veces que he cogido el móvil y he estado a punto de contestarle. Ni siquiera sé qué decirle. Me encantaría negarme, es lo que me nace. Pero ¿de qué me serviría? Tarde o temprano, nuestra separación sucederá y, aunque ahora el resto del mundo piensa que estamos juntos, por desgracia eso no hace que se vuelva real.

Es una mierda.

Así que tengo que enfrentarme a ello ya o no voy a poder salir de este lugar oscuro en el que estoy hundido.

> Puedo. ¿Dónde quieres que lo hagamos?

Le doy al botón de enviar y me guardo el teléfono. Con un poco de suerte, pasa de mí y en vez de quedar mañana quedamos dentro de un mes. De sueños se vive. Pero, para mi completa desgracia, no transcurren ni treinta segundos antes de que el móvil me vibre en el bolsillo.

No puede ser él.

Pero sí que lo es, su mensaje luce como un cuchillo afilado en la pantalla de bloqueo.

¡Nuevo mensaje de Parker!
Quedamos mañana a las ocho en Titos.

Se me encoge el corazón cuando lo leo.

Parker jamás me ha contestado tan rápido.

Pues sí que tiene ganas de librarse de mí.

PARKER

Me tiemblan hasta las pelotas.

Joder.

—Nala, esto no es una buena idea.

—Parker. No seas miedica. Te juro que las posibilidades de que Connor te rechace son insignificantes.

—Ni de coña —le respondo, parándome de golpe en mitad de la calle mientras tiro de la corbata que me he puesto recomendada por ella misma, que me ha dicho que, si quiero crear una atmósfera especial, he de cuidar todos los detalles. Eso, y que me ha asegurado que no puedo declararme en vaqueros—. Antes de salir de casa, y desde que empezamos a planificar este encuentro, me has dicho que no había «ninguna» posibilidad. No me jodas ahora, hermana.

Se ríe y me dan ganas de estrangularla.

—Es broma. Ya verás como todo va de maravilla.

La fulmino con la mirada.

Nos paramos en la puerta del restaurante y respiro hondo.

—¿Y si lo llamo y quedamos otro día mejor? —Me giro para ver su reacción, pero de repente se ha largado.

Me doy la vuelta para buscarla y la veo corriendo por la calle, alejándose de mí. Me debato entre la risa y el llanto, la verdad. Está como una cabra, lo que podría ser divertido si no fuera porque me ha dejado tirado para que me enfrente yo solito a esto.

No estoy preparado. No lo estoy. Pero, pese a ello, siento un tirón que me obliga a seguir adelante. Una llama de esperanza.

Entro al restaurante, con las palmas de las manos sudándome por primera vez en la vida, y le digo al camarero mi nombre. El estómago me da un jodido vuelco cuando me dice que mi cita ya se encuentra aquí. Espero que no se me note en la cara que estoy a dos jodidos segundos de salir corriendo.

El camarero me dirige y lo sigo, asustado, como si estuviese yendo a la horca.

Cuando veo a Connor sentado a la mesa, esperándome —esperando por mí, joder—, guapo a rabiar, todo el miedo que he sentido hasta este instante se convierte en anhelo. Tengo que hacer algo para conquistarlo. No hay cobardía que valga. Ahora mismo, soy todo valor y cero ridículo.

La recompensa es demasiado alta.

No quiero respirar un solo día más sin saber si quiere estar conmigo.

CONNOR

El corazón se me acelera al escuchar pasos acercándose. Cuando el camarero pasa por mi lado y lo acompaña una figura trajeada, que resulta ser Parker, casi me atraganto.

Madre. Mía.

¿Por qué se ha tenido que poner tan impresionante para romperme el corazón?

—Hola —saluda.

Y no puedo evitar pegarle un repaso antes de que se siente.

Parece que ha nacido con el traje pegado a su cuerpo. La americana azul acentúa todos los músculos de sus bíceps. Y yo tengo que dejar de mirarlo para ayer.

—Hola —le devuelvo el saludo mal y tarde. La voz me sale sin fuerza.

—Les dejo aquí la carta para que puedan elegir lo que desean tomar —indica el camarero, y desconecto totalmente cuando comienza a sugerirnos los platos del día. Estoy demasiado tenso como para prestar atención a algo más allá de que tengo que recordar respirar.

Cuando termina su recital y nos deja solos para decidir, lo que hasta este momento era un nivel de tensión elevado se transforma en insoportable. Necesito llenar el vacío.

—No hacía falta que quedásemos en un restaurante para hacer esto —comento, a pesar de que juro que tenía la intención de hablar sobre qué le apetecía comer.

Parker levanta la mirada de su carta y sus ojos se clavan en mí.

—Ya, en cuanto a eso... —comienza a decir, y se aclara la garganta, haciendo que mi ansiedad se dispare hasta el infinito—. Hay algo que te quería proponer.

Noto que las cejas se me disparan a lo alto de la cabeza.

—¿El qué? —pregunto en voz baja, porque tengo miedo de lo que pueda decir.

Parker me mira durante unos segundos con cara de querer estar en cualquier otro lugar menos en un restaurante junto a mí, lo que es muy poco alentador, antes de hablar.

—Verás —comienza, pero el camarero llega a la mesa, atraído imagino que por haber soltado las cartas y habernos puesto a hablar.

—¿Ya han decidido lo que desean tomar? —pregunta con educación y una sonrisa.

—Sí —respondo, y le pido lo primero que leo, sin molestarme en elegir. La verdad es que solo quiero que se aleje para poder continuar la charla con Parker. La tensión me está matando.

Al ver que él no vuelve a hablar cuando el hombre se va, decido tomar la iniciativa.

—Estabas diciendo que quieres proponerme algo.

—Sí.

—Parker. Me estás preocupando, de verdad. ¿Qué te pasa? ¿Necesitas alguna cosa? Te puedo ayudar con lo que haga falta.

Tiene que sucederle algo malo, porque la forma en la que se está comportando no es normal.

—Joder —dice de pronto, sobresaltándome. Luego cierra los ojos y toma aire—. Puedo hacerlo. —Supongo que eso va más para sí mismo que para mí—. Te he pedido que quedases conmigo porque quiero que lo intentemos.

—¿El qué? —le pregunto, francamente desubicado.

—No me jodas —comenta, y se lleva la mano de nuevo a la corbata—. No aguanto más esta mierda, Connor —dice, y se deshace el nudo, luego se la pasa por la cabeza y la coloca sobre la mesa—. Quiero hacer esto bien, pero es que no es así como soy —comenta, señalando el restaurante muy pijo en el que estamos cenando.

—Estoy perdido.

—Normal —responde, dejándome todavía más desorientado.

El camarero llega con nuestros platos e interrumpe a Parker. La cena se está volviendo surrealista por momentos.

—Voy a ser claro —comienza cuando tenemos la comida frente a nosotros—. Lo hemos pasado bien estos meses juntos, ¿no?

—Sí.

—Y el sexo ha estado muy bien, ¿no? —pregunta, como si todo esto condujese a algún lugar.

—Sí —admito, porque él lo ha hecho primero.

—Entonces, creo que tendríamos que darle una oportunidad a lo nuestro.

—Lo nuestro —repito, como si me acabase de hablar en un idioma alienígena.

—No sé si lo estás haciendo aposta, pero ahora mismo te quiero matar. Te lo juro —dice, y se me escapa una carcajada.

—¿Estás insinuando que quieres tener una relación conmigo?

—Por lo menos, eso pensaba cuando he entrado por la puerta, pero es que me estoy cagando vivo, Connor.

Me río como un loco. Me siento hinchado de esperanza, de amor y de felicidad y, mezclado con el cóctel de sentimientos de pérdida que tenía hace apenas unos segundos, es una bomba de relojería.

—Pensaba que querías quedar para romper la relación públicamente.

—Hombre, no te voy a decir esto por mensaje. ¿Crees que soy gilipollas?

Se me dibuja una sonrisa enorme en la cara.

—A ver. No sé si me beneficia en este precioso instante responder a eso con honestidad —le pico, y él hace amago de levantarse de la mesa. Pero hay que estar muy ciego para no ver que tiene cero intenciones de marcharse.

—Al final, conseguirás que me arrepienta.

—¿Por qué quieres hacerlo?

—¿De verdad me vas a obligar a decirlo?

—¿Quieres que mi respuesta sea un sí? —respondo a su pregunta con una propia.

—Más que nada en el mundo —lo dice sin pensar, y me enternece—. Te lo estoy proponiendo porque me gustas.

—¿Y por qué te gusto? —le pregunto, sintiéndome eufórico, feliz y asustado. Quiero creerlo, pero me cuesta. ¿Qué es lo que ve en mí?

Parker me lanza una sonrisa que es mitad diversión, mitad exasperación.

—Hay tantas razones que me costaría una eternidad enumerarlas todas —responde con los ojos brillantes.

—Esa es la excusa más patética que he escuchado en la vida. Si esto pretende ser una declaración de amor, desde ahora te digo que está flojeando —comento para picarlo. Porque sí, estos somos él y yo. Dos tontos que, por lo que parece, se han enamorado. Y sí, necesito escuchárselo decir. Lo necesito.

Su sonrisa socarrona, mezclada con lo que es indiscutiblemente una mirada de amor, acelera mi corazón hasta el punto de que me plantee seriamente si me va a dar un infarto.

Aunque sé que, si muero en este mismo momento, habrá merecido la pena.

—Me gustas por la fuerza y las ganas con las que haces todo, porque cuando entras en una habitación la iluminas con tu luz, porque te preocupas por los demás, porque eres divertido, porque tienes el culo más bonito de todo el jodido mundo —bromea, y me arranca una carcajada que se lleva unas cuantas lágrimas de felicidad que se me están acumulando en los ojos—. Me encanta la forma en la que me siento contigo, porque me haces querer ser mejor persona, porque eres maravilloso con mi familia. Porque estos meses a tu lado me han cambiado para siempre y no quiero perderte.

Antes de que pueda terminar de enumerar cualidades, me lanzo hacia delante y lo beso con pasión. Un beso con el que le digo que siento exactamente lo mismo.

—¿Qué me dices? —pregunta con los ojos vidriosos cuando nos separamos mucho antes de lo que habría querido, pero estando en un lugar público no podría ser de otra manera.

—Te digo que sí, que desde luego. Puede que ahora yo tampoco sepa cómo vivir sin ti. Eres todo lo que me gusta en este mundo —le respondo, lanzándole una mirada que espero que no revele lo enamorado que estoy de él.

—Me gusta cómo piensas.

—Tengo muchas ganas de que salgamos de aquí.

—Ya somos dos —dice, y me inclino para besarlo de nuevo.

Me separo porque sé que estamos dando un espectáculo.

—¿Te apetece que continuemos esto en mi casa? —le pregunto cuando el resto de los comensales nos miran incómodos.

Los restaurantes no están hechos para semejante muestra de amor.

—Llevo esperando un buen rato a que digas eso —responde riendo.

Pagamos y salimos de aquí por patas. Pasamos el resto de la noche diciéndonos con caricias todo lo que hemos guardado en nuestros corazones durante meses.

38

CONNOR

De pronto, la vida es mucho más bonita.

De pronto, soy feliz.

De pronto, tengo energía para superar cualquier cosa.

De pronto, me doy cuenta de que sí que se me puede amar.

Que yo no soy el problema.

Y es liberador.

He tenido mucha ayuda para llegar a este punto, tanto de Parker como de mi psicóloga, así que el único consejo que puedo dar a la gente es que se rodee de personas buenas y que busque ayuda profesional. De verdad, la vida cambia una barbaridad cuando unes esos dos factores.

Tengo fuerza suficiente para enfrentar mi propia vida y lo que es más importante: ganas de hacerlo.

—Buenos días, mamá —la saludo cuando entro en la cocina a desayunar antes de ir a la universidad.

—Ah, buenos días, Connor —contesta, y sigue escribiendo en el teléfono como si su hijo no estuviese a su lado y pudiésemos tener una conversación. No lo hacemos porque ella no tiene el menor interés. No soy una de las prioridades de su vida, y está bien. Esa es su decisión. No puedo, ni quiero, obligar a nadie a que me ame.

Es más fácil verlo cuando tienes a gente que sí que lo hace y que se preocupa por ti, todo sea dicho de paso.

Otro día me habría sentido mal por ser tan invisible, por no ser capaz ni siquiera de retener la atención de mi propia madre.

Pero hoy, después de saber cómo se comporta una verdadera madre gracias a la de Parker, siento pena por ella. Es triste no disfrutar de tu familia, pero supongo que ha llegado el momento de que comprenda que hay muchas formas de ser. Durante años su actitud me ha dañado, pero ahora no me afecta. Yo no soy el problema.

Y así, sin que lo haya planificado, el día que llevo tanto tiempo esperando, el que llevo tanto tiempo hablando con mi psicóloga y con mi novio, llega. Es el momento de que haga las paces con mi padre también. Es hora de pasar página.

Llevado por la emoción del momento, voy al cementerio, al panteón donde descansan mis familiares, que en realidad son perfectos desconocidos. Y hablo con mi padre. Lloro, me disculpo con él y también le digo que lo odio por no haberme aceptado nunca, por hacerme sentir que no era suficiente. Y, tras todo este proceso en el que me vacío por dentro, lo perdono.

Es una experiencia catártica que me ayuda a cerrar un capítulo de mi vida. Lo necesitaba para seguir adelante.

Cuando salgo del camposanto, me siento una persona nueva, mucho más ligera y que tiene espacio en su corazón y en su mente para empezar de cero. Con un montón de aprendizajes, pero sin maletas pesadas a su espalda que le impidan avanzar.

En terapia me he dado cuenta de que el problema de que mis padres no me quisieran y no fuese suficiente para ellos nunca fui yo. Ellos eran los que tenían unas expectativas puestas sobre mí que yo no quería cumplir. Tengo otros intereses, tengo una vida. Los padres han de quererte por cómo eres, no por cómo ellos quieren que seas. Eso no es amor. Y está bien. Cada uno es como es. Pero por fin he comprendido que yo no tengo la culpa. Que no tengo nada malo que haga que el resto de los seres humanos no puedan amarme.

Llego a la universidad tarde pero feliz. Cuando, a la hora de la comida, le cuento a Parker lo que he hecho, se pone tan contento que nuestros amigos no tardan en abuchearnos para que no montemos un escándalo público. Escuchar salir de su boca que se siente orgulloso de mí es la mejor sensación del mundo.

Pasamos buena parte de la tarde juntos, hasta que él tiene que ir a trabajar y yo me marcho a su casa.

La vida así es la hostia de buena.

—Muchísimas gracias por quedarte con los chicos, cariño —es lo primero que me dice la madre de Parker cuando me abre la puerta—. Esta cita con la galería de arte que me ha caído del cielo es muy importante y estoy nerviosa. Menos mal que tú sí que tenías un hueco en la agenda, porque no quería fastidiar ni a Nala ni a Parker.

—Es un placer, me encanta estar con los enanos.

—Y a ellos les encantas tú —me devuelve con cara de amor, y se me calienta todo el cuerpo. Es increíble lo fácil que me ha convertido la familia de Parker en uno más—, al igual que a nosotros.

Esta mujer me va a derretir el corazón cualquier día de estos.

—Espero que tengas muchísima suerte. Aunque, a juzgar por la pieza que les ha interesado, no la vas a necesitar —comento, guiñándole un ojo.

Ella sonríe con dulzura, me mira de la misma forma que hace con sus hijos y no puedo explicar en palabras lo bien que me hace sentir eso.

—Eres un adulador. Parker tiene mucha suerte contigo.

—Cuando vuelvas esta noche, se lo recuerdas —comento, y me río.

—No creo que le haga falta. Nunca lo he visto más enamorado en la vida. —Su comentario desata el aleteo de las mariposas en mi estómago. Si ella supiera lo loco que estoy yo por él.

Me da un beso en la mejilla y se mete dentro de la casa para ponerse los zapatos. Me explica que los chicos todavía no han merendado y que puedo darles lo que me apetezca mientras va saltando a la pata coja y abrochándose primero una bota y luego la otra. Juro que no puedo parar de reírme. Me encanta lo natural que es esta mujer. El cariño que desprende cada una de sus acciones.

Siempre he estado a gusto en mi casa, pero esta noche, cuando salgo del entrenamiento, me muero por llegar. El premio que me espera allí es enorme.

Conduzco de forma prudente, pero raspando los límites de velocidad permitidos. Aparco en la acera y me bajo del coche con una sonrisa pintada en la cara. Si es que el amor me vuelve gilipollas. ¿Quién me lo iba a decir?

Entro en casa a hurtadillas para poder espiar a mi chico sin que sepa que estoy aquí. Me encanta verlo en estado puro, cuando cree que está solo.

Sigo el rastro de luz y me lleva hasta la sala. Cuando me asomo, la imagen que veo me golpea el corazón y me lo calienta. Creo que voy a morir en un charco de babas.

Connor está sentado en el suelo con la espalda apoyada en el sofá y mi hermano pequeño entre sus piernas, jugando a la consola, mientras ayuda a Luk a hacer los deberes. Joder. Luk levanta el cuaderno para que Connor se lo pueda corregir y, cuando se lo devuelve, le hace un par de elogios que consiguen que el chico lo mire con total y absoluta adoración. Creo que me veo reflejado al cien por cien en esa mirada, porque ahora mismo lo único que deseo es comerme a mi novio a besos. Quiero abrazarlo muy fuerte y no volver a soltarlo nunca más.

Estoy locamente enamorado de este hombre y no sé cómo no me he dado cuenta mucho antes. Soy ridículo. ¿Cómo podía creer que era atracción cuando una sola sonrisa suya me hace inmensamente feliz?

Debo de provocar algún ruido que delata mi presencia, porque los tres giran la cabeza hacia mí.

—Parker —grita Dylan, que es el primero en levantarse y acercarse corriendo para saludarme.

Connor me lanza una mirada amorosa y espera sonriente a que mis hermanos regresen al sofá. Cuando lo hacen, se gira para besarme.

—Te he echado mucho de menos —comenta, mordiéndome el labio. Luego se da la vuelta sin que pueda atraparlo y se vuelve a mirar a los dos enanos.

—¿Te he dicho lo cachondo que me pone tu lado de cuidador? Me la pone dura que te encargues de mis hermanos —le digo, acercándome a él por detrás y abrazándolo por la cintura. Lo pego contra mi pecho.

Dios. Lo amo. Tengo mucha suerte de poder estar con él.

—Creo que es la cosa más espeluznante que me has dicho en la vida —contesta divertido, arrancándome una carcajada. Agacho ligeramente la cabeza y le muerdo la oreja. Parker gime—. Pero espero que hagas algo al respecto.

—Te voy a compensar llevándote al paraíso.

—Tú sí que sabes lo que me gusta —me dice, y rodea mis brazos con los suyos, pegándome todavía más a él.

CONNOR

Esa noche le pido a Parker que venga a mi casa a dormir. Lo quiero junto a mí y él lo sabe. Lo sabe y desea complacerme. La vida a su lado es maravillosa. Discutimos, nos retamos y luego nos ayudamos a crecer. No creo que se le pueda pedir más al amor.

Quizás, porque ese día se siente como uno superimportante, digo las siguientes palabras. Siento que es una nueva etapa en mi vida y en nuestra relación.

—La primera vez que lo hicimos, te dedicaste a adorar mi cuerpo. Ahora es mi turno. Prepárate para disfrutar, no pienso quedarme con las ganas. ¿Sabes lo bueno que estás y lo cachondo que me pones? ¿Sabes lo mucho que me has ayudado a seguir adelante?

—Cariño, haría cualquier cosa por ti. Te mereces el jodido mundo. —Me mira como si fuese un milagro que se ha materializado delante de él y la sensación es adictiva—. Y no, pero espero que me lo demuestres. Soy todo tuyo —me responde, antes de incorporarse sobre los codos en la cama para darme un beso que me hace perder la cabeza.

No voy a llegar a viejo a este paso. Luego, como si no acabase de derretirme el cerebro, se tumba en la cama, ofreciéndome su cuerpo.

No pierdo el tiempo.

Llevo las manos a su ropa y comienzo a desnudarlo.

La noche es muy corta cuando tienes a la persona que amas para ti.

EPÍLOGO

PARKER

Tiene sentido que todo acabe en el mismo sitio en el que empezó.

Que después de tantos meses sea aquí, sobre el campo de fútbol, donde una tarde me sentí traicionado por Connor, donde también le reconozca lo equivocado que estaba. Es hora de que le diga que no me imagino viviendo un puto momento más de mi vida sin discutir con él, sin tenerlo a mi lado. Sin ver cómo sus ojos brillan de diversión. Sin ver cómo se le calienta el corazón cada vez que llega a mi casa y mi familia lo trata como si fuera la suya propia.

No puedo visualizar un solo día en el que no descubra, a su lado, la nueva locura que se le ha ocurrido probar y que incendia las redes.

No quiero perderme ni una de todas las veces que inspira con su talento y amor a otros miles de personas que lo adoran, aunque solo la mitad de lo que yo lo hago.

Pero, por el momento, lo que voy a hacer es machacarlo. Pienso darle una buena lección.

—He de deciros, chicos, que me preocupa profundamente lo que hacéis cuando estáis en la intimidad. Juro que os imagino sacando un metro para mediros las pollas, con tal de demostrar cuál de los dos la tiene más grande —comenta Riku, arrancando las carcajadas de mis compañeros de equipo, que están haciendo un corro a nuestro alrededor.

—Él la tiene más grande —comenta Connor. Porque sí, es evidente que lo hemos comprobado—, pero en este caso es algo que disfruto, así que casi que con ello gano yo —asegura en un tono juguetón, mientras me guiña un ojo.

Es tan guapo que me saca el aliento de los pulmones. Juro que tengo que contenerme para no lanzarme sobre él en ese momento y comerle la boca. A mi parecer, cada segundo del día que no estoy disfrutando de sus labios es un segundo perdido, pero ahora mismo tenemos que centrarnos en lo que de verdad importa.

—Recuerda eso cuando te haga morder el polvo, cariño —lo amenazo con una sonrisa de medio lado.

Canto victoria cuando veo cómo mi apelativo desestabiliza su respiración. Puede que esté colgado hasta los huesos de Connor, pero no soy el único que está perdido en esta relación. Él ha caído tan profundo como yo.

CONNOR

—Ten cuidado tú, no vaya a ser que muerda algo que no te interese —le contesto, y es mi turno de sonreír con maldad.

Madre mía. No pensaba que podía querer tanto a alguien como quiero a Parker. Pero aquí estamos. Y no puedo ser más feliz.

—Anótame diez dólares por Connor —dice Wyatt.

—Pues yo subo mi apuesta por Parker otros veinte pavos —contraataca Liam.

—No puedes ganar en esta ocasión, al igual que tampoco ganas en el tamaño de... ya sabes —comenta Wyatt, lanzando una mirada descarada al paquete de Liam y haciendo que todos se rían.

—Por lo menos yo sí que sé usarla, a diferencia de ti. El tamaño no es siempre lo más importante.

—Eso dicen los que la tienen pequeña —le replica Wyatt, alzándose vencedor de la discusión en este momento, a juzgar por los aplausos que siguen a su comentario.

Pero Liam no se queda callado.

—¿Quieres que le preguntemos a Stacy cuál de los dos se lo hizo mejor el otro día? —pregunta, alzando la ceja y consiguiendo que todo el mundo se vuelva loco.

Los tíos acaban de dejar claro que se acuestan juntos y me dan ganas de gritar de emoción por haber salido de dudas de una vez. Pero ellos parecen estar a punto de liarse a puñetazos, por lo que decido desviar la atención.

—Vamos a empezar antes de que terminen matándose entre ellos y nos roben el protagonismo —le sugiero a Parker, divertido—. ¿Estás grabando, Riku? —le pregunto a mi amigo, y este hace un gesto con el pulgar hacia arriba.

—Que gane el mejor —dice Parker—. O sea, yo —sentencia, antes de dar un golpe con su casco sobre el mío.

—Te deseo suerte, mi Scar —contesto, y me estremezco al ver lo mucho que le gusta mi apodo cariñoso—. La vas a necesitar.

Después de una última mirada, cada uno se aleja cinco pasos antes de que nos demos la vuelta. Nos colocamos en posición de ataque y Wyatt comienza a contar desde el diez hacia atrás. Cuando llega al cero, ambos salimos corriendo hacia el otro. Queremos saber cuál es el primero en caer.

La cosa está reñida, al igual que todo entre Parker y yo. Los dos somos grandes, fuertes y muy cabezones a nuestra manera, por lo que la lucha para derribar al otro es bastante intensa. Menos mal que somos novios porque, si llegamos a hacer esta prueba cuando éramos enemigos, alguno de los dos no habría salido vivo.

Después de unos cuantos minutos de tensión, el muy capullo logra tirarme al suelo. Luego me mantiene durante unos segundos allí tumbado, con su cuerpo bloqueando cualquier oportunidad de moverme.

Me ha ganado y tengo que aceptarlo. No me importa; por lo menos, me quedo con él.

Se quita el casco cuando él también comprende que ha vencido y, después de poner cara de gilipollas arrogante, mientras nuestros amigos gritan contentos o furiosos, depende de por cuál de los dos hubieran apostado, me lanza una sonrisa cargada hasta las trancas de amor.

—Te quiero —me dice, y se me encoge el corazón para luego expandirse de golpe como si quisiera explotar de felicidad—. No hay nadie en este mundo con el que me guste discutir más que contigo —confiesa con vehemencia, como si hubiese estado armándose de valor para decírmelo. Como si hubiese estado dándole vueltas en la cabeza. Como si no pudiese hacer otra cosa que soltarlo de una vez.

Parker es muy intenso, mucho más que yo, pero es intenso a su manera.

Me río. Me río porque no puedo hacer otra cosa. Porque me encanta Parker tal y como es, porque no le cambiaría ni un solo pelo de la cabeza y porque sé que esas son las palabras más bonitas que le puede dedicar a alguien. Me hace inmensamente feliz ser la persona a la que se las dice porque, para mí, él es mi todo.

—Lo sé —le respondo, citando a Han Solo.

Estallo en carcajadas y, poco después, él me sigue. Rodamos por la hierba y terminamos comiéndonos a besos entre aplausos y silbidos subidos de tono. Cuando nos separamos, con la cabeza dándome vueltas de amor y excitación, me inclino hacia su oído y de forma susurrante y *sexy* le confieso:

—Yo también te quiero.

AGRADECIMIENTOS

Cuantas más veces escribes la palabra «agradecimientos», más difícil se vuelve. Llega un punto en que es imposible enumerar a todas las personas que te ayudan a llegar hasta aquí. No puedo sentirme más agradecida por los lectores tan maravillosos que tengo. Sin vuestro apoyo y mensajes de cariño no sería lo mismo. Escribir no sería un viaje tan bonito. Gracias. Siempre estáis en mi corazón. Os adoro.

A Teresa y a Borja, que hacen que este viaje sea mucho más hermoso. Que me muestran todo su apoyo y apuestan por mis historias. Es un placer estar en una editorial tan maravillosa. Una editorial que se siente más como un hogar.

A Lander, porque haces que el mundo sea un lugar mucho más hermoso solo con existir. Valoro cada instante que puedo disfrutar de verte crecer. Porque cada vez que te miro se me llena el corazón de orgullo por la maravillosa persona que eres. Te quiero con locura.

A Alain, porque nuestras almas están entrelazadas de tal manera que ya parecen solo una. Por estar a mi lado en cada momento importante. Porque somos el soporte y el acicate del otro. Te quiero con todo mi corazón.

A mi madre, porque la vida sin ella sería un lugar mucho más oscuro. Por estar siempre ahí para todo lo que necesitamos. Te quiero.

A Silvia, porque eres una de las personas más maravillosas que conozco. Divertida, inteligente, trabajadora, luchadora... Todos los adjetivos buenos que existen se quedan cortos para describirte. Te vas a comer el mundo y voy a ser muy feliz estando a tu lado mientras lo logras. Te adoro.

A Maru, por estar siempre ahí, porque por tus venas, al igual que por las de Nala, en vez de sangre corren palabras. Me encanta poder compartir mis historias contigo. Y valoro muchísimo todos tus comentarios sobre cómo mejorarlas.

A mis amigos Fransy, Nieves, Cristy, Gemma, Nani, Noe, Toñi y Vicky, porque sois las personas más divertidas, cariñosas y perfectas de la faz de la Tierra. Por otros cien años más.

A todos vosotros, gracias.